THÉÂTRE
**

Né en 1960, normalien, agrégé de philosophie, docteur, Eric-Emmanuel Schmitt s'est d'abord fait connaître au théâtre avec *Le Visiteur*, *Variations énigmatiques*, *Le Libertin*, *Hôtel des Deux Mondes*, *Petits crimes conjugaux*, etc. Ses pièces ont été récompensées par plusieurs Molières et le Grand Prix du théâtre de l'Académie française. Confirmant le plébiscite du public et de la critique, plus de trente-cinq pays jouent désormais son œuvre. Récemment, les trois récits de son *Cycle de l'Invisible*, des contes sur l'enfance et la spiritualité, ont rencontré un immense succès aussi bien sur scène qu'en librairie : *Milarepa*, *Monsieur Ibrahim et les fleurs du Coran*, *Oscar et la dame rose*. Une brillante carrière de romancier, initiée par *La Secte des égoïstes*, absorbe toute son énergie depuis *L'Évangile selon Pilate*, livre lumineux dont *La Part de l'autre* se veut le côté sombre. Depuis, on lui doit *Lorsque j'étais une œuvre d'art*, une variation fantaisiste et contemporaine sur le mythe de Faust.

Pour en savoir plus, on peut consulter son site :
www.eric-emmanuel-schmitt.com

ERIC-EMMANUEL SCHMITT

Théâtre

**

Golden Joe
Variations énigmatiques
Le Libertin

ALBIN MICHEL

Golden Joe

PERSONNAGES

JOE.

MEG, *sa mère.*

ARCHIBALD, *son oncle.*

CECILY, *fiancée de Joe.*

STEELWOOD, *père de Cecily.*

WESTON, *comptable.*

GUILDEN
ROSEN } *employés.*

ARTHUR, *chauffeur.*

FORTIN
BRASS } *banquiers.*

LE PÈRE DE JOE (enregistré en vidéo).

UN EMPLOYÉ, UNE DOMESTIQUE, DES CLOCHARDS.

1

Salle des transactions. — Intérieur nuit.

Salle des transactions de la banque Danish, en plein cœur de la City londonienne.
Il est quatre heures du matin. Guilden et Rosen, deux courtiers, sont en train de surveiller les cours mondiaux de la Bourse sur leurs ordinateurs. Derrière eux, un mur d'écrans vidéo portant de multiples informations clignotantes.

GUILDEN. New York ferme.

ROSEN. Tokyo ouvre. *(Au téléphone.)* Oui, j'achète. *(À Guilden.)* New York, combien à la fermeture ? *(Au téléphone.)* Vendez.

GUILDEN. 4,28.

ROSEN. *(Au téléphone.)* Non, je ne vends qu'à deux cents. *(À Guilden.)* C'est gentil. *(Au téléphone.)* Oui, pour vingt mille. *(À Guilden.)* Et toi, tu as fait combien ?

GUILDEN. 5,2.

ROSEN. Mmm… *(Au téléphone.)* D'accord, j'attends confirmation.

*Rosen raccroche. Rosen et Guilden sont différents :
autant Rosen se montre mécanique et efficace, autant
Guilden apparaît gauche et débutant.
Rosen s'approche d'une machine à boissons d'où il
sort deux gobelets.*

ROSEN. Un verre ?

GUILDEN. Qu'est-ce que c'est ?

ROSEN. Ce qu'on met dans les banquiers pour qu'ils
travaillent… du café.

GUILDEN. Je veux bien.

On entend Big Ben sonner quatre heures.

GUILDEN *(frissonnant)*. Quatre heures… l'heure où les
rats attaquent les poubelles… l'heure des suicidés,
l'heure des vitrines brisées, l'heure des barbituriques…
c'est l'heure où les hôpitaux s'affolent, les vieillards
trépassent, les sirènes retentissent… c'est l'heure où,
dans tout Londres, la vie semble, un instant, hésiter et
reculer devant la mort.

ROSEN *(tranquille)*. C'est l'heure de Golden Joe.

Guilden goûte le café et le recrache.

GUILDEN. Dégoûtant !

ROSEN *(retournant à son clavier)*. N'est-ce pas ?

GUILDEN. Faut-il vraiment que la vie de spéculateur ait
ce goût-là ?

ROSEN. Indispensable. Et plus tu travailles, plus ça
devient aigre. *(Un temps.)* Golden Joe arrive dans trente
secondes. *(Au téléphone.)* Tokyo ? J'achète. Pour 75 000.

GUILDEN. Tu l'admires, Golden Joe ?

Rosen *(surpris)*. Admirer… le terme me paraît terriblement sentimental.

Guilden *(heureux)*. Moi je l'admire. Lorsque je faisais mes études, je lisais tous les articles que la presse lui consacrait : Golden Joe, le spéculateur aux doigts d'or, le démultiplicateur universel, le prince des golden boys, qui enfonce même son père, l'empereur de la City… Lorsque j'étais découragé, cela me remontait le moral. Je suis si heureux d'être parvenu ici.

Rosen *(sarcastique)*. Heureux…

Guilden. Et toi, qu'est-ce que tu éprouves ?

Rosen. Rien.

Guilden *(souriant)*. Pourtant, je t'ai observé : lorsqu'il est là, tu as les mains moites et ta nuque mouille ton col. *(Doucement.)* Tu as peur.

Rosen. La peur n'est pas un sentiment ; c'est le ciment de toute relation sociale adulte. *(Un temps.)* Travaille.

Guilden essaie de s'y remettre. Il tapote son ordinateur. Mais la rêverie l'emporte.

Guilden. New York, Paris, Berlin, Tokyo… tu y es allé ?

Rosen *(sec)*. Pour quoi faire ?

Guilden. Voir. Se promener… vérifier si la Terre est ronde.

Joe entre en coup de vent dans la salle des transactions.

Joe. La Terre n'est ni ronde ni plate, Guilden. Elle est rectangulaire, de la taille d'un écran, et elle tourne lorsqu'on appuie sur une touche ; on s'y déplace sur le dos d'un curseur, à la vitesse de la lumière, et l'homme n'est qu'un point lumineux. Résultats de la nuit ?

Rosen tend un listing.

ROSEN. Voici.

Joe s'absorbe dans sa lecture.

GUILDEN. Mais vous-même, avez-vous voyagé autrement qu'en curseur ?

JOE. Pardon ?

GUILDEN. Je songe à ce que vous disiez à l'instant.

JOE. J'ai dit quelque chose ?

GUILDEN. Vous parliez de la Terre et...

JOE *(fermé)*. Inutile. Ce genre de déclarations ne nécessite aucun suivi. Simple élément humain dans la conversation. *(Achevant la lecture du listing.)* Rosen, correct...

ROSEN *(s'inclinant)*. Merci, monsieur.

JOE. ... Guilden, médiocre.

GUILDEN. Je débute, monsieur.

JOE. Vous finissez, plutôt.

GUILDEN. Mais...

JOE *(objectif)*. Vous débutez comme un mauvais, pas comme un bon. Regardez votre volume de transactions, il est ridicule.

GUILDEN. J'ai voulu être prudent.

JOE. Timoré, plutôt. Pourquoi vous ai-je engagé ? Parce que vous êtes jeune. Or, vous vous comportez comme un vieux : vous avancez à pas comptés, vous prenez des assurances, vous équilibrez vos risques… vous manquez singulièrement d'inexpérience.

GUILDEN. Laissez-moi m'habituer.

JOE. Hors de question. Il n'y a aucune démesure en vous : vous n'êtes pas fait pour les chiffres. *(À Rosen.)* Rosen, instructions de ce matin. Premièrement, forcez sur le caoutchouc : il y a une recrudescence de maladies vénériennes. Deuxièmement, opération Premier ministre : engagez quelques relations téléphoniques pour faire savoir que son dernier rapport médical révèle des tumeurs cancéreuses ; après, la manœuvre habituelle.

GUILDEN *(inquiet)*. Monsieur le Premier ministre est malade ?

> *Rosen regarde Guilden avec une pitié méprisante.*
> *Joe garde son calme.*

JOE. Il est en pleine forme. Mais si l'on croit qu'il est condamné, la confiance baissera, les cours aussi, nous achèterons à bas prix. Et cet après-midi, lorsque le porte-parole du gouvernement publiera son bulletin de santé — excellent, vous dis-je ! —, nous revendrons le paquet avec quelques jolis bénéfices. Je me trompais tout à l'heure : vous n'êtes pas timoré, vous êtes idiot. *(Il s'installe devant sa console. À Rosen.)* Des parasites, cette nuit ?

ROSEN. Toujours. On dirait qu'une image essaie d'apparaître sur l'écran. Tout se dérègle un instant, puis tout rentre dans l'ordre.

JOE. Depuis quand ?

ROSEN. Depuis la mort de Monsieur votre père.

JOE. Vous ferez venir des spécialistes.

Il se retourne et voit Guilden.

JOE. Vous êtes toujours là ? Passez à l'agence comptable pour retirer votre chèque.

GUILDEN *(décomposé)*. C'est que… c'est que, monsieur, je suis dans une situation épouvantable…

JOE. J'en suis sûr.

GUILDEN. J'ai besoin de travailler.

JOE. Naturellement.

Indifférent, il reprend son travail. Quelques secondes plus tard, il relève la tête et constate que Guilden n'a pas bougé. Il cligne des yeux et tend une carte de visite.

JOE. Allez de ma part à cette caisse de retraite. Vous avez une bonne tête, rassurante : on pourrait vous mettre au guichet pour escroquer les vieux.

GUILDEN. Oh, merci, monsieur.

JOE. Dehors.

Guilden est sorti.
Rosen et Joe travaillent sur leurs ordinateurs.

JOE *(en appétit)*. 16 novembre. Jour faste. Vous allez voir, Rosen : le 16 novembre est une date qui sourit à l'arithmétique, les additions vont virer à la multiplication, les zéros s'agglutineront, l'argent va partouzer sur les computeurs…

ROSEN. Vous avez consulté une voyante ? Vous croyez aux astres ?

JOE. Je ne crois qu'au ciel géométrique. Toutes les courbes d'étude montrent que le 16 novembre la Bourse de Tokyo fait sa plus belle progression. Même pointe depuis trente ans le 16 novembre ! Plus fort volume de transactions ! Plus forte hausse ! C'est statistique.

ROSEN. Pourquoi ?

JOE *(sec)*. Vous êtes fatigué, Rosen.

ROSEN *(obstiné)*. Pourquoi le 16 novembre plutôt que le 15 octobre ? Qu'arrive-t-il aux Japonais le 16 novembre ?

JOE. C'est un fait ! *(Il se retourne vers Rosen et le regarde sévèrement.)* Vous possédez la vérité mais vous voulez, en plus, savoir pourquoi elle est vraie ? Vous êtes bien prodigue ! Allez dormir une heure.

ROSEN *(inquiet)*. Mais, monsieur…

JOE. Je vois sur mon ordinateur que votre fréquence de transactions a baissé dans la dernière demi-heure…

ROSEN *(paniqué)*. Je vous assure que je n'ai pas sommeil.

JOE *(calmement)*. Lorsque vous vous servez de la machine à café, avez-vous remarqué qu'on ne peut pas mettre une pièce immédiatement après qu'une tasse a été servie ? Il faut attendre quelques secondes avant de reglisser de la monnaie.

ROSEN *(incertain)*. J'ai remarqué.

JOE. Combien de temps ? Quatre secondes. Exactement quatre secondes. Allez dormir une heure, ce sont les quatre secondes qu'il vous faut.

ROSEN. Merci.

JOE. De rien. Simple élément humain.

Rosen est sorti. Joe se retrouve seul devant les écrans. Il pianote avidement sur son ordinateur lorsque tout

d'un coup, derrière lui, des lignes flottantes appa-
raissent sur les écrans, en même temps qu'un gré-
sillement se fait entendre.

JOE. Non ! Ça recommence !

Il essaie d'enrayer la panne par quelques manœuvres.
Mais le phénomène s'accentue.

JOE. Allô ! Allô ! Appelez la cellule informatique d'urgence ! Oui, réveillez-les !

Il lutte en vain. Brusquement, le bruit devient net et
sonore.

LA VOIX *(off).* Inutile, mon fils, de dépenser de l'argent
à des réparations, le réseau n'est pas touché, c'est moi
qui ai programmé mon apparition.

L'image géante apparaît sur le mur cathodique.
Joe se retourne et découvre le visage de son père,
occupant tous les écrans.

LE PÈRE. Si tu vois cet enregistrement, c'est que je serai
mort. Nous serons le 16 novembre. Quatre heures dix
du matin. Tu auras chassé le fretin de la salle des transactions, tu régneras seul au-dessus des chiffres, tu pro-
fiteras des affaires japonaises. *(Un temps.)* Je suis mort,
mon fils, je dois être posé dans un pot, sur une commode,
chez ta mère, réduit en cendres. Je suis tranquille, je
sais que tu ne m'as pas pleuré. Tu as toujours été un
garçon sérieux, tu ne t'es jamais distrait sur aucun sentiment. *(Un temps.)* Si je suis mort, c'est qu'on m'a
assassiné, mon fils. On m'assassine, en ce moment. Je
n'ose croire que les coups viennent bien d'où ils
viennent… Enquête, mon fils, enquête, et quand tu auras
trouvé l'assassin, venge-moi. C'est tout ce que je t'aurai demandé dans ta jeune vie : venge-moi.

La bande s'arrête. Le visage disparaît des écrans sur un rictus tragique.
Joe se retourne, regarde son ordinateur et s'exclame, voyant sa montre.

JOE. La vieille carne ! Il m'a fait perdre trois minutes !
Allô, Tokyo ?

NOIR

2

Bureau de Joe. — Intérieur jour.

Cecily, jeune fille extrêmement jolie et soignée, entre dans le bureau de Joe.

CECILY. Dites à Monsieur Joe que je l'attends.

L'EMPLOYÉ. Il se repose.

CECILY *(inquiète)*. Il est malade?

L'EMPLOYÉ. Non, mais comme il a fait un très bon chiffre aujourd'hui, il s'est accordé dix minutes de pause, je crois même qu'il feuillette un magazine. *(Il ne peut s'empêcher de commenter, en partant.)* L'élément humain.

CECILY *(avec l'air grave de celle qui comprend)*. Bien sûr.

Joe apparaît par une porte privée. Il ouvre les bras en direction de Cecily.

JOE. Cecily. J'ai une heure à perdre : je te la donne. Qu'en fais-tu?

CECILY. Tu as gagné beaucoup d'argent?

JOE. Beaucoup.

CECILY. Alors tu peux en dépenser beaucoup ?

JOE. Beaucoup.

CECILY. Je t'aime. Allons faire les magasins. Acheter !
Acheter ! Plein !

JOE. Achetons.

> *Il la prend contre lui.*
> **Musique (mélodrame).**
> *Ils vont parler comme on chante un duo, de manière
> tendre et lyrique.*

JOE. Cecily, ma petite Cecily qui sais si bien parler aux
hommes, qui éclaires leur argent de tes idées de
femme…

CECILY. J'achèterai une toque de renard, un collier en
lapis-lazuli…

JOE. … ma petite Cecily qui donnes des couleurs aux
nombres, habilles les chiffres les plus nus : un renard,
un collier…

CECILY. … un manchon de zibeline, des chaussures en
autruche…

JOE. … ma petite Cecily qui rends l'abstrait concret,
qui accroches à l'argent mille objets qui scintillent,
comme à Noël, autrefois, on accrochait boules et guirlandes au sapin…

CECILY. … un sac — je n'ai plus de sac — avec un fer-
moir en or, une ceinture assortie…

JOE. … ma petite Cecily qui me rends fort, plus homme
encore, qui rends mon porte-monnaie viril, musclé, qui
lui donnes le pouvoir…

Il passe la main dans ses cheveux et est arrêté par quelque chose. **Brusque fin de la musique.**

JOE. Qu'est-ce que c'est ?

CECILY. Une barrette. Elle est belle, n'est-ce pas ?

JOE. D'où vient-elle ?

CECILY. De ton père. Il me l'a offerte pour nos fiançailles. Quelques jours avant de mourir.

JOE. Pourquoi ? Il y avait déjà un contrat de fiançailles.

CECILY. Je crois qu'il était content.

JOE. Comment dis-tu ? Content ? *(Il reste pensif.)* C'est répugnant. Cette vieille carne a décidément très mal fini…

CECILY. Joe, pourquoi dis-tu « vieille carne » pour parler de ton père ?

JOE. Quel autre mot pour un hasard qui se croyait des droits ? Parce qu'un chromosome qui séjournait en lui m'a donné naissance en s'égarant dans le corps de ma mère, il faudrait que je rende un culte à mon père ?

CECILY. Il t'a donné beaucoup d'argent.

JOE. Je n'ai pas été sitôt fait qu'il s'appropriait de moi comme une chose : il disait « mon » en parlant de moi, « mon fils », « mon héritier », il m'embrassait, il m'envahissait, il me possédait… À mon premier million, je l'ai forcé à arrêter. Je lui avais appris à se tenir à distance… Mais sur sa fin… *(Violent, brusquement.)* Alors maintenant qu'il est mort, qu'il me foute la paix !

CECILY. Tu es bien dur. Tout simplement, ton père t'aimait beaucoup.

JOE. Biologique.

CECILY. Il était plein de fierté…

JOE. Biologique.

CECILY. … d'admiration…

JOE. Biologique ! Les sentiments sont biologiques. Je ne lui reproche pas ses sentiments, je l'accuse, sur ses derniers jours, d'être devenu sentimental !

CECILY. Sentimental ?

JOE. Complaisance affective, aimer ses sentiments, s'en griser, s'en repaître… C'est une pathologie qui touche gravement les êtres un peu débiles, particulièrement les enfants et les vieillards. Moi, je suis en bonne santé : j'ai des sentiments mais je n'éprouve aucun attachement à mes sentiments.

CECILY. Pourtant… tu tiens à ta Cecily ?

JOE. Biologique.

CECILY. Mais tu ne tiens pas à y tenir ?

JOE. Pathologique.

CECILY. Mais alors, qu'est-ce que c'est, pour toi, qui existe, entre nous ?

JOE. Du désir, et bientôt un contrat.

CECILY. Pour moi, c'est de l'amour.

JOE. Tu n'as pas le même vocabulaire, c'est tout ; tu as un vocabulaire imprécis, un vocabulaire de femme… C'est un de tes charmes d'ailleurs. Nous allons faire ces courses ?

CECILY. Après tout, c'est toi qui sais, c'est toi qui as fait des études.

JOE. Tu parles trop. Il ne nous reste que trois quarts d'heure. Autant de magasins en moins.

CECILY. Filons.

Ils sortent.

NOIR

Salon de Meg. — Intérieur nuit.

Salon grand-bourgeois de Meg, la mère de Joe.
Elle se trouve en compagnie d'Archibald, frère de
son mari, banquier lui aussi.
Plus loin, derrière eux, Joe, assis à une table, finit
des comptes sur un ordinateur de salon. Il est trop
loin pour les entendre.

ARCHIBALD. Vous pâlissez tant que vos paupières verdissent.

MEG. Il faut le lui dire. Au plus tôt.

ARCHIBALD. Mais tout de suite…

MEG *(inquiète)*. Attendez qu'il ait fini mes comptes.

ARCHIBALD. Meg, vous avez peur de votre fils.

MEG. Naturellement. Depuis que mon fils est un homme, j'ai constamment peur de lui.

Joe, de loin, fait signe qu'il a bientôt achevé son travail.

JOE. Encore quelques calculs et j'arrive.

Il se replonge dans les papiers.

MEG. Je pense à son regard quand vous lui annoncerez que nous nous marions.

ARCHIBALD. Eh bien?

MEG. Il va me voir! Pour la première fois depuis trente ans… il ne verra plus sa mère mais une femme, une vieille femme, un peu sèche, ravinée… il perdra ses yeux d'enfant…

ARCHIBALD. Quelle délicieuse sensibilité!

MEG. J'ai honte, Archibald… dans quelques secondes, j'aurai pris trente ans, trente ans qui ne s'étaient jamais imprimés dans les yeux de mon fils. Quand vous aurez parlé, j'apparaîtrai nue, défaite, au retour de la guerre du temps, une guerre qu'on perd toujours…

ARCHIBALD. Je crois que vous prêtez beaucoup de finesse à Joe. D'ordinaire, rien ne le touche, sinon un krach boursier. Allons, ne craignez rien, mon petit oiseau d'amour.

MEG. N'employez pas ces mots dans sa proximité, Joe diffuse des ondes qui les rendent ridicules.

   Joe les rejoint.

JOE. Voici, mère. J'ai fait — sur la page un, colonne de droite — l'estimation de ton portefeuille d'actions à l'heure présente. Sur la deuxième page, le revenu de tes loyers. Tes dépenses du mois sur la troisième.

ARCHIBALD. Assieds-toi, mon neveu, et bois un verre avec nous.

JOE. Non merci, mon oncle, ce genre d'élément humain me fatigue. Mais je veux bien m'asseoir.

MEG. Comment va Cecily?

JOE. Je ne sais pas. Appelez son médecin.

Archibald croit à un mot d'esprit : il rit en tapant sur l'épaule de Joe.

ARCHIBALD. Sacré farceur !

Meg lui fait discrètement signe de ne pas insister.

MEG. Joe, nous avons quelque chose à te dire, ton oncle et moi.

JOE. J'ai quatre minutes trente.

MEG. Tu sais que j'aimais beaucoup ton père… Tu sais combien sa mort m'a affectée. Tu sais que je ne retrouverai plus jamais le type de relations que j'avais avec lui…

JOE *(l'interrompant)*. Si tu ne me dis que des choses que je sais, nous risquons, sans fatuité de ma part, de dépasser les quatre minutes.

Encore une fois, Archibald croit qu'il s'agit d'une plaisanterie. Il rit et tape encore sur l'épaule de Joe.

JOE. Je n'ai jamais compris, mon oncle, pourquoi vous vous secouiez ainsi régulièrement la carcasse en montrant les dents… j'ai toujours peur que vous ne vous décolliez le gras des os.

Archibald cesse brutalement de rire.

MEG. Enfin bref, malgré ce terrible deuil, il m'apparaît que… je ne peux pas vivre seule…

JOE. Prends un chien. Beaucoup de femmes de ton âge prennent un chien. C'est statistique.

ARCHIBALD *(relayant Meg)*. Ta mère, mon petit Joe, est bien trop femme pour oser te le dire : elle veut se remarier. *(Un temps. Joe ne réagit pas.)* Avec un homme de

son âge. *(Idem.)* Que tu connais. *(Idem.)* Depuis longtemps. *(Idem.)* Avec moi.

> *Joe ne réagit absolument pas. Archibald et Meg le*
> *regardent avec inquiétude.*

ARCHIBALD *(reprenant).* Nous allons nous marier, ta
mère et moi. *(Ajoutant pour détendre l'atmosphère.)*
Tu vois, ça ne sort pas de la famille.

> *Il rit un peu trop fort. Meg aussi, pour dissiper la*
> *gêne.*

JOE. Vous riez beaucoup, mon oncle. Pourquoi ?

ARCHIBALD. Vous ne riez jamais, mon neveu ?

JOE. Rarement. Rien ne me fait rire de ce qui fait rire
chacun. *(Le regardant fixement.)* C'est une technique
de communication pour obtenir des autres ce que vous
voulez ?

ARCHIBALD. Dans une certaine mesure, oui. Ça les
détend.

JOE. Un élément humain, en quelque sorte ?

ARCHIBALD. En quelque sorte.

JOE. J'essaierai.

> *Un temps.*

MEG. Tu ne dis rien ? *(Un temps.)* Au sujet de notre
mariage ?

JOE. Si, si. J'ai bien reçu l'information. *(Un temps.)*
Vous ne sentez pas comme une odeur ?

MEG. Une odeur ?

ARCHIBALD. Une odeur ?

MEG. Non.

JOE *(intrigué).* Ah…

   Un temps.

MEG. Et qu'est-ce que tu en penses ? De notre mariage ?

JOE. Ah, vous me consultez ? *(Il réfléchit puis regarde sa mère.)* Tu es belle, mère, et tu peux encore faire un lot acceptable pour un homme d'un certain âge. Naturellement, je n'aimerais pas trop que tu fasses un enfant mais je crois savoir que la nature a sagement empêché les veuves cinquantenaires de diviser le patrimoine. Quant à mon oncle… *(Il se tourne vers son oncle qui soutient bravement l'examen.)*… il est plutôt laid, ce qui n'a pas d'importance pour un homme ; il pèse trente-cinq pour cent des parts de la banque Danish, ce qui le rend convenable ; gros, gras et asthmatique, il devrait rapidement mourir, ce qui le rend sympathique et te laissera, ma mère, en bonne position patrimoniale et me garantira, à ta propre mort, soixante-dix pour cent des parts, soit le contrôle total du conseil d'administration ; bref, mon oncle constitue un excellent parti, surtout en tant que mort virtuel.

MEG. Tu envisagerais donc ce mariage d'un bon œil ? Tu es d'accord ?

JOE *(froid).* Toute marmite finit par trouver son couvercle.

   À ces mots, il éclate de rire.
   Meg et Archibald le regardent rire, effrayés.
   Joe s'arrête brutalement de rire.

JOE. J'essayais votre technique, mon oncle. Je crois qu'elle ne me convient pas. *(Il se lève et se dirige vers la porte.)* Les quatre minutes trente sont écoulées. Je

vous laisse à votre joie. *(Sur le pas de la porte.)* Il y a
une odeur ici, vous devriez aérer. *(Un temps, cherchant
l'élément humain.)* Ah oui, que dit-on dans ces cas-
là ?… Soyez heureux… et n'ayez pas d'enfants.

Il sort.
*Meg et Archibald restent, effondrés, sur le canapé,
tirant une mine sinistre.*

NOIR

4

Salle des transactions. — Intérieur nuit.

Joe, seul dans la salle des transactions, est en train de travailler avec vélocité sur les ordinateurs. Tout d'un coup, les parasites sonores et visuels commencent.

JOE. Ah non, vieille carne, tu ne vas pas remettre ça !

La figure de son père apparaît sur l'écran.

LE PÈRE. Bonsoir, Joe. 20 novembre. Tu es seul dans la salle des transactions parce que, le 20 novembre, la banque centrale de Calcutta dévalue la roupie. Il y a du bénéfice dans l'air. De la boîte où je croupis, je t'envie.

JOE. Abrège.

LE PÈRE. J'irai droit au fait. Pendant des années, mon esprit a été aussi clair, net, et symétrique que notre salle des coffres. Tout y était à sa place, dans un tiroir et sous un numéro. Briefing quotidien, hygiène, livre de comptes. Mais depuis quelques jours, il y a des odeurs. Une odeur, Joe, c'est insupportable… la pestilence gagne tout, s'infiltre dans les angles, poisse sous les serrures, une odeur comme un soupçon…

JOE. De quoi parles-tu ?

LE PÈRE. Tu as dû la sentir, toi aussi. Ça se faufile comme un danger… l'univers se peuple d'ombres, l'ampoule électrique ne diffuse pas la même lumière pour tout le monde… tu ne sais plus ce qu'il y a derrière les crânes, ils sont des coffres inaccessibles, butés… Il y a de l'autre partout…

JOE. Tais-toi, vieille carne.

Et Joe se met à tripoter fébrilement les boutons pour faire disparaître l'image.

LE PÈRE. L'odeur… l'odeur de l'autre… Elle se tenait près de ta mère, cette odeur, mon fils, la première fois, près de ta mère…

JOE. Je vais couper le courant. Tu seras bien obligé de te taire.

LE PÈRE. Venge-moi. Venge-moi de…

Et subitement, l'image disparaît.
Les écrans redeviennent normaux. Joe semble essouf-flé, violemment ému, comme s'il sortait d'un cauche-mar.
Guilden entre, un balai à la main, un seau et des chiffons : il est devenu employé d'entretien.

GUILDEN. Ça ne vous gêne pas, monsieur, que je fasse le ménage ?

JOE *(sans le regarder)*. Allez-y.

Joe s'assoit, pensif, menant une activité machinale sur ses ordinateurs. Dans la suite de la scène, il va se mettre à parler à Guilden, sans jamais le regarder vraiment, comme s'il dialoguait avec lui-même.

Joe. Vous vous appelez comment ?

GUILDEN. Guilden, monsieur.

JOE. Guilden, est-ce que vous savez ce que c'est, l'odeur de l'autre ?

GUILDEN. Oh, je pense bien, monsieur. C'est comme une grosse bouée qui empêche d'approcher. Il y en a une, plus ou moins large, autour de chacun.

Joe s'approche de lui.

JOE. Vous la sentez ?

GUILDEN. Oh oui.

Joe recule.

JOE. Toujours ?

GUILDEN. Oh oui.

Joe se met le plus loin possible de Guilden.

JOE. Toujours ?

GUILDEN. Oh, la vôtre, on la sent même lorsqu'on ne vous voit pas. Elle occupe toute la banque. Elle déborde même sur la City.

Joe s'approche très près de lui et le renifle dans le cou.

JOE. Et vous ? À part l'after-shave, je ne sens rien.

GUILDEN. Oh, mais moi je n'ai pas beaucoup d'odeur, c'est mon problème. Par contre, j'ai beaucoup de nez.

JOE *(sincèrement)*. Ça doit être pénible.

GUILDEN. C'est une maladie, vous voulez dire ! Ça a un nom, d'ailleurs.

JOE. Ah oui ?

GUILDEN. La timidité.

Joe opine de la tête, perdu dans ses pensées, toujours collé à Guilden.

GUILDEN. Excusez-moi, monsieur… est-ce que vous ne pourriez pas… vous reculer… je suis tellement dans votre odeur que je vais suffoquer…

JOE *(machinal).* Bien sûr, bien sûr… *(Il regagne son ordinateur et prend son téléphone.)* Oui, Joe à l'appareil. Prenez rendez-vous avec mon oncle. Le plus tôt possible.

Pendant l'appel, Rosen entre et rejoint sa console.

JOE. Rosen, est-ce que vous sentez mon odeur ?

ROSEN. Je vous demande pardon, monsieur ?

JOE. Rien. Achetez des roupies sur tous les marchés avant midi et revendez ce soir.

ROSEN. Mais… vous n'avez pas commencé la manœuvre ?

JOE. Faites ce qu'on vous dit. Je repasserai plus tard.

Rosen, très intrigué, s'exécute. Joe se lève et passe devant Guilden. Il le regarde attentivement.

JOE. Vous vous appelez ?

GUILDEN. Guilden.

JOE. Vous aimez l'argent, Guilden ?

GUILDEN. C'est ce qui rend la misère supportable, monsieur.

JOE. Alors prenez.

Il sort un billet et le lui donne. Guilden n'en revient pas. Rosen ouvre de grands yeux étonnés.

JOE. A-t-il une odeur ?

GUILDEN. … Non…

JOE. Aucune ?

GUILDEN. Non, monsieur.

Joe reprend alors le billet et le remet dans sa veste.

JOE. J'en étais sûr. *(Il va pour sortir. Au dernier moment, il se ravise et sort le billet.)* Tenez. Pour l'élément humain.

Il jette le billet à terre en direction de Guilden et sort sans se retourner.
Une fois qu'il est sorti, Guilden, honteux, sous l'œil de Rosen, s'approche et ramasse lentement le billet.

NOIR

5

Deux téléphones dans l'obscurité.

Fortin and Brass, les deux banquiers, ont un visage et un costume identiques. Chacun décroche un téléphone sous un rayon de lumière avare.

BRASS. Fortin?

FORTIN. Brass?

BRASS. Affirmatif.

FORTIN. Confirmatif.

Un temps.

BRASS. Golden…

FORTIN. Joe?

BRASS. Détruire…

FORTIN. Maintenant.

BRASS. O.K.?

FORTIN. O.K.!

Ils raccrochent.

NOIR

6

Bureau d'Archibald. — Intérieur jour.

Joe et Archibald, de dos, regardent la vue sur la City qu'offre la grande baie.

ARCHIBALD. Et je peux voir toute la City. Magnifique, n'est-ce pas?

JOE. Magnifique, oui, vraiment.

Ils se retournent pour aller vers les sièges. Joe porte des lunettes noires.

ARCHIBALD. Nous sommes très contents de ta réaction à notre mariage, ta mère et moi.

JOE. Mais moi aussi, très content, vraiment.

ARCHIBALD. Et ta visite inopinée me fait beaucoup de plaisir!

JOE. Mais moi aussi, beaucoup de plaisir, vraiment.

ARCHIBALD *(riant de plaisir)*. Mon neveu! Mon neveu! Que se passe-t-il? Je ne t'ai jamais vu si chaleureux!

JOE *(s'asseyant)*. J'essaie une nouvelle méthode de communication. On reprend à son compte les derniers mots de la phrase, en ajoutant « vraiment ». C'est une technique de négociation qui permet de donner l'impression que les mots ont le même sens.

ARCHIBALD. Je ne te crois pas, tu te moques !

JOE *(ambigu)*. Je me moque, oui, vraiment.

Il regarde son oncle. Malaise d'Archibald.

JOE. Trêve d'éléments humains, mon oncle, venons-en aux faits. J'ai consulté votre dossier sur ces dernières années, j'ai opéré une rapide synthèse et voici ce que cela me donne : soit vous êtes un imbécile, soit vous me cachez quelque chose.

ARCHIBALD. Joe, comment parles-tu à ton oncle !

JOE. Vous avez hérité, vous et mon père, de cette banque qui n'était d'abord qu'un petit établissement. Soit. En trente ans, mon père en a fait une des plus grandes banques d'affaires du monde. Jusque-là tout va bien. Maintenant, nous entrons dans les détails que je ne comprends plus. L'affaire Schweitzer : Schweitzer est un escroc, il embobine mon père, mon père engage dangereusement notre banque, c'est vous qui le sauvez de la ruine en rajoutant vos liquidités.

ARCHIBALD. Je vais t'…

JOE. Laissez-moi continuer. L'affaire Globus : mon père simule une crise pour faire baisser les actions, vous n'en savez encore rien ; le coupon baisse, se vend à des sommes ridicules ; par peur de tout perdre, vous vendez une partie de vos parts à Globus, un particulier, qui s'avère en fait être un homme de paille de mon père. Mon père apaise la crise artificielle, les actions remontent, et il se retrouve avec cinquante-cinq pour cent des parts, vous êtes floué, sa domination consolidée au conseil d'administration ; jusque-là tout va bien ;

or, quand vous l'apprenez, vous avez encore le moyen d'obtenir des aveux écrits de Globus, de faire chanter mon père à vie, et non, vous ne faites rien ! Pourquoi ? Attendez ! Mon père encaisse chaque année des marges qu'il ne déclare pas, passe des capitaux en Suisse, truque les comptes, simule des faillites de filiales : vous le savez, vous fermez les yeux, et même vous continuez à l'appuyer dans ses manœuvres officielles. Pourquoi ? *(Un temps.)* J'attends vos explications.

ARCHIBALD. Ton père était mon frère.

JOE. J'attends.

ARCHIBALD. On ne traîne pas son frère devant les tribunaux.

JOE. Sauf s'il vous escroque de plusieurs millions chaque année. *(Bondissant sur lui.)* Mon père a toujours été loyal, profondément loyal ! Lorsqu'il agissait, c'était toujours pour l'argent, il n'a jamais dévié d'un pouce de sa trajectoire. C'était un homme droit, un pur, qui respectait les valeurs ! Et vous, pendant ce temps-là, qu'est-ce que vous faisiez ?

ARCHIBALD. Joe, parle-moi sur un autre ton.

JOE. Vous êtes un être vil. Vous n'aimez pas l'argent. Vous auriez pu vous en mettre plein les poches toute votre vie, rien qu'en faisant chanter mon père qui savait, lui, le gagner, et vous vous êtes contenté de recevoir les restes qu'il vous jetait de temps en temps aux pieds. J'ai honte pour vous.

ARCHIBALD. Ne me juge pas si vite. Je… j'aime l'argent.

JOE. Je ne vous crois pas !

ARCHIBALD. J'aime l'argent, mais j'estime que tous les moyens ne sont pas bons pour en obtenir.

JOE. Faux. Si la fin est l'argent, l'honnêteté consiste à employer tous les moyens pour en obtenir. Qu'est-ce que ça cache, ces trente ans de silence, ces trente ans d'accommodations, de louvoiements ! Vous pourriez être aussi riche que mon père quand il est mort ou que moi maintenant, et vous avez gardé les mains dans le dos. Pourquoi ?

ARCHIBALD. Tu as l'intransigeance de la jeunesse.

JOE. L'intransigeance des principes. Qu'est-ce que vous voliez, à votre tour, pour que l'on puisse si facilement vous voler ?

Ils se toisent un instant en silence.

ARCHIBALD. Tout n'est pas si simple… je vais t'expliquer.

Joe, subitement, porte son mouchoir à sa bouche, comme s'il était incommodé par une odeur.

ARCHIBALD. Mon petit Joe…

JOE. Je ne suis ni petit ni vôtre. Ne polluez pas la conversation avec ces éléments humains.

ARCHIBALD. Voilà. Quand…

La montre de Golden Joe sonne à son poignet. Il l'arrête tranquillement.

JOE. Pas maintenant. Je dois jouer l'ouverture de la Bourse de Hambourg dans mille deux cents secondes. Je vous rappelle.

ARCHIBALD. Il y a une explication, Joe, et tu verras, elle est très simple.

JOE. Plus tard.

*Il se lève, il est déjà à la porte. Il retire un instant ses
lunettes et pousse une grimace.*

Joe. Comment peut-on travailler à la lumière du jour ?
C'est très mauvais pour les yeux.

*Il remet ses lunettes, renifle de nouveau sa pochette
et va pour sortir. Il manque renverser sa mère qui
entre alors.*

Meg. Joe ! Tu étais ici ?

Joe. Exact.

Meg. Tu pars ?

Joe. Exact.

Meg. Tu n'embrasses pas ta mère ?

Joe. Non. On se lèche trop dans les familles. *(Il se
retourne vers la pièce et fait une grimace en reniflant.)*
Aérez, lorsque vous êtes dans une pièce. À deux, vous
puez excessivement.

NOIR

Bureau de Joe. — Intérieur nuit.

Guilden, en bleu de travail, est en train de faire mollement le ménage dans la pièce pour l'instant déserte.
Joe entre rapidement et jette ses dossiers sur son bureau.
Guilden sursaute.

GUILDEN. Oh… je n'avais pas fini… vous voulez que je vous laisse, sans doute ?

Joe ne réagit pas plus que si Guilden n'était pas là. Guilden hausse tristement les épaules et continue son nettoyage.
Entre alors Weston, le comptable, tout aussi rapidement.

WESTON. Fortin and Brass, monsieur, ils ont repris leurs manœuvres.

JOE *(réellement inquiet)*. Fortin and Brass ? Montrez-moi le dossier.

GUILDEN *(timidement)*. Je vous laisse, peut-être ?

Mais ni Joe ni Weston ne semblent noter sa présence. Le comptable ouvre le dossier sous les yeux de Joe.

WESTON. Ils savent très bien que les deux piliers sur lesquels la banque Danish a construit sa fortune sont le nucléaire et l'informatique.

JOE. Eh bien ?

WESTON. Lisez la presse. Ils se servent des médias pour saper nos bases. On ne cesse d'attaquer ces deux secteurs. *(Il montre les journaux.)* Premièrement, l'énergie atomique : regardez ces photos, ce sont des enfants nés de parents irradiés — si, si, elles sont nettes, et dans le bon sens ; regardez ces cartes, ce sont les zones sinistrées autour des centrales nucléaires ; et regardez ces courbes descendantes, ce sont les résultats agricoles de ces mêmes régions.

JOE *(jetant négligemment les journaux)*. Ça ne marchera pas. Les gens n'ont pas envie de voir ou d'entendre ce genre de choses.

WESTON. Au contraire. Les tirages montent. En couverture de magazine, le bébé d'irradiés fait désormais plus que les fesses de Josy Lamour ou le bikini de la princesse de Bent. Cinq cent mille exemplaires assurés, et ça peut même décoller au-delà si le bébé est, par chance, siamois ou trisomique. Le public en raffole. *(Un temps.)* Évidemment, les politiciens écologistes ne laissent pas passer l'occasion de se faire mousser et j'ai peur, pour nos prochains chantiers, que nous n'ayons pas nécessairement l'aval du gouvernement.

JOE. Ne craignez rien : j'ai un dossier sur les membres du gouvernement qui peut tous les envoyer en prison pour longtemps.

WESTON. Soit. Mais voici que l'informatique, l'autre fondement de nos activités industrielles, est aussi violemment remise en question. Une vaste campagne prétend que l'informatique amène la dégénérescence de nos facultés intellectuelles, l'abâtardissement de nos capacités de concentration. Certains ordinateurs commencent à être boycottés sur le marché. Et cette fois-ci, les gens de Fortin and Brass ont entraîné dans leur sillage le P.C.R., le Parti des Céphaliens Réactionnaires, ceux qui reviennent à l'écriture manuscrite et n'admettent même pas la règle à calcul.

JOE. Vous en concluez ?

WESTON. Que Fortin and Brass veulent faire baisser nos actions, provoquer une panique pour les acheter au plus bas et prendre ainsi le contrôle de la banque Danish. En un mot, ils tentent une O.P.A.

Joe a levé la tête et constaté que Guilden vient d'allumer une cigarette sur laquelle il tire tranquillement.

JOE *(au comptable, mais sans lâcher Guilden du regard)*. Laissez-moi le dossier.

WESTON. Puis-je attirer votre attention sur l'urgence qu'il y a à réagir ? Il faut contre-attaquer. Vous savez qu'il n'y a rien de plus inflammable que l'opinion publique.

JOE. Je regarderai le dossier.

WESTON *(surpris)*. Soit.

JOE. Quoi d'autre ?

WESTON. M. Steelwood fait antichambre depuis ce matin pour être reçu de vous.

JOE. Combien pèse-t-il ?

WESTON. Je ne sais pas.

JOE. Je ne reçois un financier que s'il pèse plus de quinze millions.

WESTON. C'est un industriel.

JOE. Je vous le laisse. Je ne reçois pas les industriels.

WESTON. C'est aussi le…

JOE. Merci !

Weston comprend qu'il doit partir immédiatement. Il sort.
Joe continue à fixer Guilden qui tire tranquillement sur sa cigarette, inconscient du danger.

JOE. Vous êtes censé nettoyer ou enfumer mon bureau ?

GUILDEN *(effrayé mais essayant quand même de crâner un peu)*. Je pensais être devenu invisible…

Il rit pour montrer qu'il a voulu faire de l'humour mais, à la tête de Joe, son rire se fige.

JOE. Comment vous appelez-vous ?

GUILDEN. Guilden, monsieur.

Joe le regarde un instant.

JOE. Je ne vous avais pas muté à la caisse de retraite ?

GUILDEN. Si, mais à cause d'une stupide histoire…

JOE. Quelle histoire ?

GUILDEN. Un petit vieux. Il avait quatre-vingt-douze ans. Il devait se faire opérer la semaine suivante… opération à cœur ouvert… il n'y croyait pas… il savait qu'il allait y rester… il voulait retirer son argent avant… Oh, pas grand-chose, l'épargne de toute une vie… de quoi se payer un petit week-end…

JOE. Eh bien ?

GUILDEN. Je lui ai donné son argent ! *(S'excusant.)* Oui, je sais, j'aurais dû lui faire croire qu'il fallait trois

semaines pour avoir la disponibilité des fonds… J'ai
été viré.

JOE. Bien.

GUILDEN. Alors, comme je connaissais une des femmes
de ménage du sous-sol, une amie de ma défunte mère,
j'ai pu me faire engager ici à l'essai pour trois semaines.
(Un temps.) Je suis bien content. À Londres en ce
moment, un habitant sur trois est au chômage.

JOE *(agacé par ces détails)*. C'est bien vous qui m'avez
expliqué, l'autre soir, pour les odeurs ?

  *Guilden approuve de la tête. Joe s'approche et le
  renifle.*

JOE. Oui… mais c'est si léger…

GUILDEN. Je peux sentir plus fort, si vous voulez.

JOE. Comment ?

GUILDEN. Dites-moi, les yeux dans les yeux, que je suis
viré. Mais les yeux dans les yeux, c'est la condition.

  *Joe réfléchit un instant, décide de se prêter à l'expé-
  rience. Il le fixe puis dit calmement :*

JOE. Vous êtes viré.

  *Guilden commence à se décomposer, oppressé par
  la nouvelle.*

JOE *(renifle, toujours calme)*. Effectivement… c'est
amusant… il y a eu une petite pointe de fumet…

GUILDEN. Maintenant, dites-le-moi comme vous l'auriez fait auparavant ! *(Joe ne comprend pas.)* Si, si, en
faisant autre chose, derrière votre bureau, et en lâchant
les mots comme s'ils n'avaient pas d'importance…
comme s'ils ne s'adressaient à personne…

Joe ne saisit pas assez vite. Guilden le conduit derrière son bureau.

GUILDEN. Voilà. Je vous mets un livre de comptes entre les mains, vous le vérifiez et vous me dites que je suis viré.

JOE *(sceptique, consultant les comptes, finit par lâcher)*. Vous êtes viré !

Guilden se décompose comme précédemment. Joe renifle et ne sent rien.

JOE. Ça ne marche pas : cette fois, je n'ai rien senti.

GUILDEN. Et pourtant, moi, j'ai eu aussi mal la deuxième fois que la première… Voilà, la leçon numéro deux : pour sentir, il ne suffit pas d'une odeur, il faut un nez pour la sentir. Et cette fois, votre nez n'était pas disponible. Vous voulez une autre odeur ?

JOE. C'est assez.

GUILDEN. Si, si… Regardez-moi dans les yeux et dites-moi que je suis réengagé comme courtier à la salle des transactions.

JOE *(d'assez mauvaise grâce)*. Vous êtes réengagé.

Guilden saute de joie.

JOE *(intrigué)*. Effectivement… ça sent aussi fort mais l'odeur est meilleure… Où avez-vous appris tout ça ? Je ne l'ai lu dans aucun manuel de communication. Qui vous l'a enseigné ?

GUILDEN *(avec un bon sourire)*. La vie !

JOE *(renfermé)*. Parlez adéquatement, Guilden. La vie n'apprend rien, la vie n'est que le temps imparti à l'assemblage de molécules que nous sommes.

GUILDEN. Non, monsieur, erreur ! *(Lyrique.)* La vie, c'est le flux et le reflux du monde qui nous nourrit et nous porte, comme la vague le poisson.

JOE *(soupçonneux)*. Vous faites partie d'une secte ?

Guilden, abattu par tant d'incompréhension, se tait. Entre alors Cecily.

CECILY. Nous déjeunons bien ensemble, Joe ?

JOE *(regarde sa montre)*. Oui, mais dans treize minutes seulement. Assieds-toi dans un coin et attends.

Sans mot dire, comme si cet accueil était naturel, Cecily s'assoit sur une banquette et sort un magazine de son sac.

JOE. Ah oui, une dernière chose, Guilden. *(Joe se plante en face de lui.)* Tout à l'heure nous faisions vos petites expériences, des exercices d'école sans conséquence. Mais là, maintenant, je suis sérieux. *(Un temps.)* Vous êtes viré.

GUILDEN. Mais, monsieur…

JOE. Il n'y a pas de mais… vous êtes viré… Faute professionnelle : vous fumiez pendant le service… Et comme vous n'étiez engagé qu'à l'essai, vous n'aurez rien. Aucune indemnité.

GUILDEN. Vous plaisantez… monsieur ?

JOE. Jamais.

GUILDEN. Mais je suis perdu, fini… je n'ai rien pour vivre.

JOE *(ironique)*. Mais si… la vie !

Guilden baisse la tête et sort, pitoyable. Joe sort sa pochette et murmure, songeur :

JOE. Quelle puanteur !

Weston entre de nouveau, assez gêné.

WESTON. Monsieur, ce M. Steelwood insiste pour être reçu par vous.

JOE. C'est son problème, pas le mien.

WESTON *(toujours gêné)*. M. Steelwood est le père de Mlle Cecily.

Joe marque une légère surprise.

JOE. Faites-le patienter.

Weston sort.

JOE. Cecily !

Cecily sort la tête de son magazine.

JOE. Ton père est là.

CECILY. Mon père ? Je n'ai pas de père ici. Je l'ai laissé à la maison.

JOE. Celui que tu as chez toi, il est ici !

Cecily va vers la porte, passe la tête pour regarder dans le couloir et revient s'asseoir.

CECILY. C'est bien le même.

Elle reprend la lecture de son magazine.

JOE. Cecily, viens sur mes genoux.

Cecily s'exécute avec grâce et automatisme.
*Ils parlent. **Musique (mélodrame).***

JOE. Cecily, nous allons nous marier.

CECILY. Bien sûr, Joe.

JOE. Et nous aurons des enfants.

CECILY. Bien sûr, Joe.

JOE. Et tu vieilliras, tu grossiras, tu te rideras, tu te feras tirer et teindre, et tu ressembleras à une vieille poupée très propre.

CECILY. Bien sûr, Joe. Et toi, tu prendras du ventre, de la couperose, tu perdras tes cheveux mais tu gagneras du poil dans les oreilles. Nous serons très heureux.

JOE. De quoi mourrai-je ?

CECILY. De surmenage, d'abus de café, et sans doute de mes petits plats trop gras.

JOE. Et toi ?

CECILY. Je mourrai seule, vieille, maigre et méchante, détestée de tous mes enfants et petits-enfants, en emportant mes bijoux dans ma tombe. Nous allons être tellement heureux, Joe.

Ils s'embrassent mécaniquement. Fin de la musique. Un temps.

JOE. Est-ce que j'ai une odeur, Cecily ?

CECILY. Une odeur ? Non.

JOE *(rassuré)*. Toi non plus. *(Il appuie sur l'interphone.)* Faites entrer M. Steelwood. *(À Cecily.)* Quand nous l'aurons vu, tu me raconteras comment tu dépenseras mon argent puis nous ferons l'amour.

CECILY. J'ai préparé la figure 23.

Steelwood est entré. C'est un vieil homme au visage un peu égaré. Il se dirige vers Joe et lui tend la main par-dessus le bureau. Joe la regarde, d'abord sans comprendre, puis lui tend la sienne. Steelwood veut alors faire le tour du bureau pour embrasser sa fille. Mais celle-ci le repousse, mécontente.

CECILY. Non, ici tu ne me lèches pas.

Steelwood se recule et s'assoit.

JOE. Qu'est-ce qui me vaut le plaisir ?

STEELWOOD. Les affaires, monsieur, les affaires.

CECILY *(à voix basse à Joe)*. Je peux retourner lire mon magazine ? Je ne vais pas comprendre.

Elle retourne sur sa banquette et se plonge dans les feuilles de son journal.

STEELWOOD. Comme vous le savez, je possède une petite fabrique d'informatique. Petite est un terme excessif puisque j'ai à ce jour trois mille employés si l'on compte mes filiales.

JOE. Combien pesez-vous ?

STEELWOOD. Moins trois millions.

JOE. Adieu.

STEELWOOD *(s'accrochant)*. Ces deux dernières semaines ont été très mauvaises, et nous n'avons presque plus de commandes pour les mois à venir. Si je ne trouve pas une solution, dans une semaine je mets la clé sous la porte.

Joe ne réagit pas.

STEELWOOD. Je vais mettre trois mille personnes au chômage.

JOE. Et alors ?

STEELWOOD. Je n'aurai plus d'argent.

JOE. D'après ce que m'ont dit nos avocats, la dot de Cecily est constituée par l'héritage de sa mère, et vous n'avez pas le droit d'y toucher.

STEELWOOD. C'est exact.

JOE. Alors je ne comprends pas votre venue. En quoi suis-je concerné ?

STEELWOOD. Je pensais toucher l'homme en vous, le futur époux de ma fille, mon beau-fils en quelque sorte.

Joe se met à renifler en sa direction avec inquiétude.

STEELWOOD. Je suis un homme fini, Joe. Dans trois jours, je dois payer mes employés et je n'ai plus un sou en caisse. Plus un. Je suis en rouge dans mes trois banques. Je suis fini.

Joe s'approche de Steelwood qui pleurniche de plus en plus.

STEELWOOD. J'ai tourné une heure pour garer ma voiture, je n'ai même plus les moyens de payer un parcmètre.

Joe est tout contre lui, les narines en activité.

JOE. Combien vous faut-il ?

STEELWOOD. Quatre millions. Sinon, je ne paie personne.

Cecily sort la tête de son magazine et dit très clairement :

CECILY. Ne lui prête rien, Joe. Jusqu'ici il n'a jamais remboursé ses dettes. C'est un tocard.

STEELWOOD. Tais-toi, poison !

CECILY. Il est tellement ratiboisé que le matin il pique des pièces dans mon sac pour tenir la journée. Ne lui prête rien.

JOE *(lumineux)*. Mais je ne lui prête pas. Je lui donne.

Steelwood tombe spontanément aux pieds de Joe et les embrasse.

STEELWOOD. Ah, monseigneur… monseigneur…

CECILY *(sèchement)*. Puis-je savoir pourquoi ?

JOE *(comme grisé)*. Parce qu'il a une odeur… oui… mais une bonne odeur : l'odeur de la peur de manquer. Toute sa vieille peau sue l'angoisse de n'avoir plus d'argent, la crainte lui a donné l'haleine fétide, cet homme se voit nu, à la rue, sans un sou… c'est une odeur très sympathique. *(Il aide Steelwood à se relever.)* Allons… venez avec moi, je vais vous faire un chèque…

CECILY. Je ne suis pas d'accord. Tu ne dois pas dépenser notre argent pour des lavettes.

JOE. Allons, Cecily, une fois, juste une fois, à cause de l'odeur. *(Prenant le bras de Steelwood.)* Suivez-moi.

Ils sont sortis.
Cecily regarde devant elle, les yeux agrandis par la surprise.

CECILY. J'ai peur.

NOIR

8

Une rue de Londres. — Extérieur nuit.

*Un seul réverbère sur la scène, qui crache une
lumière avare.*
*Deux hommes en chapeau melon et chapeau gris,
dont on ne voit pas le visage, attendent.*
*Un troisième arrive, dans la même tenue. On recon-
naît Weston, le comptable.*

WESTON. Fortin ?

FORTIN. Affirmatif.

WESTON. Brass ?

BRASS. Confirmatif.

*Weston se met dans le cercle de lumière jaunâtre. Ils
ont des attitudes de conspirateurs.*

FORTIN. Alors ?

BRASS. Riposte ?

WESTON. Je ne comprends pas. Il fait semblant de
négliger, il semble ne pas entendre.

FORTIN. Découvert ?

BRASS. Trahi ?

WESTON. Non, je ne peux pas croire qu'il me soupçonne. S'il savait que je suis en rapport avec vous, il se servirait de moi pour vous passer de fausses informations. Or, il ne me dit rien.

FORTIN. Négligence ?

BRASS. Fatigue ?

WESTON. Peut-être veut-il vous laisser continuer cette campagne d'intoxication jusqu'à ce qu'elle compromette vos intérêts aussi ? En effet, si le public perd toute confiance dans le nucléaire et l'informatique, le marché ne remontera pas, et les actions que vous aurez rachetées seront alors sans valeur. À ce moment-là, c'est vous qui crierez « stop ».

FORTIN. Risqué.

BRASS. Téméraire.

WESTON. Mais intelligent. Je ne sais pas. Alors il faut attendre.

FORTIN. Attendre.

BRASS. Attendre.

Les trois hommes s'en vont, chacun de son côté.

NOIR

9

Limousine. — Intérieur jour.

Intérieur de la limousine de Joe. Face au public, Arthur le chauffeur tient le volant. Sur la banquette arrière, Joe jongle avec les dossiers et les téléphones.

JOE. Oui, achetez. J'ai dit « achetez ». Sans discuter. *(Autre téléphone.)* Non, n'achetez pas mais faites croire que j'achète. *(Au chauffeur.)* Plus vite, Arthur.

ARTHUR LE CHAUFFEUR. Bien, monsieur.

JOE *(sur un autre téléphone)*. Allô, oui, passez-moi Archibald. *(Au chauffeur.)* Plus vite.

ARTHUR LE CHAUFFEUR. La circulation est difficile, monsieur.

JOE. Je vous donne un ordre, je ne vous demande pas votre avis. *(Au téléphone.)* Allô, mon oncle ? Non, dérangez-le… je ne veux pas le savoir. *(Sur l'autre téléphone.)* Ça ne m'intéresse pas. Non, même à ce prix. Vous leur direz de ma part que je ne traite pas avec des has been. *(Au chauffeur.)* Accélérez, Arthur.

ARTHUR LE CHAUFFEUR. Puis-je rappeler à Monsieur que je ne m'appelle pas Arthur, mais Jérémy ?

JOE *(menaçant)*. Vraiment ? Tous mes chauffeurs se sont toujours appelés Arthur. *(Un très léger temps. Puis, d'un ton faussement détaché.)* Qu'est-ce que vous faites, dans la vie, Jérémy ?

ARTHUR LE CHAUFFEUR *(paniqué)*. Je suis votre chauffeur, monsieur, et je m'appelle Arthur.

JOE. Et ?

ARTHUR LE CHAUFFEUR *(toujours paniqué)*. Et j'accélère.

JOE *(revenant au téléphone)*. Allô, mon oncle ? Oui… alors, vous m'aviez promis une explication. Pourquoi n'avez-vous pas plumé mon père toute sa vie, alors que vous pouviez le faire en toute impunité ? *(Sur l'autre téléphone.)* O.K., transaction acceptée. *(Sur l'autre combiné.)* Oui, j'écoute.

> *Un rayon lumineux isole Archibald parlant au téléphone.*

ARCHIBALD. Vois-tu, Joe, c'est à cause de ta mère… eh bien…

JOE *(au chauffeur)*. Plus vite.

ARCHIBALD *(accélérant)*. Voici : j'ai toujours été amoureux de ta mère. Depuis le premier jour. Malheureusement c'est ton père qu'elle a préféré et…

JOE *(au chauffeur)*. Je vous dis d'accélérer.

ARCHIBALD. Joe… Joe… comme tu me parles…

ARTHUR LE CHAUFFEUR. Mais, monsieur, le feu est rouge, je n'ai pas le droit.

JOE. Brûlez. J'ai des dossiers sur tout le monde à la police. *(À l'oncle.)* Alors, amoureux de ma mère, disiez-vous ? Mais, mon cher oncle, je ne vous questionne pas sur vos embarras gastriques, je vous demande de m'expliquer votre stratégie financière.

ARCHIBALD. J'avais honte d'être amoureux de ta mère, mauvaise conscience par rapport à ton père…

JOE *(au chauffeur)*. Filez droit !

ARCHIBALD. Et puis… et puis, flouer mon frère, c'était flouer ta mère.

ARTHUR LE CHAUFFEUR. Mais on va me retirer le permis !

JOE. Je couvre tout. Allez…

ARCHIBALD. Et voler ta mère, ça… je ne pouvais m'y résoudre.

Le chauffeur conduit de façon de plus en plus désordonnée et dangereuse.

JOE *(à son oncle)*. Je ne comprends rien à ce que vous dites. Donnez-moi une explication sérieuse. *(Au chauffeur qui vient de stopper la voiture.)* Démarrez…

ARTHUR LE CHAUFFEUR. Mais…

JOE. Démarrez !

En fermant les yeux, le chauffeur démarre. On entend un cri d'enfant, le bruit d'un choc. La voiture s'arrête sur un atroce coup de freins.

JOE. Mais qu'est-ce qui vous prend ?

ARTHUR LE CHAUFFEUR. J'espère que vous avez une bonne assurance, monsieur.

JOE *(exaspéré)*. Je dois être au conseil dans trois minutes. Qu'est-ce que vous attendez pour redémarrer ?

ARTHUR LE CHAUFFEUR. L'enfant, monsieur…

JOE. Démarrez !

LE CHAUFFEUR. L'enfant… il faut d'abord le déblayer…
il est mort !

*Joe se penche en avant et découvre la scène. Silence.
Long silence.*

ARCHIBALD. Allô… Joe… Joe… allô ?…

*Joe ne peut plus répondre. Il porte son mouchoir à
son nez.*

JOE. Est-ce que c'est normal que ça pue autant… si vite ?

LE CHAUFFEUR. Je vais sortir, monsieur. Pour leur dire
qui vous êtes.

*Il se retourne pour avoir l'approbation de Joe. Mais
Joe n'est plus là. Il est sorti de la voiture pour vomir,
et s'enfuit en courant…*

LE CHAUFFEUR. Monsieur ?… Monsieur ?…

ARCHIBALD. Joe ?… Joe ?…

La lumière s'éteint progressivement.

*Dans le noir, les voix résonnent… « Joe ? Joe ? Mon-
sieur ? Joe ? » etc.*
*Désormais, en off, tout le monde appelle Golden Joe.
On entend Archibald, le chauffeur, le comptable,
Rosen, chacun appelle dans le vide un homme qui
s'est enfui…*

10

Salon de Meg. — Intérieur nuit.

Meg, devant sa coiffeuse, est en train de se piquer des aiguilles dans le crâne. Elle grimace affreusement à chaque pénétration.
Joe entre silencieusement et la regarde.
Un temps.

MEG *(remarquant sa présence).* Ah… enfin…

JOE. Qu'est-ce que tu fais, mère?

MEG *(elliptique).* Je lutte. *(Se retournant vers lui.)* Où étais-tu? La banque t'a cherché cet après-midi…

JOE. Je marchais…

MEG. Pardon?

JOE. Je marchais dans Londres… *(Expliquant à Meg interloquée.)*… marcher… un pied devant l'autre… et l'autre encore, devant…

MEG. Drôle d'idée…

Elle recommence à planter ses aiguilles.

JOE. Contre quoi luttes-tu?

MEG. Contre l'âge… il paraît que la peau se retend sous l'effet de la douleur…

JOE. Contre l'âge… *(Il s'assied.)* Mon oncle fait-il partie du combat ?

Meg se retourne vers lui, embarrassée.

MEG. Ce mariage te gêne… tu as l'impression que je vais trop vite… que je trahis ton père… que je te quitte, peut-être aussi ?

JOE *(haussant les épaules)*. La subtilité des femmes m'assomme. *(Un temps.)* De quoi mon père est-il mort ?…

MEG *(rapide)*. Embolie pulmonaire.

JOE. C'est héréditaire ?

Meg se dresse et s'approche de lui.

MEG. Pourquoi dis-tu cela ?

JOE *(naïvement)*. Les odeurs… depuis cet après-midi, je suis asphyxié par les odeurs… un relent de pourriture qui me poisse les poumons… j'ai du mal à respirer…

MEG. L'embolie n'est pas une maladie héréditaire.

JOE. Contagieuse, alors… *(Brusquement.)* Ça s'attrape comment ?… Par les femmes ?

MEG *(très inquiète)*. Joe, qu'est-ce que tu racontes ?

JOE. Je ne sais pas. *(Il baisse la tête.)* Les idées me traversent la tête comme des balles. *(Un temps.)* J'ai écrasé un enfant, cet après-midi. En voiture.

MEG. Mais non !

JOE *(plein d'espoir)*. Il n'est pas mort ?

MEG. Si. Mais j'ai donné de l'argent à la mère, elle n'a pas porté plainte, elle a dit que l'enfant était tombé d'une fenêtre. Tout est arrangé. Il n'y a plus de problème.

JOE. Il est bien mort ?

MEG. Il a voulu traverser trop vite, il est puni, voilà. *(Un temps. Elle conclut.)* La vie n'est facile pour personne. Quant à Arthur, je l'ai licencié tout à l'heure, c'est une histoire réglée… Où étais-tu passé ?

JOE. J'ai marché… je n'avais plus envie d'aller à mon conseil d'administration… je n'avais plus que mes pieds qui fonctionnaient… un pied devant… ensuite l'autre… puis le premier… Après, je me suis rendu compte que la nuit était tombée… je suis venu ici… je pensais à mon père…

MEG. Quel rapport avec ton père ?

JOE. Cette odeur ne me lâche plus, l'odeur de l'enfant sur la chaussée…

MEG *(ferme)*. Ne te laisse pas aller… Quitte Londres, va te reposer quelque part… je ne sais pas… va au congrès de Birmingham sur la plus-value, va visiter notre succursale d'Exeter… relis Malthus, les *Mémoires* de Rockefeller, quelque chose de gai, de vivifiant… distrais-toi, recharge-toi !

JOE. Tu as raison.

Il regarde la psyché de Meg.

JOE. Tiens, c'est curieux… je n'avais jamais vu qu'il y avait cette forme, dans ton miroir…

MEG. Quelle forme ?

JOE. Là… une forme… comme un enfant qui pleure, non, qui saigne.

Meg se place devant le miroir pour le lui cacher.

MEG. Veux-tu que je te retienne un avion pour Birmingham ?

JOE. Oui…

Meg se précipite sur le téléphone.

JOE. Il n'y a vraiment rien à faire, pour cet enfant que j'ai tué cet après-midi ?

MEG. Ton assurance était en règle ?

JOE. Oui. *(Riant.)* De toute façon, c'est nous qui possédons la compagnie d'assurances.

MEG. Alors… *(Au téléphone.)* Préparez le jet de Monsieur Joe, demain neuf heures. Atterrissage Birmingham. *(Raccrochant.)* C'est fait.

JOE. Est-ce que tu as déjà tué, mère ?

MEG *(inquiète)*. Drôle de question, Joe.

JOE. Drôle de réponse, mère.

MEG. Oui, bien sûr, j'ai tué. Plusieurs fois. Parfois sans le vouloir. Parfois volontairement. C'est la vie, tuer, c'est dans l'ordre… On tue les pauvres en étant riche, on tue les vieux en étant jeune, on pousse ses parents lentement vers la tombe… Pas de vie réussie sans cadavres, les fleurs poussent sur de la charogne… c'est dans l'ordre…

JOE. Et qui d'autre encore ? Qui d'autre encore as-tu tué ?

MEG *(sur ses gardes)*. Où veux-tu en venir ?

JOE *(sincère)*. Je ne sais pas bien… les questions me poussent, comme ça… ce soir…

*Meg a un vrai mouvement de mère pour Joe, un
mouvement de tendresse inquiète… elle lui prend le
front dans les mains.*

MEG. Tu ne dois pas te poser de questions, pas toi ! Tu
dois continuer à avancer à l'aveugle, sans faillir,
comme avant, sinon…

JOE. Sinon ?

MEG. Rien. Ne me pose pas de questions. Allez, va te
coucher, tu prends ton avion demain.

*Joe se lève docilement mais s'arrête en face du
miroir.*

JOE. Comment peux-tu parvenir à te regarder dans ce
miroir ? On ne voit que lui, l'enfant…

MEG *(lui mettant la main sur le front)*. Tu le vois vraiment ?

JOE. Pas toi ?

MEG. Si. *(Sincère.)* Il y a un enfant sanguinolent qui
nous attend dans tous les miroirs… c'est le remords.
(Elle se précipite vers lui et le prend dans ses bras.)
Oh, mon Joe, j'ai si peur pour toi… je pensais que toi,
au moins, tu échapperais à tout ça… mon petit Joe…

*Joe se laisse aller contre elle, de manière enfantine,
confiante…*

JOE. Quelle migraine… ces choses nouvelles… cet
autre monde, celui des odeurs… et cet autre encore,
celui du remords… Tu ne me l'avais pas dit.

MEG. Mon Joe, je voulais t'épargner…

*Il se laisse aller, la tête contre son ventre. Elle parle
doucement, à cœur ouvert, en lui caressant les cheveux.*

MEG. Mon petit Joe, je t'ai élevé pour le bonheur…
rien que pour le bonheur… Je t'ai fait pousser droit, pas
de doutes, pas de sentiments, ni rires, ni larmes, aucun
d'état d'âme, rien de cette gangrène qui bouffe l'esprit
et saigne le cœur…

Je vais te dire le secret des mères, mon Joe : jamais
aucune mère n'a souhaité que son fils devienne un
homme… Non… jamais… Une mère peut-elle dire à
son fils que plus tard il souffrira, qu'il aimera sans être
aimé, humilié, bafoué, détesté, méprisé, seul, perdu ?…
Quelle mère voudra dire à son fils qu'il sortira de la vie
comme un vaincu, battu par le temps et détruit par la
mort… Y a-t-il une mère qui, lorsqu'elle tient ce petit
bout de chair rose contre elle, lorsqu'elle regarde ces
grands yeux clairs qui ne voient que depuis quelques
jours, lorsqu'elle embrasse cette bouche humide et
tendre, y a-t-il une mère qui a le courage d'annoncer
l'avenir et son cortège d'horreurs ? Le premier acte
d'amour d'une mère est le mensonge.

Je t'ai tenu, enfant, contre moi… Je t'ai donné la vie,
pas la mort ! C'est là le deuxième secret des mères, mon
Joe : les mères n'élèvent pas leurs fils pour en faire des
hommes, mais pour en faire des mâles… Durs, abrupts,
sans états d'âme, du muscle brut qui désire et qui veut.
Pas de place pour le flou, l'hésitation, la rêverie…
L'intelligence est féminine, mon Joe, je ne la souhaite
à personne ; la force est masculine, et le calcul aussi…
Je t'ai élevé pour vaincre, viril, machinal. Reste là où je
t'ai posé… Je t'ai élevé comme un mâle, mon fils… ne
te laisse pas débiliter par les questions… *(Elle le serre
contre elle.)* Tu es mon œuvre… je suis fière, et parfois
je t'envie… je t'envie ce bonheur auquel accèdent les
puissants : une vie d'homme sans rien d'humain…
(Elle l'embrasse.) Ne touche pas mon œuvre. *(Elle se
lève et continue, persuasive, autoritaire, hypnotisante,*

remettant Joe dans son personnage.) Tu as été bien élevé, mon fils, dans la religion de l'argent, la seule qui borne l'angoisse et endigue les souffrances. L'argent, la monnaie des vainqueurs… Tu construis, tu entasses, tu gagnes ! Tu vis croissant, en expansion, les intérêts s'ajoutent aux intérêts, tu ne te soucies pas d'être mais d'avoir… ton existence ne se réduit pas à une longue suite morne de jours mais trace le chemin de ta réussite. Regarde-moi, ta mère, un bipède ordinaire : je ne suis que faiblesse, victime de l'âge qui me détruit. Pour toi, le temps n'est pas un bourreau, mais ton pouvoir. Possède, mon fils, déploie ta force dans le temps, enivre-toi de tes possessions ; les jours accumulent pour toi. Tu règnes, mon fils, et ton règne prospérera sans fin tant que tu t'y tiendras. Dollars, yens, roupies, crois-en ta mère, l'argent est le seul remède objectif contre la condition humaine.

Joe se lève brusquement et va vers la porte.

MEG. Qu'est-ce que tu fais ?

JOE. Je n'irai pas à Birmingham demain. Je retourne à la banque. Je vais rattraper cet après-midi perdu.

MEG *(exaltée par sa victoire)*. Je t'aime, mon Joe.

JOE *(sèchement)*. Quel bruit ! Ne vous exaltez pas ainsi.

MEG *(un peu piteuse)*. Excuse-moi… l'élément humain…

Joe hausse les épaules et sort.

NOIR

11

Salle des transactions. — Intérieur nuit.

Joe et Rosen travaillent sur leurs ordinateurs. Rosen semble curieusement plus concentré et efficace que Joe.
Weston entre avec une chemise de lettres et de factures sous le bras.

WESTON. Pouvez-vous signer le courrier ?

JOE *(agacé)*. Weston, changez-moi cet ordinateur. Il y a des trous entre les chiffres.

Weston et Rosen jettent un coup d'œil sur l'écran de Joe, sans comprendre.

JOE. Non, vous ne voyez pas ? D'ordinaire, les nombres sont ronds, pleins, ils se livrent tout de suite, au premier coup d'œil… un million cinq cent mille… trois milliards… Là, il faut les déchiffrer, il traîne des blancs entre les chiffres…

ROSEN. Je vous assure que…

Mais il se tait, prudent…
Joe se met à signer le courrier présenté par Weston.

WESTON. Au sujet de Fortin and Brass, croyez-vous que…

JOE. Plus tard, plus tard… *(Aux deux.)* Laissez-moi, allez vous reposer…

ROSEN. Monsieur, puis-je vous demander la faveur exceptionnelle de rester ? Vous savez bien qu'aujour-d'hui c'est l'anniversaire du président Afal Afallou et que la Bourse d'Oumbaboué, à cette occasion, va nous permettre de…

JOE. Allez vous reposer. Je traiterai cela tout seul.

ROSEN. Mais c'est qu'il y a beaucoup de coups de fil à donner… nous ne serons pas trop de deux pour…

JOE. Revenez dans une demi-heure.

ROSEN. Une demi-heure ? Mais en une demi-heure, vous…

Joe se tourne vers eux, menaçant.

JOE. Je ne sais pas si je peux me permettre de garder des employés sourds…

Le message est passé : ils sortent prestement.

Joe se retrouve seul. Il éteint toutes les lumières du bureau, tourne son fauteuil et s'installe devant le mur d'écrans, le fixant…
Big Ben, au loin, sonne deux heures…
Comme prévu, les télévisions se brouillent et l'image de son père apparaît en grand.

JOE. Tu vois… je t'attendais…

Le père fixe la caméra en respirant avec peine. On entend, démultiplié, le travail difficile des poumons qui s'asphyxient… Ce souffle va devenir de plus en plus pathologique et angoissant.

JOE. Eh bien, parle !

Respiration difficile. Le père roule les yeux sans arriver à prononcer un mot. C'est déjà une agonie.

JOE *(menaçant l'écran du poing)*. Parle ! Je suis venu pour ça !

LE PÈRE *(difficilement)*. Ne me venge pas, Joe, arrête l'enquête.

JOE *(furieux)*. Mais je n'ai jamais voulu te venger… Parle ! D'où viennent les odeurs ?

LE PÈRE *(toujours difficilement)*. Il n'y a pas d'odeurs… le monde est propre, Joe… inodore… mon fils, ne crois pas autre chose, c'est trop affreux lorsque l'on s'en rend compte… ne t'approche pas des femmes… jamais… c'est mon dernier enregistrement… je vais aller mourir proprement, à l'hôpital… pas les femmes… ni les enfants… jamais les faibles… jamais…

Et l'image disparaît.

JOE *(hurlant, comme pour le retenir)*. Non !

Mais tout est noir et silencieux. Joe, à bout de forces, met sa tête entre ses mains et s'absorbe dans une intense réflexion…

Comme des voleurs, Arthur et Guilden entrent dans la pièce obscure.

GUILDEN. C'est ici.

Ils n'ont pas vu Golden Joe. Arthur sort un nœud coulant et commence à l'accrocher solidement à un portant.

GUILDEN. Toujours décidé ?

ARTHUR. Toujours.

GUILDEN. Tu sais que je ne suis pas d'accord ?

ARTHUR. Je sais.

GUILDEN. Bon, mais je t'aide quand même…

À son tour, il monte sur la chaise et aide Arthur à se passer le nœud autour du cou. Il redescend.

ARTHUR. Tu pousses la chaise ?

GUILDEN. Non.

ARTHUR. Mais je compte sur toi pour prévenir la presse ?

GUILDEN. Ne t'en fais pas.

ARTHUR. Photos, articles, tout… pour qu'il ait bien honte… *(Un temps.)* J'espère que je serai pathétique.

GUILDEN. En tout cas, tu auras la langue violette et la face cramoisie… pathétique, on verra…

ARTHUR. Adieu, Guilden…

GUILDEN. Adieu…

Et Arthur pousse la chaise ; il pend subitement dans le vide. Il se débat, les pieds moulinant au-dessus du sol.
Joe, qui entend la chaise tomber, se précipite alors.

JOE. Mais qu'est-ce que vous faites… Arthur… Arthur… *(Et Joe remet la chaise, y monte et parvient en quelques secondes à le détacher… Il récupère Arthur dans ses bras et l'aide à respirer… Joe se tourne, furieux, vers Guilden.)* Et tu le laisses faire ?

GUILDEN. Sa vie, c'est tout ce qu'il a. Il en dispose comme il veut.

JOE. Arthur… Arthur… tu vas mieux ?…

GUILDEN. Ce n'est pas Arthur, c'est Jérémy…

JOE. Pourquoi vient-il se pendre ici ?

GUILDEN. Pour vous faire honte. À cause de vous, il est responsable de la mort d'un enfant. Il voulait que le scandale éclate.

Joe se tourne vers Arthur.

JOE. Mais non… il faut vivre…

ARTHUR *(difficilement)*. Pourquoi ?

Joe marque une hésitation.

JOE. Vous avez de ces questions… *(Un temps.)* Il ne faut pas se tuer…

ARTHUR. Pourquoi ?

JOE *(lamentable)*. Parce que c'est mal.

ARTHUR. Mal, c'est quoi ?

JOE. Guilden, je vous en prie, donnez-lui une raison de vivre, un véritable espoir, quelque chose qui l'empêche de recommencer.

GUILDEN *(cynique)*. En combien de lettres ?

Joe a réussi à faire asseoir Arthur qui va mieux. Il court chercher une grosse liasse de billets dans un coffre.

JOE. Tenez, Arthur, prenez ça. Et puis, dès maintenant, sachez que je vous réengage.

Arthur reçoit la liasse de billets sur ses genoux et la considère, sans expression.

JOE. Voilà, vous avez de l'argent et un emploi. Ça va mieux ?

ARTHUR *(atone)*. C'est beaucoup d'argent ?

JOE *(comme à un enfant)*. Oui, beaucoup d'argent. C'est pour vous.

ARTHUR. Ça vous prive ?

JOE. Non.

ARTHUR. Alors, ce n'est pas beaucoup d'argent.

Joe croit comprendre. Il va au coffre et sort des liasses. À chaque fois, Guilden lui fait signe que ça ne suffit pas... Il en rajoute toujours plus, toujours plus difficilement, à contrecœur... Enfin, il dépose la somme aux pieds d'Arthur.
Guilden dit à Arthur, satisfait :

GUILDEN. Ça y est : il est livide. Ça doit être beaucoup d'argent.

ARTHUR *(machinal)*. Tant mieux, tant mieux…

Alors, Arthur se baisse, sort son briquet et met le feu au paquet de billets. Ils s'enflamment immédiatement. Guilden sourit. Arthur aussi. Ils semblent tous les deux aller mieux...

JOE. Mais vous êtes fous ! Qu'est-ce qui vous prend ?

ARTHUR *(lentement, en regardant le feu)*. Je n'ai pas d'argent, je n'en ai pas besoin. Je n'ai pas de métier, je n'en ai pas besoin. Par contre, avant que je ne devienne un assassin, j'avais quelque chose que vous m'avez fait perdre, que je ne retrouverai pas, quelque chose dont j'ai vraiment besoin : la dignité.

JOE. Mais arrêtez ça, vous allez foutre le feu à la banque !

Et il se précipite pour trouver un extincteur.
Quand il revient, Arthur et Guilden sortent en le saluant bien bas.

ARTHUR et GUILDEN. Au revoir, monsieur Joe.

*Mais Joe, lui, n'est occupé que des billets qui brûlent.
Braquant l'extincteur sur le feu, il envoie de la neige
carbonique. Le feu est maîtrisé mais Joe se rend
compte que tous les billets sont endommagés. Il vient
de perdre une fortune. Il se tient à genoux devant le
foyer éteint, déconcerté.*
*Rosen entre par le fond et se dirige directement vers
les écrans.*

ROSEN. Cela se passe bien, à la Bourse d'Oumbaboué ?

JOE. Je n'ai pas commencé…

ROSEN. Pardon ?

JOE. J'étais occupé. Mais allez-y, occupez-vous-en.

*Rosen s'assoit à sa console mais curieux, étonné, il
se dresse sur ses pointes de pieds et aperçoit, devant
Joe, le reste des billets calcinés.*

ROSEN. Qu'est-ce que c'est, ce tas ?

*Joe, toujours à genoux, regarde les braises, comme
hypnotisé, les faisant glisser entre ses mains…*

JOE *(lentement)*. Une dignité…

NOIR

12

Chambre de Cecily. — Intérieur nuit.

Dans sa chambre qu'éclaire une lampe de chevet, Cecily vient de s'habiller pour la nuit. Elle entre dans son lit et soudain se rend compte qu'elle a oublié quelque chose. Elle saute au pied du lit et s'age- nouille, les mains jointes.

CECILY *(très vite, automatique).*
Notre père le Dollar,
Que votre cours soit respecté,
Que votre règne dure.
Donnez-nous aujourd'hui notre vison du jour,
Effacez nos crédits comme nous le réclamons
[à tous nos débiteurs,
Et délivrez-nous des pauvres.
Amen.

Sa prière achevée, elle se couche, éteint la lumière et ferme les yeux pour dormir.
La pièce n'est plus éclairée que par la lumière de la lune, lumière blanc et bleuté qui tombe, oblique, de la fenêtre ouverte.
On voit deux mains s'agripper au rebord, puis un corps se hisser.
Joe entre silencieusement dans la pièce. Il est sale, mal rasé, comme un homme qui erre depuis deux

*jours. Il s'approche d'elle. Un rayon de lune tombe
sur sa tête blonde, posée sur l'oreiller. Il la regarde
dormir.*

JOE *(doux).* Pourquoi est-ce que je te vois mieux dans
les ténèbres ? C'est dans tes yeux fermés que je vois
ton regard. C'est dans ton repos que je vois la vie en
toi. C'est dans ton silence que je t'entends parler. *(Il se
penche et l'embrasse.)* Petit crâne plein de pensées
inconnues, de pensées libres, folles… Pour la première
fois, je te vois loin de moi ; pour la première fois j'ai
envie de me rapprocher. *(Il entre lentement dans le lit
et se couche le long d'elle, sans la réveiller.)* Pourquoi
vivais-tu dissimulée ? Pourquoi t'étais-tu cachée sous
la lumière des ampoules électriques ? Ces cheveux qui
sentent le miel et la poire… ce bout d'oreille, coquil-
lage qui ne veut pas entendre, recroquevillé sur lui,
comme si vous étiez deux à dormir en compagnie, toi
au milieu des draps, et toi en miniature en ton oreille…
(Il glisse ses mains sur elle.) Et la chaleur ? D'où vient-
elle ? De quelle partie intime où je ne peux pas atteindre ?
(Il a envie de faire l'amour avec Cecily.) Cecily…
Comme il m'attire, cet inconnu qu'il y a en toi !…
Cecily… Cecily…

*Il est en train de s'introduire doucement en elle.
Sous ses attouchements, Cecily se réveille.*

CECILY. Joe !

*Joe se découvre avec Cecily dans ses bras, un peu
déconcerté. Son lyrisme l'a quitté. Il recule avec
gêne.*

JOE. J'avais envie de te voir.

Cecily le regarde sans comprendre.

JOE. À quoi rêvais-tu ?

CECILY. Je rêvais à ma cure de thalasso… je prenais mon bain de boue… *(Elle se frotte les yeux et retrouve ses esprits. Elle regarde Joe avec reproche.)* On te trouve de moins en moins à ton bureau. Tout le monde te cherche depuis quelques jours.

JOE. Qui, tout le monde ?

CECILY. La banque. Ta mère.

JOE. Toi ?

CECILY. Moi ? *(Elle ne s'était pas posé la question. Elle ne trouve pas la réponse.)* Peut-être.

JOE. Cecily, j'ai tué un enfant, un homme a failli se suicider à cause de moi, je marche depuis deux jours dans Londres et j'y découvre des choses horribles… je ne sais plus quoi faire…

CECILY. Prends une douche.

Joe se lève et s'approche de son miroir.

JOE. Tu vois… il est là, dans ton miroir aussi… l'enfant qui saigne… tu ne le vois pas ?…

*Cecily ne répond pas. Voyant la détresse de Joe, elle le prend tendrement (mais machinalement) contre elle. **Mélodrame : musique de leur amour.***

CECILY. Joe, mon petit Joe, tu n'y peux rien. Il y aura toujours des morveux qui se jetteront sous les limousines…

JOE. Peut-être sortait-il de l'école, avec une récompense, un mot, une image… il courait pour le dire à sa mère.

CECILY. S'il avait été bien élevé, il aurait été attendu par une nurse, un domestique, quelqu'un. Un enfant bien élevé ne traverse pas la rue tout seul.

JOE. Il était fier… Non pas de lui, mais de la joie qu'il allait donner à sa mère. Il aimait tant le sourire de sa mère lorsqu'on la complimentait sur son fils.

CECILY. C'était sans doute une teigne, un de ces sales gosses au nez morveux, à la culotte douteuse, aux ongles bruns…

JOE. Un petit cœur qui ne battait que d'amour…

CECILY. De la graine de violence…

JOE. Un enfant de l'été, un enfant de la passion…

CECILY. Sa mère ne l'avait jamais accepté. Violée dans un parking. Une troupe d'étrangers basanés. Jamais su lequel était le père.

JOE. Je me suis approché : ses membres étaient cassés. J'ai cru qu'il avait du sang, aussi, tout autour de la bouche, je me suis penché : c'était la confiture de son goûter.

Fin de la musique.
Joe marche en rond dans la pièce.

JOE. Je ne vais pas bien, Cecily. Il y a des paroles qui passent par moi, que je ne contrôle pas, des paroles qui ne sortent pas d'une analyse objective de la situation mais qui me débordent… Tu vois ce que je veux dire ?

CECILY *(tranquillement)*. Pas du tout.

JOE. Est-ce qu'il t'arrive de traverser Londres et subitement de voir ce que tu ne vois pas d'ordinaire… des façades, des vitrines, des noms de rues, de voir des clochards qui tendent la main, des femmes ivres, des enfants seuls, des vieillards qui n'avancent pas… et puis, derrière parfois, la lèpre sur les murs, la lumière qui n'entre pas dans les maisons, les échoppes fermées, la ville entière qui se décompose ?…

CECILY. Non, jamais…

JOE. Et puis, incompréhensiblement, d'avoir le cœur qui se serre et les larmes qui viennent, noyant la rue ?

CECILY. Non plus.

JOE. Tu ne pleures jamais ?

CECILY. Si. Quand on me raconte des histoires d'animaux… Dès qu'on me parle d'une petite bête malade, je perds deux litres de larmes.

JOE *(cherchant à nommer le phénomène)*. Tu as… bon cœur ?

CECILY *(simplement)*. Je n'ai pas bon cœur, je suis cucul. *(Expliquant.)* C'est le résultat que j'obtiens dans tous les tests d'évaluation psychologique : cucul. *(Citant de mémoire.)* « Aime-son-ours-en-peluche-sa-poupée-les-pralines-s'attendrit-sur-le-sort-de-tout-ce-qui-est-petit-et-sans-défense-à-l'exception-du-reste. » *(Commentant avec satisfaction.)* Les hommes aiment beaucoup les femmes cucul — c'est ce que dit le test : la femme cucul repose l'homme des fatigues d'une journée, le conforte dans son sentiment de supériorité et le ramène à la tranquillité de l'enfance. *(Concluant.)* Je suis très contente d'être une femme cucul. Et comme tu as de la chance.

Elle ouvre les bras. Il y vient. Ils s'embrassent mécaniquement. Mais, au sortir du baiser, Joe demeure inquiet.

JOE. Et les hommes, les autres, tu n'y penses pas ? Tu ne les sens pas ?

CECILY. Pourquoi penserais-je à eux ?

JOE. Ce sont des êtres humains.

CECILY. Il y en a trente-trois milliards sur terre. Et soixante milliards d'insectes.

JOE. Mais ils… s'ils sont anglais, comme nous… s'ils sont de Londres, comme nous…

CECILY *(définitive)*. Ils ne sont pas nous ! *(Elle pose la main sur le front fiévreux de Joe.)* Je suis une fille sérieuse, Joe. Je tiens à être heureuse. Et le bonheur exige qu'on se rende sourd et aveugle aux malheurs des autres. Les autres n'existent pas, il n'y a que nous.

JOE *(cédant, rassuré)*. Tu as raison.

CECILY *(gentiment)*. Bien sûr. Tu es fatigué, tu parles pour ne rien dire.

JOE *(secouant la tête)*. J'essayais de comprendre…

CECILY. Moi, je suis bête, c'est beaucoup plus reposant. *(Un temps.)* Allons, tu es sale, tu es fatigué, et tu voudrais faire l'amour. *(Elle ouvre le lit.)* Va prendre une douche et viens.

JOE. Est-ce que tu m'aimerais pauvre ?

CECILY *(du tac au tac)*. Est-ce que tu m'aimerais avec une jambe de bois ?

JOE. C'est une autre question.

CECILY. C'est la même.

JOE. Tu ne réponds pas ?

CECILY. Après toi.

JOE *(évasif)*. Une jambe de bois ?…

CECILY. Une jambe de bois !…

JOE. C'est trop dur…

CECILY. La jambe de bois?

JOE. Non, la question.

Ils s'assoient tous les deux sur le lit, soucieux.

JOE. Nous ne devrions pas parler ensemble, comme ça… c'est fatigant.

CECILY. Tu as raison, le dialogue tue notre amour. *(Un temps.)* Si nous faisions la figure 19?

JOE. Mmm? J'hésite entre la 19 et une aspirine.

CECILY *(câline).* La 19?

JOE *(cédant).* La 19!

CECILY. D'accord, mais va prendre une douche d'abord. Tu pues…

Joe se retourne étonné vers elle.

JOE. Quoi? Tu sens les odeurs?

CECILY *(étonnée aussi).* Oui…

Inquiets, ils se prennent dans les bras l'un de l'autre, comme des naufragés sur un radeau.

CECILY. Qu'est-ce qui se passe? Tu es loin, tu es bien loin, Joe. Serre plus fort…

JOE. Mais je serre… je serre… mais j'ai l'impression que je ne te retiens pas…

CECILY. Serre… serre… Joe… Où es-tu?… Serre…

NOIR

13

Salon de Joe. — Intérieur nuit.

Joe donne une réception. Se trouvent, en train de bavarder, boire et grignoter des toasts, Joe, Cecily, Meg, Archibald, Weston, Rosen. Au milieu circule une charmante soubrette, habillée à l'ancienne, qui propose un plateau de petits-fours.

MEG. C'est ridicule ! Jusque-là, Joe a toujours habité son bureau, à la banque, comme son père. Qu'est-ce qu'il lui arrive ? Non seulement il ne travaille plus que huit heures par jour, mais il prend un appartement !

ARCHIBALD. C'est très joli, vous ne trouvez pas ?

MEG. Cela m'inquiète aussi : Joe n'a pas voulu prendre un décorateur, il a tout fait lui-même. J'ai peur que ce garçon ne soit malade.

Ils retournent au buffet.

JOE. C'est une coutume très ancienne, Cecily : lorsqu'un homme prend un appartement, il pend la crémaillère.

CECILY *(la bouche pleine)*. Ah bon ?

WESTON *(à l'oreille de Joe)*. Quelle est votre décision, monsieur, pour contrer Fortin and Brass ?

JOE. Nous verrons, nous verrons.

WESTON *(pour lui-même)*. Il se méfie de moi.

Cecily regarde la bonne qui s'approche d'elle avec le plateau de toasts.

CECILY. C'est vous la crémaillère?

LA PETITE BONNE. Non, madame, je ne crois pas.

Cecily lui prend un toast.

JOE. Chers invités. Je tiens d'abord à vous remercier d'avoir accepté mon invitation et à vous dire que votre venue me chauffe le cœur.

MEG *(entre ses dents)*. Ce langage, ce langage... ça fait peur...

JOE. Mais je tenais à vous recevoir dignement. Sachant le peu d'agrément de ma compagnie, je me suis permis de vous préparer une petite surprise. En fouinant dans le vieux Londres, j'ai découvert ceci, une vieille chose oubliée dont je voudrais vous faire la lecture.

Le noir se fait brusquement. Un projecteur, tenu par Guilden, fait apparaître un petit rideau de scène. Musique.
On entend juste les bruits des spectateurs qui s'installent. La bonne s'est immédiatement transformée en ouvreuse, tenant une lampe de poche à la main.

WESTON *(à Meg et Archibald)*. Madame, monsieur, asseyez-vous devant, pour ne rien manquer du spectacle.

CECILY. Je ne vois rien.

STEELWOOD. Ce n'est pas commencé.

La musique finit. Le rideau s'ouvre.
Joe est seul en scène, pensif... devant une toile repré-

*sentant un rempart médiéval devant la mer. Il tient
un livre à la main et commence à méditer…*

JOE. « Être ou ne pas être… c'est la question. Faut-il la
vouloir, cette vie que l'on n'a pas voulue ? Cadeau
venu d'on ne sait qui ? Cadeau dont on estime… on ne
sait quoi ? »

CECILY. Je ne comprends rien.

JOE. « Nous vivons tous au milieu d'une grande cour,
une grande cour cernée de hauts murs. Les murs se
dressent si haut que personne ne peut atteindre leur
crête. Aucun vigile, sur aucun mirador, ne saura nous
dire ce qu'il y a derrière les murs ; et aucun voyageur,
jamais, n'est revenu de cet envers inconnu. Partout, des
quatre côtés de la cour, on ne frappe jamais que de la
pierre ; les têtes cognent contre la muraille.

« Certains jours, on catapulte des prisonniers au-
dessus des murs : on les entend hurler lorsqu'ils passent
la cime, et puis après, plus rien. Pourquoi ont-ils hurlé
si fort ? Avaient-ils tort ? Ont-ils raison ?

« Certains jours, les prisonniers me disent que moi
aussi, un jour, je serai catapulté là-haut, que j'aurai
beau agiter les bras, les jambes, grimacer, crier, me
retenir, la catapulte me fera passer les remparts.

« Certains jours, je voudrais être ce jour. J'aimerais
déjà passer le mur… ne plus m'interroger sur le mur…
Être ou ne pas être… Être pour ne plus être ! »

*Meg ne supporte pas du tout cette crise d'introspec-
tion publique. Elle tente d'interrompre Joe.*

MEG. Joe, cesse immédiatement cette mascarade.

JOE. « Car plus dure que le mur est la question du mur ;
plus sombre que le mur est l'ombre portée par le mur
dans la cour. C'est dans la vie que pousse l'angoisse de

la mort, c'est elle qui nous laisse cette amertume à la bouche… alors que dans la mort… Je me surprends parfois à rêver des eaux calmes du néant. On cesserait de craindre, de souffrir… on cesserait d'anticiper.

« Mais qui nous prouve que l'Inconnu, derrière le mur, est bien le Néant ? Et si le tumulte de mourir était plus fracassant que le tumulte de vivre ? Être ou ne pas être ? »

Meg essaie de faire partir les invités.

MEG. Je crois que nous devrions le laisser jouer seul. Ça serait sa meilleure punition pour avoir ennuyé ainsi tout le monde.

JOE *(véhément, comme s'il s'adressait précisément à Meg).* « Alors mieux vaut retourner jouer dans la cour ! Mieux vaut "être", n'est-ce pas ! "Être", c'est-à-dire écraser ce qui est ! "Être", c'est-à-dire dominer, contraindre, préférer la terreur à l'angoisse, la vraie, celle qui est le souci du mur. Oublier ! S'absenter dans l'action ! Ne plus voir l'univers qu'à l'échelle de la cour. Prendre le fouet du siècle, devenir un tyran, épanouir l'orgueil, faire les lois, les dépasser, les bafouer, s'oublier dans la morgue et l'irrespect des autres. Y a-t-il meilleur service à rendre aux prisonniers que les vexer, les rendre vils, les faire ramper à terre ? Enfin, réduits à mordre la poussière ou à lécher des semelles, ils ne voient plus le ciel incompréhensible au-dessus des hauts murs silencieux. Seule la crainte du poignard fait oublier la mort. Mieux vaut gémir, suer, faire suer et faire gémir, que sonder l'épaisseur du mur et fixer ses limites inaccessibles en se disant : pourquoi ? Vivent les fardeaux qui courbent les épaules et rabattent le regard…

« Être ou ne pas être ? Être pour ne plus être ? Dor-

mir, mourir ? Non, mes amis, il faut être ! Mais être bas,
en abaissant les autres ! »

MEG. Arrête ! Arrête ! Sortez tous, immédiatement !

*Joe s'arrête, satisfait d'avoir mené sa mère au bout
de ses nerfs. Archibald fait mine de protester.*

ARCHIBALD. Allons, mon oiseau d'amour, allons…

MEG *(hors d'elle)*. Tous ! Sortez tous !

*Elle a dit cela sur un ton tellement terrifiant qu'en
quelques secondes, la pièce est vide.*
*Une fois qu'ils sont seuls, Meg, épuisée, se laisse
tomber sur le sol.*
*Dans la pénombre, Joe descend de scène et s'ap-
proche de sa mère. Il la regarde, ou plutôt il la
détaille, il la découvre. On comprend qu'il se retient
même de la toucher.*

JOE. Tu peux te relever, mère. Tout le monde est parti.

MEG. Pourquoi ? Creuse encore un peu et laisse-moi au
fond. *(Elle s'assied.)* Ne rentre pas dans ce jeu, s'il te
plaît. L'intérieur ! La profondeur !

JOE. Tu as peur ?

MEG. Pour toi, Joe, tellement. Tu dois continuer tout
droit, comme avant, sinon…

JOE. Sinon ?

MEG. Rien.

Un temps.

JOE. Sinon, je finirai comme mon père… ? Comme mon
père : asphyxié par les odeurs ?

MEG *(violemment)*. Comment le sais-tu ?

Joe sourit. Il la met sur la banquette et s'assoit non loin d'elle.

JOE. Je ne sais rien. Tu vas m'expliquer tout ça. Il est mort à cause de toi, c'est bien cela ?…

Un temps.

MEG. Tu voudrais être dur à mon égard, mais tu ne le seras jamais autant que moi avec moi. Approche.

Joe s'exécute. Les deux corps se touchent presque dans la pénombre.

MEG. Je suis née molle, informe, une flaque de vase. Je n'ai pas de consistance. Lorsque quelqu'un fait un creux, je m'y vautre. Si l'on m'imprime une forme, je la garde. Jusqu'à la suivante. Rien n'est profond ni ferme en moi, rien n'est précis. J'ai tous les désirs et je n'en ai aucun, je rends tout chaotique. L'eau de pluie la plus pure peut m'arroser, j'en fais de l'eau croupie. Michel-Ange sculpterait en ma boue la vierge la plus sublime, je ne garderais la pose qu'une nuit. Je suis flasque, mon fils, flasque. J'ai tous les désirs et je n'en ai aucun. Tout se reflète en moi et s'y déforme immédiatement. Rien ne tient et rien ne se tient. Je pourris tout. C'est pour cela que j'ai aimé ton père.

Ton père était un roc. Solide. Lourd. Des arêtes fermes. On s'y cognait. On s'y blessait. On y saignait. Il n'y avait pas d'homme plus rassurant pour une femme de glaise et d'eau. Auprès de ton père, je prenais de la consistance, je devenais dense. Auprès de lui, je savais quoi faire, quoi dire, quand me taire. Auprès de lui, j'étais grande, j'étais forte, j'étais utile : on appelle cela la soumission, je crois ? Plus je tremblais, plus je prenais de la consistance. Plus j'obéissais, plus je me sentais devenir quelque chose. J'échappais à la boue. Il mettait de l'ordre dès qu'il ouvrait la bouche, et son regard me densifiait : j'étais son épouse, la mère de son enfant. Il m'intégrait à un ordre éternel, celui des hommes, auquel moi, femme de glaise et d'eau, je ne pouvais accéder.

Il était dur, froid, impartial, violent. Et plus il m'écrasait, et plus je me sentais être. Oh, j'aimais même ses coups quand je me montrais trop sotte. La chaleur de ma joue qui rougissait, ma joue qui avait repris forme sous sa gifle, ma joue devenue solide qui m'empêchait de fuir de toutes parts, ma peau lisse, fermée, bien cousue par la douleur... J'ai aimé ton père comme aucune femme n'a aimé, aimé d'un amour craintif, religieux, de l'amour que l'on doit à son créateur.

Même au lit, mon Joe, j'étais heureuse avec ton père. Là aussi l'homme devient dur quand la femme reste d'eau. J'essayais de lui prendre sa force. J'allais puiser dans ton père la puissance de te faire ; moi qui étais incapable de produire quoi que ce soit, j'ai tenu cela pendant neuf mois, Joe, par la force de ton père, par la seule force qu'il avait mise en moi ou que j'étais allée chercher en lui.

Alors, toi aussi, quand tu es né, tu m'as donné la consistance. Tu hurlais, tu pissais, tu chiais : j'étais heureuse, gouvernée une nouvelle fois par un homme, esclave d'une volonté qui me donnait de l'être. Je t'ai aimé, mon Joe, ou plutôt j'ai aimé ce que tu faisais de moi, une servante de chaque instant, une machine à nourrir, à torcher, à laver, habiller, faire les devoirs, corriger les fautes... ce dévouement aveugle et incessant que l'on appelle amour.

J'avais deux juges désormais. Tous les soirs, je rendais des comptes à ton père. Il te regardait. Il voyait ce que tu devenais, comment tu poussais, il jugeait mon travail. Et j'allais guetter sur le mouvement de ses sourcils les compliments ou les reproches. *(Elle se lève, troublée.)* Puis un jour — est-ce un jour, est-ce une longue suite de jours — tu es devenu adulte. Tout d'un coup, je me retrouvais sans travail, sans plus de comptes à rendre… Où aurais-je pu mendier ma consistance ? Je n'étais plus la souillon de personne. Au contraire, je trouvais dans vos yeux la reconnaissance tranquille qu'on donne à une mère digne, à une épouse honnête, qui a achevé sa tâche : j'étais déjà morte et sanctifiée dans vos yeux.

Je n'avais plus rien à obtenir. Le mérite m'était collé sur le front, définitivement.

J'ai d'abord cru que j'étais finie, Joe, je me traînais dans mon cadavre.

Puis j'ai senti la vase, en moi, de nouveau — la vase qui remuait, la vase qui fuyait de partout sous cette figure trop nette ; j'ai senti l'informe qui me retravaillait, l'informe que je suis. C'est à ce moment-là que je me suis rapprochée de ton oncle. Il est comme moi, Archibald, il est flou, il est visqueux… il est vivant…

C'est dans un lit, une couche d'adultes, que nous nous en sommes rendu compte. Nos eaux se sont mêlées, longuement, indéfiniment. Ce qu'on appelle la tendresse.

La tendresse, Joe, deux désespoirs qui se mêlent, deux inquiétudes qui se rassurent, deux peurs de n'être rien qui se retrouvent dans la caresse.

Je ne quitterai plus la boue, Joe, c'est trop tard. Je l'ai retrouvée. J'ai tenté d'avoir la fermeté des statues, ce n'était pas pour moi. J'ai une odeur, je pue, je suis humaine.

JOE. Et mon oncle, il a une odeur ?

MEG. Énorme, puissante, écœurante, entêtante, fétide. C'est ma souille, laisse-moi le rejoindre.

Elle se lève. Joe la retient brutalement. Il la plaque contre lui.

JOE. Et si je voulais la sentir, la souille ?

MEG. Pas avec moi.

JOE. Je me sens seul, loin de toi.

MEG *(menaçante)*. C'est le destin des fils… coupé du ventre, coupé de l'amour… sans retour… garde tes distances !…

> *Ils restent un instant l'un contre l'autre. Leurs corps sont tendus, entre la répulsion et le désir.*

JOE. De quoi mon père est-il mort ?

MEG. De m'avoir découverte avec ton oncle, au lit. D'avoir découvert que ça le faisait souffrir. D'avoir découvert qu'il m'aimait.

NOIR

14

Bureau de Joe.

Meg et Weston, le comptable, ont une discussion ser-rée dans le bureau de Joe.

WESTON. Il faut intervenir, madame. La banque est à l'abandon. Depuis que Monsieur Joe déserte, le volume des transactions a baissé de soixante pour cent. Il est malheureusement irremplaçable. La confiance s'effrite. De gros clients menacent de nous lâcher.

MEG. Je sais…

WESTON. Et puis il n'est plus possible de travailler ici. Sur ordre de Monsieur Joe, on laisse entrer les men-diants, on donne aux associations caritatives, on aug-mente le petit personnel.

MEG. J'ai vu… ces gens-là deviennent d'une préten-tion !

WESTON. On a amélioré leurs conditions de travail de manière scandaleuse ! Une crèche, trois pauses pour le thé, des toilettes à chaque étage, des fauteuils en cuir, des horaires aménageables, et maintenant les haut-parleurs passent du Mozart dans les bureaux !

MEG *(horrifiée)*. Du Mozart !

WESTON. Du Mozart ! C'est une débauche d'éléments humains ! Certes, on a bien remarqué que passer du Bach dans les étables améliorait la production laitière, mais, madame, du Mozart ! Du Mozart, ici, dans une banque !... Je ne peux pas vous cacher qu'on commence à jaser dans la City.

MEG. Et que dit-on ?

WESTON. Qu'il est devenu fou...

MEG. Je vais intervenir. Où est-il ?

WESTON *(presque gêné)*. Il distribue des cadeaux à la crèche.

MEG. Quelle pitié ! Allons-y !

> *Ils sortent.*
> *Cecily entre, poussée par son père.*

CECILY. De toute façon, il n'est pas là. Et nous n'avons pas pris de rendez-vous.

STEELWOOD. Demande-lui de m'aider.

CECILY. Non.

STEELWOOD. Mais qu'est-ce que c'est, pour lui, quelques milliers de livres de plus ou de moins ?

CECILY. C'est en raisonnant comme cela que tu t'es ruiné.

STEELWOOD. Allons, ma petite Cecily, tu as de l'influence sur lui... Aide-moi. Je suis ton père, après tout.

CECILY. Justement, je me méfie.

> *À ce moment-là, Arthur, l'ex-chauffeur, en tenue de clochard, entre en tenant un tronc.*

ARTHUR L'EX-CHAUFFEUR. Pour la lutte contre la faim. Soyez généreux pour que la mort le soit moins. *(Il se plante devant eux.)* Soyez généreux.

CECILY. Vous vous êtes trompé : vous êtes dans une banque, ici.

ARTHUR L'EX-CHAUFFEUR. Il y a deux mille enfants par jour qui meurent de faim, vous n'avez jamais vu leurs grands yeux ?

STEELWOOD. Allez, foutez le camp, mon vieux, ne faites pas d'histoires.

> *Presque automatiquement, Arthur tend son tronc vers Steelwood.*

ARTHUR L'EX-CHAUFFEUR. Deux mille enfants par jour. Et ils ont des yeux doux, sans l'ombre d'un reproche. Depuis que je suis entré dans cette pièce, vingt, déjà, ont dû mourir.

STEELWOOD *(bas, à Cecily)*. Donne-lui quelque chose, sinon il ne partira pas. Un petit billet. Tu es riche comme un puits.

CECILY. Il n'y a pas que les pauvres qui ont des problèmes d'argent.

STEELWOOD *(à Arthur)*. Ma fille donne pour moi.

CECILY. Oui, qu'est-ce que vous préférez : une gifle ou un coup de pied ?

> *Arthur n'insiste pas et sort.*

CECILY. Il n'y a plus moyen d'être tranquille dans cette banque.

STEELWOOD. Voici Joe qui rentre avec Meg.

CECILY *(inquiète)*. Attention. Il sera furieux de nous voir dans son bureau sans rendez-vous.

STEELWOOD. Cachons-nous là.

Et il glisse sa fille derrière le canapé. Lui-même disparaît.
Joe rentre, immédiatement suivi d'Archibald et de Meg.

ARCHIBALD. Mais si, il est dans son bureau. Venez, mon petit canard en sucre.

MEG. Joe, je dois te parler.

JOE. Si tu veux. *(Montrant Archibald.)* Mais faut-il que ce bouffon soit là ?

MEG. Tu parles de mon époux !

ARCHIBALD. Ne te monte pas, ma meringue.

JOE. Depuis que j'ai des sentiments, je ne les cache plus. Y compris les mauvais.

ARCHIBALD. Ça n'a aucune importance, je vous laisse avec lui, mon sucre d'orge.

JOE. Qu'il sorte, il me rend diabétique.

MEG *(à Archibald)*. Laissez-nous, mon ami, s'il vous plaît.

Archibald s'exécute.

JOE. Oui ?

MEG. Cesse de déserter ton poste, Joe. La banque a besoin de toi. Fortin and Brass nous mènent une guerre sans trêve et tu ne réagis pas. Nous perdons de l'argent depuis que tu es devenu…

JOE. Oui ?

MEG. … lunatique.

JOE. Racontez-moi vos derniers jours avec mon père.

MEG. Pourquoi t'intéresses-tu à ton père ? Ça ne te tentait pas, de son vivant.

JOE. Une fantaisie qui m'est venue, comme ça.

MEG. Méfie-toi. Les faibles se cherchent un père. Les forts le tuent.

JOE. Justement. Je n'ai peut-être plus envie d'être un fort.

Ils se regardent en silence.

JOE. Sais-tu pourquoi les animaux vivent, mère ?

MEG. Non.

JOE. Parce qu'ils ne peuvent pas faire autrement. Et pourquoi les hommes vivent ?

MEG. Non.

JOE. Parce qu'ils peuvent faire autrement.

MEG. C'est-à-dire ?

JOE. Il faut avoir des raisons de vivre pour vivre. Je les cherche.

Brusquement, Meg se précipite sur les ordinateurs qui sont sur le bureau.

MEG. La Terre n'a qu'un seul cœur, qu'un seul pouls, c'est celui qui clignote sur nos écrans. Les royautés ne sont plus de territoires, elles sont des royautés de chiffres et de lignes. Ne cherche plus. Voici ton trône, voici ton sceptre et n'en bouge plus. *(Elle assoit Joe de force devant l'ordinateur.)* Qu'est-ce que tu gagnes à flirter avec la puanteur ? Tu ne files plus droit, tu hésites, tu réfléchis, tu pèses le pour et le contre. Le monde devient opaque. Ce genre de clairvoyance te fait marcher comme un aveugle. Retrouve la sûreté pour laquelle tu es fait, mon fils, avec une règle à calculer comme colonne vertébrale, et du papier millimétré sur les paupières. Règne sur le monde, redeviens un prédateur. *(Elle lui met les mains sur l'écran.)* Tu te souviens de ce que tu faisais lorsque tu étais petit ? Tu provoquais des faillites artificielles pour faire peur aux clients ; tu avais même trouvé le moyen de faire trembler les riches devant la banque ; tu montrais à chacun qu'il devait se prosterner devant notre toute-puissance, surtout lorsqu'elle est injuste.

Malgré lui, à ce souvenir, Joe rit de plaisir.

MEG. Allons, remontre-moi ton art. Prends un compte, n'importe lequel, et interviens.

Pendant ce temps, Steelwood et Cecily passent la tête au-dessus du canapé pour assister à la scène. Ils observent Meg redonnant vie à Joe. Joe s'exécute sur l'ordinateur.

MEG. Voilà. Celui-ci, un compte commercial, un compte d'industriel. Oui, supprime-lui son découvert... bien. Rouge ! Et maintenant, coupe-lui tous ses droits à emprunt. Merveilleux ! Allons, c'est ça, trafique les chiffres du déficit, baisse le solde, oui, multiplie le débit, il est totalement dans le rouge, c'est cela, il ne remontera jamais. Oh, mon fils, comme tu es beau quand tu fais ça... La puissance ! Tu domines, tu maîtrises... Tu jouis... regarde... cet homme est foutu pour les trente ans à venir... oui... il entraîne d'autres usines dans sa ruine. Impayés ! Impayés ! Faillites ! Regarde... elles sombrent toutes dans le rouge sang... comme c'est beau... Tu es un dieu, mon fils...

STEELWOOD *(d'une voix blanche).* Quel est le numéro du compte ?

JOE *(machinalement).* 42 786 Z.

Steelwood a un vacillement, porte la main à son cœur et tombe. Meg court au canapé, se penche sur Steelwood, lui prend la main, puis met la tête sur sa poitrine.

MEG. Il est mort.

Joe se retourne vers eux, soudain conscient de ce qui vient de se passer.

JOE. Mort ?

MEG. Arrêt cardiaque.

JOE *(jetant un œil sur l'écran).* C'était le numéro de son compte.

Ils sont stupéfiés par la nouvelle. La terreur apparaît sur le visage de Joe. Cecily, elle, n'a toujours pas bougé, comme pétrifiée. Joe s'approche d'elle, bouleversé.

JOE. Cecily, je regrette, pour ton père. Je ne savais pas.

CECILY *(lointaine).* Mon père ? *(Surprise, elle semble chercher dans ses souvenirs.)* Ah oui… quand j'étais petite, j'avais un père… *(Pour la première fois, elle parle juste.)* Papa ! Mon père s'appelait Papa ! Il me faisait jouer au cheval sur ses genoux, il me faisait des bisous très doux dans le cou… il piquait un peu vers le haut de la chemise… oui, oui… qu'est-il devenu ? Ça fait longtemps qu'il a disparu… Est-ce que c'est normal de n'avoir pas un père longtemps ?

Personne ne lui répond. Tout le monde la regarde, atterré, devenir folle, c'est-à-dire humaine.

JOE. Cecily, je vais te raccompagner chez toi… *(Elle ne réagit pas.)* Cecily… Cecily…

Elle ne le regarde pas, perdue dans ses pensées.

MEG. Cecily, regarde : c'est Joe.

CECILY. Je ne veux pas le regarder, il est affreux : il a des croûtes, il a des taches, il a du sang sur lui.

Joe tombe à ses pieds, tenant Cecily par les genoux, la suppliant de revenir à elle.

JOE. Cecily… Cecily…

CECILY *(étonnée, sans regarder à ses pieds).* Quels sont ces cris ? On dirait un porc qu'on saigne.

JOE. C'est moi… ton fiancé…

CECILY. Mon fiancé ? *(Un temps, très sérieuse.)* Je n'ai pas le temps d'avoir un fiancé. J'ai trop à faire. Il y a trop d'hommes dont je dois m'occuper. Non, non. Je ne peux pas m'occuper d'un homme plus que d'un autre. Qu'est-ce qu'ils penseraient ?

Entre alors Arthur, l'ex-chauffeur, avec son tronc à la main, qu'il secoue machinalement. Cecily va alors vers lui, raide, lui prend le tronc et, comme un automate, le bras tendu pour quêter, sans rien voir, enjambe tranquillement le cadavre de son père.

CECILY. Pour la lutte contre la faim. Soyez généreux pour que la mort le soit moins. Deux mille enfants par jour meurent de faim. Leurs grands yeux vous regardent tranquillement et ne vous en veulent même pas.

Elle tourne dans la pièce en répétant sa litanie, sans rien voir… définitivement ailleurs…

NOIR

15

Nuit sous un pont de Londres.

Sous l'arche d'un pont, au bord de la Tamise, un campement de clochards. Une lune blafarde se reflète dans les eaux lentes. La plupart des mendiants dorment dans l'ombre, sous des couvertures de carton. Il fait froid.
Guilden et Joe sont au bord de l'eau. Ils portent chacun un vieux plaid sur les épaules. Trois silhouettes apparaissent au fond et regardent, de loin, Joe et Guilden au bord de la Tamise.

FORTIN. Incroyable.

BRASS. Insoutenable.

WESTON. Pourquoi se rapproche-t-il des pauvres? Folie? Comédie? Une nouvelle ruse pour nous égarer?

Ils se cachent.
On entend de nouveau la conversation de Guilden et Joe.

JOE. Je suis bien, ici, avec vous. J'ai chaud.

GUILDEN. Vous êtes bien le seul. *(Un temps.)* Vous n'aviez pas d'amis?

JOE. Ami ? C'était le premier nom du traître.

GUILDEN. Et vous ne vous sentiez jamais seul ?

JOE. On ne se sent pas seul quand on a le pouvoir : on se sent le maître. *(Un temps.)* Mon père est mort des odeurs, Guilden, d'amour et de jalousie, de les avoir découvertes trop tard. Il n'a pas eu le temps de vivre avec. Il n'a pas eu le temps de se découvrir des frères…

Guilden rit méchamment.

GUILDEN. Vous avez des frères, vous ?

JOE *(simplement)*. Toi. Eux.

Guilden hausse les épaules.

GUILDEN. Vos frères, eux ? Vous n'avez pas remarqué qu'ils vous parlent à peine ? Qu'ils vous disent toujours « monsieur » ? Vous dormez toujours à part, contre moi mais pas contre eux ; ils ne vous proposent jamais de finir leurs bouteilles.

Cecily arrive alors sous le pont, précédée par Arthur, l'ex-chauffeur, qui semble devenu son chevalier servant. Elle est couverte de hardes. Les mendiants l'accueillent avec plaisir. Elle verse mécaniquement l'argent de son tronc par terre, laissant les autres le ramasser, puis s'appuie contre l'arche, épuisée.

JOE. Cecily ?

GUILDEN. Vous savez bien qu'elle n'entend plus votre voix.

Cecily se met alors à chanter sa complainte, accompagnée par Arthur sur un instrument quelconque.

> Toutes les portes sont fermées,
> Et closes les paupières des volets,

L'ardoise des toits a gelé,
Londres a baissé tous ses guichets.

Ne criez donc pas si fort
Quand vous frappez vos mouflets,
Car ça fait peur aux moineaux.
Et ne riez pas si fort
Quand vous comptez vos billets,
Car ça fait peur aux moineaux.

On a éventré les forêts,
Violé la terre, tué les fleurs,
Et dans le ciel noir et violet,
Le vent ressasse les douleurs.

Ne roulez donc pas si vite
Quand vous prenez les chemins,
Car ça fait peur aux moineaux.
Même si le bruit vous excite,
Tentez d'calmer vos engins,
Car ça fait peur aux moineaux.

Joe s'est approché pendant qu'elle chantait.

JOE. Cecily… Cecily…

Elle ne le voit ni ne l'entend.

ARTHUR. Laissez-la.

JOE. Parle-lui pour moi…

ARTHUR. Elle s'en fout.

JOE. Dis-lui que je la sauverai… qu'elle redeviendra lucide… que nous nous retrouverons…

CECILY *(comme si elle entendait quelque chose au loin).* Arthur, j'entends encore le cri du porc qu'on saigne…

ARTHUR. Ne t'en fais pas, la bête se porte bien. *(À Guilden.)* Est-ce qu'il ne peut pas la lâcher, ma petite reine ?

GUILDEN *(à Arthur)*. Méfie-toi… la pitié, chez un cœur sec comme lui, ça s'accroche comme du chiendent, c'est plus vivace que l'amour…

CECILY. Arthur, tu penses que nous allons le retrouver, mon père, aujourd'hui ?

ARTHUR. Je ne sais pas, ma petite reine, on va continuer à chercher…

CECILY. Il doit s'inquiéter… ça doit lui faire de la peine de ne pas avoir vu sa fille depuis des années… *(Elle sourit, gourmande.)* Tu sais qu'il était beau, Papa… et jeune…

JOE. Cecily…

Big Ben sonne.

CECILY. Est-ce que ce n'est pas l'heure ?

GUILDEN. Si.

CECILY *(fort)*. C'est l'heure de ma distribution ! Avec ma carte magique, je vais tirer de l'argent et le donner à ceux qui seront là. *(Elle sort sa carte de crédit et la montre à tous.)* Qui vient avec moi ?

Les mendiants se lèvent.

JOE. Cecily, laisse-moi te parler ! Je veux tout t'expliquer. Il faut recommencer.

CECILY *(songeuse)*. Il est bizarre, ce cri… On ne sait pas si c'est le cochon ou le bourreau qu'on saigne… *(Elle part en chantonnant, suivie par les autres clochards.)*

Ne respirez pas si fort
Quand vous palpez vos billets
Car ça fait peur aux moineaux.
Ne fermez pas vos coffres-forts
Avec des doubles ferrets,
Car ça fait peur aux moineaux…

De loin, Fortin, Brass et Weston la voient partir et s'apprêtent à la suivre.

FORTIN. Vite.

BRASS. Maintenant.

WESTON. Essayez de récupérer un peu d'argent. C'est toujours ça qui échappera à cette gabegie.

Ils disparaissent.

JOE *(résigné)*. Malgré tout, je suis content qu'elle soit là. Elle apprendra la vie.

GUILDEN. Par la misère ?

Joe opine.

JOE *(tentant de se résigner)*. Elle est peut-être folle, mais elle a choisi le bon camp.

Guilden se met en colère.

GUILDEN. Pardon ?

JOE. Elle s'est mise du côté des pauvres… elle apprendra la vie…

GUILDEN. C'est ça ! L'apprentissage par la misère… *(Sifflant de rage.)* La misère ! Mais elle n'est belle, la misère, que dans les yeux des riches ! Elle n'est profonde et étoilée, la nuit, que pour ceux qui n'en sentent pas le froid, la solitude, les heures trop longues. Qu'est-ce que vous croyez? Quand nous voyons une belle femme passer, nous avons envie d'être beaux! Quand nous faisons sous nous, nous avons honte! Quand nous avons les bras et les jambes nus au-dessus d'un fleuve qui gèle, nous crevons de froid! Et ceux d'entre nous qui ont des enfants, est-ce qu'ils ne souhaiteraient pas les mettre au chaud, les couvrir de cadeaux, ou même simplement les garder? Non! Nous ne sommes pas plus humains parce que à la nuit nous nous serrons les uns contre les autres; ce n'est pas l'affection qui nous rapproche, c'est le gel! Moi, quand je me trouve au milieu de cet agrégat de corps, je ne vois pas des hommes, mais du bétail…

JOE. Tais-toi. Tu ne te rends plus compte de la chance que tu as de n'avoir pas d'argent.

GUILDEN. Je ne suis pas contre l'argent.

Il se relève et pointe son doigt sur Joe.

GUILDEN. Vous, monsieur Joe, vous n'êtes qu'un touriste. Dès que les poux vous démangeront trop, vous ferez un saut chez vous : douche, savon, massage… tandis que nous, nous nous gratterons jusqu'au sang. Moi, la pauvreté, ça ne me fait pas vivre avec plus d'intensité, ça m'empêche de vivre! Alors ne me parlez plus de misère, monsieur. Pour vous, c'est un choix; pour nous, c'est une pente aussi inévitable que celle qui conduit à la mort.

Joe se lève.

JOE. Et si je te donnais tout ce que j'ai?

GUILDEN *(méprisant)*. Ça ferait un pauvre de plus, et pas un riche de moins. On ne tue pas la misère avec la charité. Au contraire, ça la fortifie.

Le visage de Joe s'éclaire.

JOE. J'ai compris.

GUILDEN. Quoi ?

JOE. Merci, Guilden. J'ai compris ce que j'avais à faire.

NOIR

Triple lieu : banque Danish — banque Fortin
& Brass — bureau d'Archibald.

La lumière découpe trois lieux :
— le conseil d'administration de la banque Danish
où Joe annonce ses mesures,
— le bureau de Fortin and Brass, où les deux ban-
quiers, en compagnie de Weston, commentent les
événements,
— le bureau d'Archibald où lui et Meg réagissent
aux paroles de Joe.

Conseil d'administration

JOE. Messieurs, si j'ai réuni ce conseil d'administration,
c'est pour vous tenir au courant des prochaines mesures
prises par la banque Danish. Il ne s'agit que d'une
information, car, comme vous le savez, je suis majori-
taire. Les nouvelles mesures tiennent en quatre points.
Premièrement : ouverture d'une succursale sur les quais
de la Tamise, destinée exclusivement aux pauvres, chô-
meurs et sans-abri. Sur une simple signature, une photographie et une empreinte — car tous n'ont pas leurs
papiers en règle — il leur sera ouvert un compte que
nous ferons fructifier au plus fort taux de nos spécula-
tions, au taux que nous n'offrons habituellement qu'aux
grandes fortunes.

Bureau d'Archibald

MEG. Mais qu'est-ce qui lui prend ? Il est fou… il va faire fuir tous nos gros portefeuilles.

Bureau de Fortin and Brass

FORTIN. Génial !

BRASS. Magistral !

WESTON. Eh oui, messieurs, il vient d'inventer un nouveau filon pour le capitalisme : les pauvres. Il était évident que ces gens-là avaient de l'or dans leurs sacs en plastique…

FORTIN. Radins !

BRASS. Dissimulateurs !

WESTON. Depuis une semaine, les dépôts de fonds sont déjà prodigieux…

Conseil d'administration

JOE. Deuxièmement : des parts de la banque Danish vont être vendues à cette même population. Pour une somme dérisoire, les sans-abri deviendront actionnaires de notre banque. Le pauvre aura droit de participer au capital.

Bureau d'Archibald

MEG. Mais, Archibald, faites quelque chose, retenez-le !

ARCHIBALD. Qui dois-je appeler ? La police ou la clinique ?

Bureau de Fortin and Brass

WESTON. Deuxième coup de génie, messieurs : l'intéressement ! Il rend le capitalisme populaire... tout le monde va encenser la spéculation... plus d'exclus du capital, plus d'opposants. On ne partage pas la soupe mais le caviar ! Un génie !

Conseil d'administration

JOE. Troisièmement : nous formerons tout spécialement des employés pour recevoir cette nouvelle classe de clients. Une commission d'experts mettra en place un code des relations humaines. Nous ne devons ménager aucun effort pour harmoniser nos relations avec cette population atypique.

Bureau de Fortin and Brass

WESTON. Eh oui, chapeau bas ! Le banquier n'est plus un ennemi mais un partenaire. La banque devient une forteresse inviolable que personne n'osera attaquer. Après avoir protégé la banque contre les critiques, il la protège contre les voleurs...

Bureau d'Archibald

ARCHIBALD. Dites-moi, mon cœur : la police ou la clinique ?

Conseil d'administration

JOE. Enfin, quatrième et dernier point : une vaste opération immobilière destinée à donner des logements aux sans-abri. Il s'agit, dans les six mois, de mettre en construction six mille logements dans les zones indus-

trielles désaffectées. Ces logements sociaux seront
offerts gratuitement à qui en fera la demande.

Bureau de Fortin and Brass

WESTON. Quatrième coup de génie ! En prenant des
allures humanitaires, ce projet immobilier obtiendra
d'incroyables réductions auprès de l'État et des entre-
preneurs. Total, quand Golden Joe aura expulsé les
pauvres qui vont y habiter dans les premiers mois, il
pourra revendre le lot au prix fort.

FORTIN. Génial.

BRASS. Extraordinaire.

Bureau d'Archibald

MEG. Il est fou. Définitivement fou. Faisons-le interner.

ARCHIBALD. Nous ferions mieux d'engager un tueur !

MEG. Un psychiatre, c'est plus sûr.

ARCHIBALD. Deux précautions valent mieux qu'une.

MEG. L'heure n'est pas à l'improvisation, Archibald !
Joe dévisse de la raison, il s'embourbe.

ARCHIBALD. Il faut le mettre hors circuit ! Joe doit disparaître.

Bureau de Fortin and Brass

WESTON. Il va falloir intensifier notre lutte, messieurs :
Golden Joe demeure bien le plus grand cerveau de la
finance mondiale !

NOIR

17

Un pont de Londres. — Extérieur nuit.

Joe arrive en courant près du pont. Il n'y a personne, sinon la lune qui moisit dans les eaux. Il est assez étonné. Il entend le bruit d'une bagarre derrière un pilier. Il s'y rend. Un homme s'enfuit dans l'ombre. Puis Arthur apparaît, s'essuyant le front, ses haillons encore plus déchirés, les cheveux en bataille, le visage un peu tuméfié par la lutte.

JOE. Arthur, tu es blessé?

ARTHUR *(maussade)*. C'est rien. Je me suis un peu battu.

JOE. Qu'est-ce qui s'est passé?

ARTHUR. Un collègue qui voulait me voler mes chaussures pendant que je dormais. J'en ai sauvé une. *(Il rit.)* Il ne me reste plus qu'à me couper l'autre jambe.

Cessant de rire, il se laisse aller à terre.

ARTHUR. C'est arrivé quatre fois dans la nuit. C'est simple, on ne peut plus dormir.

JOE. Curieux… Moi qui pensais retrouver des hommes heureux…

Arthur ricane.

ARTHUR. C'est vrai… Où Monsieur Joe avait-il disparu, cette dernière semaine ?…

JOE. Figure-toi que j'étais poursuivi par deux infirmiers et un tueur… J'ai fini par les semer tous les trois… *(Il regarde autour de lui, surpris de ne voir personne.)* Mais que se passe-t-il ? Où sont les autres ?

Arthur se laisse aller au découragement.

ARTHUR. Allons, vous le savez bien… Tout a changé, monsieur Joe.

Joe va soulever les cartons, inquiet.

JOE. Cecily ?

ARTHUR. La petite reine est allée à l'école des sourds et muets. Elle s'est mis dans la tête de leur apprendre à chanter.

Un temps.

JOE. Où sont les autres ? Je ne suis pourtant parti que huit jours…

ARTHUR. Chacun dans son coin. Personne ne s'entend plus avec personne. *(Un temps.)* C'est grâce à vous. *(Un temps.)* Maintenant, on va tous à la banque. On thésaurise… on compte… on devient avide… alors, forcément, on soupèse… on compare… on reluque les poches des autres…

JOE. Vous vous volez ?

ARTHUR *(comme une évidence).* Tout le temps ! Les riches comme les pauvres ! Avec la propriété est apparu le vol ! On se torgnole, monsieur, c'est la guerre sur l'asphalte ! Avant, on n'avait rien : c'était plus facile à partager… maintenant… *(Arthur masse son pied sans chaussure.)* C'est ça la vraie misère, monsieur, c'est l'envie.

Joe est atterré par ce qu'il apprend. Arthur change de ton et devient plus cassant.

ARTHUR. Remarquez, c'est ce que vous vouliez, non ?

JOE. Pardon ?

ARTHUR. Vous êtes content ? Vos amis aussi, je crois ?

JOE. Amis ?...

ARTHUR. La banque Danish a fait de jolis bénéfices avec les livrets des pauvres...

Joe proteste avec véhémence.

JOE. Arthur, je veux tuer la pauvreté !

ARTHUR. Allons, monsieur Joe, vous me prenez pour une bille ? L'argent ne va qu'à l'argent, vous le savez bien. Vos mesures ne suppriment pas les pauvres, elles fabriquent de nouveaux riches... et de nouveaux pauvres... Je dois avouer que c'est assez génial, comme manœuvre de diversion... maintenant, il y a les petits riches et les grands riches... tous unis pour cogner les uns sur les autres...

Un temps.

JOE. Arthur ? Tu ne me crois pas ? Je suis sincère !

Arthur, gentiment, laisse passer un moment avant de répondre.

ARTHUR. Avec moi, ne jouez pas les fous ou les grands cœurs, vous ne m'impressionnez pas. Les forts restent les forts, monsieur Joe, et les couillons, les couillons. Moi, je fais partie des couillons. Vous...

JOE. Je veux répartir l'argent !

ARTHUR. Mais on ne peut rien contre l'argent, et vous le savez bien, sinon vous feriez aussi partie des couillons. L'argent est plus fort que vous ou moi…

JOE *(se fermant)*. Crois ce que tu voudras. Je vais attendre Cecily…

> *À cet instant, une silhouette apparaît sur le pont. C'est Guilden, dans un cache-poussière noir. Il est le seul éclairé dans la nuit. Il monte sur le parapet et se met à parler, comme un coryphée de tragédie, sur un ton musical.*

GUILDEN. Elle portait des guirlandes électriques à un foyer d'orphelins sourds. Elle voulait leur offrir un sapin de Noël. Elle disait que, devant les couleurs, les sourds pourraient entendre, que les couleurs sauraient leur faire sentir les bruits du monde, le rouge la colère, le jaune la joie, le bleu les oiseaux, le vert le vent… Elle marchait dans les rues sans réverbères, devant les maisons sinistrées, éborgnées par les moellons, squattées par la misère…

JOE. Tu entends ?

ARTHUR. Quoi ?

GUILDEN. Et puis, il y eut d'abord le carrefour. Au carrefour de Point Street, elle a vu un homme et une femme, tous les deux sales et saouls, qui faisaient l'amour dans les poubelles. Elle a voulu leur donner l'adresse du centre des sans-abri, mais ils se sont enfuis en croyant que c'était la police. En courant, l'homme s'est ouvert le front contre un angle de mur. Sans attendre, la femme a disparu dans la nuit. Cecily a continué d'avancer. Il y avait du vent, du soir, et puis un froid qui rebutait toute marche. Cecily se disait que le temps devait être du côté des nantis, qui rendait impossible la vie dehors. Cecily se disait que Noël devenait la fête la plus triste, la fête de la concupiscence, fermée aux sans-abri. Cecily se disait qu'il faudrait mettre Noël en plein été, à la Saint-Jean, dans un soir chaud, et doux, et clair, le seul où les étables sont accueillantes. Elle se disait qu'elle n'aimerait plus jamais Noël, la fête des marchands, comme un poignard d'acier dans la grande nuit des pauvres…

JOE. Mais tu n'entends pas?

GUILDEN. C'est alors qu'il y eut le pont. Au pont, Cecily rencontra la mère. Elle tenait son enfant au bout de ses bras. Il était nu, violet. La mère avait encore sa poitrine exposée à l'air froid. Elle tendait l'enfant mort que son sein pauvre ne pouvait plus nourrir depuis des jours et qui venait de mourir.

Elle montrait l'enfant mort. Elle acceptait et ne comprenait pas. Elle avait tellement froid qu'elle ne pleurait même pas. Elle avait tant souffert qu'elle ne pleurait même pas.

Cecily voulut dire quelque chose. Mais les mots mouraient aussi dans sa gorge et la femme passa, tendant sous le ciel l'enfant nu et violet.

Alors Cecily alluma ses guirlandes, rouge comme la colère, jaune comme la joie, bleue comme les oiseaux, et verte comme le vent. Elle descendit sous le pont et entra lentement dans l'eau. Dès qu'elle fut dans l'eau froide elle cessa de souffrir. Son corps descend de pont en pont, de clochard en clochard. Cecily est l'arbre de Noël de la rivière, avec toutes ses lumières, rouges comme la colère, jaunes comme la joie…

On entend la musique de Cecily.

JOE. Qui parle? Qui a parlé dans la nuit?

ARTHUR. Que disait-on ?

JOE. Non. J'ai rêvé. J'ai cauchemardé, plutôt. Il disait…

> *À ce moment-là, apparaît, flottant sur les eaux, le cadavre de Cecily recouvert des guirlandes lumineuses qui clignotent dans la nuit.*
> *Silencieux, Arthur et Joe se penchent pour regarder le corps de Cecily.*

NOIR

18

Salle des transactions. — Intérieur aube.

Joe, assis devant les ordinateurs. On le retrouve comme on l'a connu au début : bien habillé, bien coiffé, un produit de synthèse. Il agit avec la même dureté mécanique. Secondé par Rosen, il s'active au téléphone et sur son écran.

JOE. Quinze mille, oui. *(Sur une autre ligne.)* Vendez ! Pour quatre-vingt-dix-neuf, pas à moins. *(Sur une autre ligne.)* Si vous n'acceptez pas, je vous mets un délit d'initié sur le dos. Pas de chantage au suicide, s'il vous plaît, on ne me la fait pas. *(Sur une autre ligne.)* Rachetez, par cent unités. *(Sur une autre ligne.)* Vous me prenez pour une bille ? Ajoutez un zéro ou je raccroche. C'est convenu. *(À Rosen.)* Rosen, votre rythme de transactions baisse.

ROSEN. Je n'en peux plus, monsieur. Je n'ai pas dormi depuis vingt-quatre heures.

JOE. Et alors ? Moi non plus, et je tiens ma moyenne.

ROSEN. Ce n'est pas une moyenne, monsieur, c'est une ligne de crête, et vous ne la quittez pas. Je ne suis pas de cette force.

JOE. Ne flattez pas, Rosen, et travaillez.

Rosen *(suppliant)*. L'élément humain, monsieur.

Joe. Pas de ce petit jeu-là avec moi. *(Au téléphone.)* C'est ça, je prends.

À ce moment-là, Weston entre, accompagné de Meg et d'Archibald.

Weston. C'est la plus belle chose que j'aie vue de ma vie. Depuis quarante-huit heures, Golden Joe a engrangé huit cent quarante-quatre milliards. J'en ai les larmes aux yeux.

Archibald. Allons le féliciter.

Weston. Vous êtes fou ? Si vous lui parlez une minute, vous nous faites perdre vingt-neuf millions.

Meg *(attendrie)*. Quel bonheur de le retrouver !

Archibald *(bonhomme)*. Je ne me suis jamais fait de vrai souci.

Meg. L'acte stupide de cette fille lui a remis les idées en place.

Archibald. Je persiste à penser que tout n'était qu'une comédie destinée à lasser Fortin and Brass. Ils ont été tellement déconcertés par le comportement de Joe qu'ils ont fini par freiner leurs manœuvres ; et quand Joe est revenu ici, il y a deux jours, ils ont été pris totalement de court. *(Au comptable.)* On m'a d'ailleurs raconté que vous les fréquentiez beaucoup, ces derniers temps…

Weston. Fortin and Brass ? Monsieur comprendra que, vu la tournure que prenaient les événements, la folie de Monsieur Joe, je ne pouvais faire autrement. Je sais calculer mes intérêts. C'est d'ailleurs pour cela que votre banque m'a toujours fait l'honneur de m'employer.

ARCHIBALD. Bien sûr, bien sûr.

MEG *(protégeant le comptable).* Je réponds de notre ami. C'est un faux cul sur lequel on peut compter.

ARCHIBALD. Que disent Fortin and Brass ?

WESTON. Je ne les vois plus, mais j'imagine qu'ils sont verts.

ARCHIBALD. Vert dollar, naturellement.

Et ils rient tous les trois.
Joe se lève.

JOE. Nous arrêtons, Rosen. Nous sommes revenus au niveau d'il y a quinze jours. Allez dormir un peu.

Meg et Archibald se précipitent vers lui pour le féliciter.

MEG. Mon fils, quel bonheur, quel bonheur !

JOE. Et attendez, mère, ce n'est pas fini.

ARCHIBALD. Que nous prépare-t-il encore, ce sacripant !

JOE *(au comptable).* Allez me chercher toutes les liquidités que nous avons au coffre.

WESTON. Pardon ?

JOE. Je sais. Cela ne relève pas de vos attributions, mais vous m'accorderez que nous vivons des instants un peu trop exceptionnels pour respecter les formes. Faites-vous aider et apportez-moi toutes nos liquidités.

WESTON. Je reviens, monsieur.

Il sort, ainsi que Rosen.
Joe, épuisé, se laisse tomber sur une chaise.

ARCHIBALD. Comme il est beau, après l'effort !

JOE. Guilden ! Guilden ! Viens, s'il te plaît.

Guilden apparaît, sortant d'un renfoncement, dans sa tenue de clochard.

MEG. Qu'est-ce que c'est ?

JOE. Guilden va emporter l'argent que j'ai gagné cette nuit. Vous ne croyiez tout de même pas que c'était pour vous ?

MEG. Joe ! Ta folie te reprend.

JOE. Tu m'as dit qu'on prenait goût aux odeurs, mère ? Tu avais raison. C'est une drogue, l'humain, on ne peut plus s'en passer.

MEG. Joe, tu te laisses manipuler.

JOE. C'est vrai, pendant trente ans je me suis laissé manipuler ; j'avais un père qui était une machine, et une mère qui me façonnait à l'image de ce père. Malheureusement, elle s'ennuyait tellement qu'elle a voulu essayer les odeurs. Et elle nous y a tous entraînés. Mon père en est mort. Il a eu tort. Moi, j'ai décidé d'en vivre. *(Il se lève.)* Regardez l'écran : il ne vous reste plus rien. Ni à toi, mon oncle. Ni à toi, ma mère. J'ai vidé vos comptes et vendu tous vos biens. Je vous donnerai l'adresse de maisons qui peuvent vous accueillir. Vous aimez les odeurs ? Vous allez mariner dans la vôtre.

Meg et Archibald restent un instant blêmes.

JOE. Observe-les bien, Guilden, ça va être amusant.

MEG *(paniquée)*. Archibald, Archibald, regarde… je grossis… je prends des rides… j'ai des plis, là, sur les doigts… et des taches… Archibald, je prends mon âge !

ARCHIBALD *(désormais fermé)*. Fous-moi la paix, sale conne ! Où tu as mis les bouteilles ?

MEG. Je dépasse mon âge ! Je dépasse mon âge !

ARCHIBALD. M'en fous. Zap. Copains. Télé. Pinard. Où est le pinard ?

MEG. Plutôt mourir qu'être vieille ! Archibald ! Archibald !

ARCHIBALD. Le pinard ! Le pinard !

MEG. Dis-moi que tu m'aimes ?

ARCHIBALD. Marre des bonnes femmes ! Le pinard !

Ils sortent ainsi.

JOE. C'est bien ce que je pensais. Les odeurs sont un luxe qu'ils ne pouvaient se permettre que lorsqu'ils avaient de l'argent.

À ce moment-là Weston, suivi de deux porteurs de sacs, entre dans la pièce.

WESTON. Voici toutes nos liquidités, monsieur.

JOE. Très bien. Vous allez les donner à Monsieur. Et pendant ce temps, je vais clore les comptes.

GUILDEN. Qu'est-ce que vous faites, exactement ?

JOE *(lyrique)*. Je volatilise l'argent. J'ai ramené sur nos computeurs presque tout ce qui circulait dans la City ; en une manœuvre, des milliards vont disparaître ! Et tous ces sacs de billets, Guilden, nous allons les brûler.

GUILDEN. Je ne suis pas d'accord.

JOE. C'est l'argent qui dresse des barrières entre les hommes ? Supprimons l'argent. Puisque personne ne supporte le partage, puisque personne ne supporte la justice, je supprime l'argent. Si tu ne veux pas brûler les billets, nous les jetterons dans la Tamise !

GUILDEN. Alors ce ne seront pas des billets que vous trouverez demain, flottant dans la Tamise, mais des milliers et des milliers de corps… de suicidés.

JOE. Tu ne comprends pas ce que je dis.

GUILDEN. Imaginez que, demain, les hommes n'aient plus le souci de l'argent ? Que feront-ils, nus, dépossédés, à vif ? Quelle raison de vivre ! Heureusement que les hommes ont inventé la course à la monnaie, heureusement qu'ils s'y entraînent, qu'ils s'y essoufflent, qu'ils s'y perdent et qu'ils n'y gagnent jamais, sinon, que feraient-ils ? La vraie misère, c'est cette vie, monsieur Joe, dont on ne sait pas quoi faire — la vraie misère, l'argent la cache.

JOE. Guilden, tu les sous-estimes.

GUILDEN. Non, je les aime. Ils sont fragiles. C'est beaucoup trop lourd, une vie d'homme ; c'est inhumain. Laissez-les se divertir avec l'argent.

JOE. Tu parles des hommes comme si tu n'en étais pas un !

GUILDEN. C'est le problème de l'homme : il n'arrive pas à s'y faire. Laissez-nous l'argent.

JOE. Tu te trompes, Guilden. Fais-moi confiance.

GUILDEN. Ne comptez pas sur moi. Vous imaginez un monde pour des héros ou des saints, pas pour des hommes. Adieu, monsieur.

JOE. Guilden ! Guilden !

GUILDEN *(se retournant avant de partir)*. Vous faites partie d'une race de tueurs qu'on sous-estime toujours : les idéalistes ; en faisant croire que vous allez aménager le monde, vous ne faites que tuer l'homme pour le remplacer par un autre. Un assassin aux mains propres… Adieu, monsieur Joe.

Guilden sort.

JOE. Je ferai ton bien malgré toi ! *(Il se tourne vers Weston.)* Allez me brûler tout cela dans la cour !

WESTON *(aux deux porteurs).* Faites ce que Monsieur Joe vous dit.

Le premier porteur s'approche de Joe, sort un revolver. Avant même que Joe ait eu le temps de dire quoi que ce soit, il lui tire une balle dans le crâne. Joe est tombé, mort. Grand calme dans la pièce.

PREMIER PORTEUR. Juste.

SECOND PORTEUR. Imminent.

Il s'agit de Fortin and Brass déguisés en porteurs.

WESTON. Il était donc fou. Définitivement. *(Un temps.)* Je crois que tout est arrangé, désormais. Messieurs, la banque Danish vous appartient.

Ils se serrent tous les trois les mains, enjambant le cadavre.

WESTON. Pourrais-je me permettre une petite réflexion… un peu… « sentimentale » ?

FORTIN. Faites.

BRASS. Allez.

WESTON. Monsieur Joe père… Ne pourrait-on pas remettre son portrait là où il fut toujours ? J'avais une admiration incommensurable pour ce cerveau de la finance que la mort nous a ravi trop tôt.

FORTIN. Approuvé.

BRASS. Enthousiaste.

Weston tire alors un fil qui fait descendre sur le mur d'écrans le portrait de Golden Joe père, figure terrible et inhumaine. Tous les trois le regardent, tout petits en dessous.

WESTON. C'était notre ennemi, certes. Mais je crois qu'en des temps si troublés, nous ne pouvons plus nous fier qu'à nos ennemis. Au moins, nous savons que nous partageons les mêmes valeurs.

FORTIN *(sortant son arme)*. Affirmatif.

BRASS *(sortant son arme)*. Positif.

Ils tirent sur Weston. Les deux coups de feu se succèdent rapidement. Weston tombe. Fortin et Brass s'approchent, soulèvent chacun un bras de Weston pour vérifier s'il est mort. Ils lâchent les bras ensemble. À ce moment-là, chacun semble découvrir la présence de l'autre. Ils se sourient hypocritement.

FORTIN. Bonsoir.

BRASS. Bonsoir.

Et en même temps, chacun tire sur l'autre. Ils s'effondrent proprement sur le sol. Soudain, au-dessus des cadavres, la figure du père de Joe disparaît, s'enroulant sur elle-même, et l'image de Joe apparaît sur les écrans. Il a le visage bouleversé qu'on lui a vu sous le pont de Londres. Il semble regarder l'amoncellement de corps dans la salle des marchés.

JOE. Guilden? Guilden? Ça y est? Je suis mort? Ils m'ont tué? C'est fait? Normalement, ils devraient m'avoir tué.

Cecily est morte. Elle ne déambule plus que dans cette petite part de moi qui se souvient d'elle, elle avance en trébuchant, la main tendue, le regard aveugle, mendiant une monnaie que personne ne lui donne, une pièce d'amour.

Cecily est morte. Moi aussi. Je vais pouvoir parler. Enfin. Il n'y a que les morts pour dire la vérité.

Le meilleur moyen de vivre, c'est de ne pas s'en rendre compte. Dès qu'on ouvre les yeux sur la vie, qu'on la voit telle qu'elle est, vacillante, incertaine, rongée par la mort aux deux bouts, le sol tremble, les jambes nous portent, les murs se fissurent, les autres surgissent, les bouches deviennent muettes sous le bavardage, lèvres cousues sur la douleur, on entend le cri du silence et les odeurs sautent à la gueule ! Je me suis éveillé trop tard : sur toutes les odeurs — la solitude, la multitude, la peine, la joie ou le besoin — une seule dominait, âcre, entêtante : l'odeur de la pitié. Guilden, tu m'entends ? Tu es là ?

C'est insuffisant, la pitié. Elle saoule, elle exclut de la vie. Tant qu'on éprouve de la pitié, on juge la vie comme si on demeurait à l'extérieur, appuyé sur je ne sais quelle hauteur. Ce n'est pas une odeur, la pitié, c'est l'écœurement des odeurs, la maladie de l'humain. Guilden, tu es là, tu m'entends ?

Tu le sais, toi, Guilden, qu'entre l'indifférence et la pitié, il y a l'amour. C'est ça, le bon usage des odeurs. Trop tard pour moi. Éveillé trop tard. Trop cérébré déjà. Moi, je ne pouvais chercher l'issue que dans les chiffres, les règles, les principes, à coups de tête, jamais de cœur. Moi, j'ai l'humanité abstraite, volontaire, je lui cherche des solutions à l'humanité, je veux le bien des hommes sans les aimer. Guilden, tu m'entends ?

Ils m'ont tué, n'est-ce pas ? C'est logique. Je savais qu'ils iraient jusque-là. Et moi aussi.

C'est fait ? Propre ? J'étais trop lâche : entre la peur de vivre et celle de mourir, je n'ai vaincu que la peur de mourir. Vivre est trop lourd. Guilden ? Quelqu'un m'entend ? *(L'enregistrement vidéo se détraque, images et sons tournent en boucle : on voit Joe répéter indéfiniment.)* Trop-lourd-Guilden-quelqu'un-m'entend ?-trop-lourd-Guilden-quelqu'un-m'entend ?-trop-lourd-Guilden-quelqu'un-m'entend ?-trop-lourd-Guilden-quelqu'un-m'entend ?-trop-lourd-Guilden-quelqu'un-m'entend ?-trop-lourd-Guilden-quelqu'un-m'entend ? *etc.*

Le noir se fait lentement sur cette machine détraquée qui surplombe les cadavres des hommes.

Golden Joe
d'Eric-Emmanuel Schmitt,
créé le 6 janvier 1995 au Cado d'Orléans,

repris le 1er février à Paris,
Théâtre de la Porte Saint-Martin

Mise en scène : Gérard Vergez

Assistante à la mise en scène : Laurence Diot

Décors : Carlo Tommasi

Costumes : Florence Emir

Lumières : André Diot

Musique : Angélique et Jean-Claude Nachon.

Distribution :
Robin Renucci : Joe
Francine Bergé : Meg
Sandrine Dumas : Cecily
Bruno Slagmulder : Guilden
Jacques Zabor : Archibald
André Penvern : Steelwood
Olivier Pajot : Weston
Erick Deshors : Rosen
Michel Such : Arthur
Bruno Allain : Fortin
François Gamard : Brass

Création du CADO
Centre National de Création
Orléans - Loiret - Région Centre.
Direction Jean-Claude Houdinière - Loïc Volard.

Variations énigmatiques

À Bernard Murat.

Le bureau d'Abel Znorko, prix Nobel de littérature. Il vit seul, retiré à Rösvannöy, une île située sur la mer de Norvège. Son bureau, baroque, fantasque, tout en livres et en bois, s'ouvre sur une terrasse qui laisse apercevoir les flots lointains.

Les heures viennent s'inscrire dans le ciel que brouillent de temps en temps nuages et nuées d'oiseaux sauvages. Cet après-midi est précisément celui où, après un jour boréal qui a duré six mois, doit advenir la nuit d'hiver qui assombrira les six prochains mois. Au milieu de l'entrevue, le crépuscule commencera à colorer l'horizon de ses embrasements violets.

Au lever de rideau, la pièce est vide. On entend les Variations énigmatiques *d'Elgar sortir d'un appareil à musique.*

Puis, au-dehors, retentissent deux coups de feu très distincts. Un bruit de pas rapides. Une course.

Erik Larsen entre en courant par la baie, essoufflé, et surtout effrayé. C'est un homme entre trente et quarante ans qui a gardé quelque chose de très vif et très doux lié à la jeunesse.

Il regarde autour de lui, impatient de trouver un secours.

Abel Znorko entre par le côté. Grand, hautain, l'œil perçant, il jette un regard de chasseur sur l'intrus. Dès qu'il pénètre dans la pièce, tout se recentre et s'organise autour de lui. Il reçoit chez lui comme un démiurge au cœur de sa création.

Après avoir profité un instant du désarroi d'Erik Larsen, il arrête brusquement la musique.

Erik Larsen se retourne, découvre l'écrivain et se précipite, véhément, vers lui.

ERIK LARSEN. Vite, intervenez ! On vient de me tirer dessus. Il y a un fou sur l'île. Lorsque je montais le chemin, deux balles m'ont sifflé aux oreilles et se sont plantées dans le portail.

ABEL ZNORKO. Je sais.

ERIK LARSEN. Il faut nous protéger.

ABEL ZNORKO. Vous êtes en sécurité ici.

ERIK LARSEN. Mais que se passe-t-il ?

ABEL ZNORKO. Rien de dramatique. Je vous ai raté, c'est tout.

Larsen recule, abasourdi. Il n'arrive pas à croire ce qu'il entend.

ERIK LARSEN. Comment ?

ABEL ZNORKO. Cela ne me gêne pas de reconnaître mes erreurs : j'avoue qu'avec l'âge je ne vise plus aussi bien qu'avant. Croiriez-vous qu'un homme raisonnable s'amuserait à saccager son propre portail en bois ?

Larsen se précipite vers la baie pour repartir. Znorko l'arrête en s'interposant.

ABEL ZNORKO. Ne craignez rien. Je ne tire que sur les gens qui s'approchent de ma maison : une fois qu'ils sont chez moi, ils sont mes hôtes. Faire feu sur un rôdeur relève d'une méfiance légitime, mais ajuster un invité tiendrait de l'assassinat, ttt ttt... *(Charmant, il lui saisit son manteau pour le débarrasser. Il ajoute, avec un étrange sourire :)* Mon invité ou un cadavre, c'est l'alternative.

ERIK LARSEN *(glacé)*. On ne sait que choisir...

Znorko rit comme s'il s'agissait d'une politesse mondaine. Larsen tente de renormaliser l'entretien.

ERIK LARSEN. Monsieur Znorko, vous avez dû oublier notre rendez-vous.

ABEL ZNORKO. Notre rendez-vous ?

ERIK LARSEN. Nous étions convenus de nous retrouver ici, à Rösvannöy, vers seize heures. J'ai fait trois cents kilomètres et une heure de bateau pour rejoindre votre île.

ABEL ZNORKO. Qui êtes-vous ?

ERIK LARSEN. Erik Larsen.

Znorko le regarde, attendant toujours une réponse. Du coup, Larsen, croyant qu'il n'a pas entendu, répète plus fort :

ERIK LARSEN. Erik Larsen.

ABEL ZNORKO. Et cela vous suffit comme réponse ?

ERIK LARSEN. Mais...

ABEL ZNORKO *(avec une ironie joyeuse)*. Quand vous vous interrogez sur vous-même, lorsque, sous un ciel d'étoiles muettes et innombrables, vous vous demandez qui vous êtes, squelette fessu et grelottant au milieu d'un univers hostile, au mieux indifférent, vous répondez : « Je suis Erik Larden » ? Et vous arrivez à vous contenter de ces quelques syllabes stupides ? « Je suis Erik Larden »…

ERIK LARSEN *(par réflexe)*. Larsen…

ABEL ZNORKO *(goguenard)*. Oh, pardon, Larsen… je comprends… la quintessence de votre être tient dans le *s*… Larsen… *(Se moquant.)* Bien sûr… c'est impressionnant… Larsen… Erik Larsen… c'est quelque chose qui comble un trou ontologique, qui bouche les abîmes de la création… oui, oui, l'œuvre de Kant ou de Platon me semble un mauvais soufflé métaphysique auprès de la consistance de ce *s*… Larsen… bien sûr, c'est évident, comment n'y avais-je pas pensé plus tôt ?

ERIK LARSEN. Monsieur Znorko, je suis journaliste à *La Gazette de Nobrovsnik* et vous avez accepté de vous prêter à un entretien avec moi.

ABEL ZNORKO. Fabulation ! Je déteste les journalistes et je ne converse qu'avec moi-même. *(Un temps.)* Je ne vois pas pour quelle raison je me serais laissé envahir.

ERIK LARSEN. Moi non plus.

Un temps. Ils se regardent, ou plutôt ils se dévisagent. Larsen prononce lentement :

ERIK LARSEN. Vous m'avez confirmé ce rendez-vous par écrit.

Larsen lui tend une feuille. Un peu forcé par son insistance, Znorko saisit le papier et le survole d'un œil. Il a plaisir à décontenancer son visiteur.

ABEL ZNORKO. Amusant. *(Un temps.)* Avez-vous une

idée de ce qui m'a conduit à accepter cet entretien avec vous ?

ERIK LARSEN. J'ai quelques hypothèses.

ABEL ZNORKO. Ah ?

Ils se regardent. Un temps.

ERIK LARSEN *(précisant)*. Une hypothèse.

ABEL ZNORKO. Ah ! *(Znorko finit par sourire et devient subitement charmant.)* Je crois que nous allons très bien nous entendre. *(Il claque dans ses mains.)* Bon, au travail. J'imagine que vous avez un de ces machins qui me donnent une voix de fausset et des intonations ridicules, un magnétophone ? *(Larsen le sort de sa sacoche.)* Ce sont toujours les gens qui m'enregistrent qui m'attribuent ensuite des phrases que je n'ai pas prononcées. Paradoxal, n'est-ce pas ? C'est prendre des béquilles pour trébucher. *(Il s'installe dans un fauteuil.)* Est-ce que vous aimez mes livres ?

ERIK LARSEN. Est-ce vous qui allez poser les questions ?

ABEL ZNORKO. Nous n'avons pas commencé. Aimez-vous mes livres ?

ERIK LARSEN *(installant son magnétophone)*. Je ne sais pas.

ABEL ZNORKO. Pardon ?

ERIK LARSEN. C'est un peu comme pour Dieu, je ne sais pas.

ABEL ZNORKO *(agacé)*. Vous n'êtes pas clair.

ERIK LARSEN. Dieu, on en entend parler bien trop longtemps avant de se poser sincèrement la moindre question à son sujet. Dès lors, quand on commence à y réfléchir, on est déjà sous influence… on est intimidé… on se dit que les hommes n'en discuteraient pas depuis des millénaires s'il n'existait vraiment pas. Votre réputation me fait le même effet : elle m'a toujours empêché d'avoir un avis propre. Prix Nobel, traduit dans trente pays, décortiqué par les grandes universités, vous brillez trop pour moi, cela m'aveugle.

ABEL ZNORKO *(simplement).* Prix Nobel… ne vous laissez pas éblouir par une médaille.

ERIK LARSEN. Il faut l'avoir pour ne pas être impressionné. Il n'y a que vous pour être si modeste.

Znorko éclate de rire.

ABEL ZNORKO. Modeste, moi ? Je ne crois pas que la modestie existe. Regardez un modeste : ses rougeurs et son trouble ne sont guère que les contorsions de son immodestie qui cherche à se donner un mérite supplémentaire. *(Brusquement, il fixe intensément le journaliste.)* Donc vous étiez en train de me dire poliment que vous n'aimez pas mes livres.

ERIK LARSEN. Non, mais il est tellement posé comme axiome que vous êtes admirable que cela me paralyse l'admiration. Je saurai mieux ce que j'en pense quelques années après votre mort…

ABEL ZNORKO. Charmant… Vous m'avez lu, au moins ?

ERIK LARSEN *(gravement).* Comme personne. *(Un temps. Léger malaise de part et d'autre.)* Pouvons-nous commencer ?

Znorko s'éclaircit la voix et fait un signe positif de la tête. Larsen lance l'enregistrement.

ERIK LARSEN. Vous venez de publier *L'Amour inavoué,*

votre vingt et unième livre. Il s'agit d'une correspondance amoureuse entre un homme et une femme. Cette passion est d'abord vécue sensuellement pendant quelques mois dans le plus grand bonheur puis l'homme décide d'y mettre un terme. Il exige la séparation, une séparation de corps ; il demande que cette passion ne se vive plus, désormais, qu'à travers l'écriture. La femme, à contrecœur, accepte. Ils s'écriront pendant des années, quinze ans, je crois… Le livre est fait de cette sublime correspondance qui s'arrête, d'ailleurs, brusquement, il y a quelques mois, l'hiver dernier, sans raison apparente…

ABEL ZNORKO. J'étais fatigué d'écrire.

ERIK LARSEN. Vous avez créé une grande surprise avec ce roman : c'est la première fois que vous parlez d'amour. Votre terrain de prédilection est d'ordinaire le roman philosophique, vous installez vos fictions sur des hauteurs habitées par l'esprit seul, loin de tout réalisme, dans un monde qui n'appartient qu'à vous. Et là, subitement, vous parlez d'une aventure presque ordinaire, quotidienne… l'affection d'un homme — un écrivain tout de même — et d'une femme, une histoire de chair et de sang où frémit le souffle de la vie. De l'avis de tous, c'est votre plus beau livre, le plus sensible, le plus intime. Les critiques, qui vous ont parfois malmené, ont été très élogieux. C'est un concert de compliments.

ABEL ZNORKO (*sincèrement étonné*). Ah bon ?

ERIK LARSEN. Vous ne lisez pas les journaux ?

ABEL ZNORKO. Non.

ERIK LARSEN. Vous n'avez ni radio ni télévision ?

ABEL ZNORKO. Je ne tiens pas à être submergé de banalités… *(Troublé.)* Ah… ils ont aimé ? Décidément, je ne comprendrai jamais rien à ces oiseaux-là. Eux non plus, d'ailleurs. Qu'ils louent ou qu'ils blâment, ils parlent et ne saisissent rien. *(Goguenard.)* Vingt-cinq ans de malentendus avec la critique, c'est ce qu'on appelle une belle carrière ?

ERIK LARSEN. Mais qu'est-ce que cela vous fait de savoir que, de manière unanime, ce vingt et unième livre est reconnu comme votre chef-d'œuvre ?

ABEL ZNORKO *(simplement)*. Cela me fait de la peine pour les autres livres.

> *Larsen le regarde, étonné. Znorko est touchant subitement.*

ERIK LARSEN. On dirait que vous aimez vos livres comme des enfants.

ABEL ZNORKO *(fuyant)*. Ce sont eux qui me font vivre ; je suis un père entretenu mais reconnaissant.

ERIK LARSEN *(insistant)*. J'ai senti une amertume dans votre réaction. Vous avez tout, le talent, les honneurs, le succès, et vous n'avez pas l'air heureux.

ABEL ZNORKO *(se fermant)*. Ne nous égarons pas, reprenez.

ERIK LARSEN *(revenant à l'entretien)*. Pouvez-vous nous parler de cette femme, Eva Larmor ?

ABEL ZNORKO. Pardon ?

ERIK LARSEN. Cette correspondance est signée Abel Znorko-Eva Larmor. J'ai quelques notions concernant votre vie mais je ne sais rien d'elle. Parlez-nous d'Eva…

ABEL ZNORKO. Mais cette femme n'existe pas.

ERIK LARSEN. Vous voulez dire que toute cette histoire est inventée ?

ABEL ZNORKO. Je suis un écrivain, pas une photocopieuse.

ERIK LARSEN. Mais pourtant, vous vous représentez dans le livre !

ABEL ZNORKO. Moi ?

ERIK LARSEN. Vous êtes l'homme de cette correspondance ! Pourquoi les lettres de l'homme seraient-elles signées Abel Znorko ?

ABEL ZNORKO. Parce que c'est moi qui les ai écrites.

ERIK LARSEN. Mais les autres, signées Eva Larmor ?

ABEL ZNORKO. Parce que je les ai écrites aussi et que la femme que j'étais en les écrivant s'appelait Eva Larmor.

ERIK LARSEN. Vous voulez dire que cette Eva Larmor n'existe pas ?

ABEL ZNORKO. Non.

ERIK LARSEN. Et qu'elle n'est inspirée par personne ?

ABEL ZNORKO. Pas à ma connaissance.

ERIK LARSEN *(soupçonneux)*. Pas inspirée par une femme, ou des femmes, que vous auriez aimées ?

ABEL ZNORKO. Qu'est-ce que cela peut vous faire ? Ce qu'il y a de beau dans un mystère, c'est le secret qu'il contient, et non la vérité qu'il cache. *(Brusquement sec.)* Quand vous allez au restaurant, entrez-vous par la cuisine ? Et fouillez-vous les poubelles en sortant ?

Larsen le regarde. Il sent que Znorko pourrait mordre mais il prend le courage d'insister.

ERIK LARSEN. Je me disais, bêtement peut-être, qu'il y a des détails qui ne s'inventent pas.

ABEL ZNORKO. «Bêtement» est le terme exact. Je voudrais bien savoir ce qu'est un détail qui ne s'invente pas? Est-ce que le talent de romancier n'est pas justement d'inventer des détails qui ne s'inventent pas, qui ont l'air vrai? Quand une page sonne authentiquement, elle ne le doit pas à la vie mais au talent de son auteur. La littérature ne bégaie pas l'existence, elle l'invente, elle la provoque, elle la dépasse, monsieur Larden.

ERIK LARSEN *(lui tenant tête)*. Larsen. Vous vous rétractez dès que je pose une question personnelle.

ABEL ZNORKO. Je préfère les questions intelligentes.

ERIK LARSEN. Je fais mon métier.

ABEL ZNORKO. N'importe quel microcéphale lobotomisé me poserait la même question que vous : quel rapport entre ce que vous écrivez et ce que vous vivez? À force de consigner les événements dans vos folioles graisseuses, à force d'étaler votre syntaxe d'anémique, à force de copier, recopier, rapporter et reproduire, vous êtes devenus des infirmes de la création et vous croyez que toute personne qui prend la plume agit comme vous! Je crée, moi, monsieur, je ne rapporte pas. Est-ce que vous auriez demandé à Homère s'il avait vécu sur l'Olympe, au milieu des dieux?

ERIK LARSEN. Vous vous prenez pour Homère?

ABEL ZNORKO. Non, mais je vous prends pour un journaliste, c'est-à-dire tout ce que je ne supporte pas!

Larsen, furieux, remballe ses affaires.

ERIK LARSEN. Très bien. Je suis désolé, je ne vais pas

vous importuner plus longtemps. Je n'ai rien à faire ici ! Je… je vous demande pardon du dérangement.

ABEL ZNORKO *(légèrement étonné).* Mais qu'est-ce qui vous prend ? Nous causons tranquillement. *(Souriant.)* Je vous trouve beaucoup moins sot que la moyenne de vos confrères. De quoi vous plaignez-vous ? Je vous réponds.

Larsen, agacé, ne sait pas comment le prendre.

ERIK LARSEN. Vous me répondez par des insultes.

ABEL ZNORKO. C'est tout ce que j'ai de disponible pour certaines questions.

ERIK LARSEN. Vous vous estimez toujours supérieur à votre interlocuteur ?

ABEL ZNORKO. Vous n'avez tout de même pas la prétention de valoir plus que moi ?

ERIK LARSEN. Non, monsieur Znorko, non, je n'ai pas de prétention du tout. Je ne suis pas un grand écrivain, même pas un écrivain, je n'ai jamais tracé une seule phrase qui méritât d'être retenue mais j'ai toujours été respectueux des personnes que j'ai rencontrées et j'ai pris l'habitude, quand on me demande quelque chose, de répondre sincèrement.

ABEL ZNORKO. Vos habitudes sont déplorables.

ERIK LARSEN. Alors adieu, monsieur.

Znorko tente de le retenir.

ABEL ZNORKO. Mais enfin, que voulez-vous exactement ? Je fais l'exception de vous recevoir et vous partez. Qu'est-ce que vous voulez que je ne vous donne pas ?

ERIK LARSEN. La vérité.

ABEL ZNORKO. Ne soyez pas vulgaire. Dites-vous toujours la vérité, monsieur Larsen ?

ERIK LARSEN *(gêné)*. J'essaie.

ABEL ZNORKO. Moi, jamais.

ERIK LARSEN. Mais je connais vos fictions, j'en sais ce que chacun en sait. Si j'ai voulu rencontrer l'homme, c'est pour en apprendre plus.

ABEL ZNORKO. Comment pouvez-vous être sûr que la vérité apporte « plus » que le mensonge ?

ERIK LARSEN. La vérité, monsieur Znorko !

ABEL ZNORKO *(fermé)*. Ah, n'insistez pas, je suis un faussaire, et rien d'autre. Vous vous êtes trompé de boutique : la vérité, je ne vends pas. Je ne fournis que des artifices. Mais apercevez donc vos contradictions : vous venez voir un homme célèbre pour sa fabrique de mensonges et vous lui demandez de vous fournir la vérité… Autant aller acheter votre pain chez le boucher.

ERIK LARSEN. Vous avez raison, je me suis trompé. Au revoir.

Il se dirige vers la porte. Soudain, très prestement, Znorko s'interpose. Il a retrouvé le sourire, il est charmant.

ABEL ZNORKO *(amusé)*. Tenez, vous êtes moins lâche que je ne croyais : je vous pensais incapable, comme tous vos collègues, de vous mettre en colère. Vous me plaisez. *(Il lui tape amicalement dans le dos.)* Allons, ne vous emportez pas et causons tranquillement. Je tiens à ce que vous restiez. Je vous écoute.

Larsen hésite puis se réinstalle sur le canapé.

ABEL ZNORKO. Vous boirez bien quelque chose ? Un godet. Un petit godet. *(Chantonnant.)* Rien de tel qu'un petit godet glacé pour déglutir la glotte.

Larsen accepte le verre et boit, épuisé par la tension de leur discussion.

ERIK LARSEN. Lorsqu'on me disait que vous étiez antipathique, je croyais qu'on exagérait.

ABEL ZNORKO. Un conseil : n'écoutez jamais quelqu'un qui dit du bien de moi mais écoutez toujours celui qui en dit du mal, c'est le seul qui ne me sous-estime pas.

ERIK LARSEN. À croire que vous avez du plaisir à être odieux…

ABEL ZNORKO. J'ai horreur de cette nouvelle mode qui consiste à être « sympathique ». On se frotte à n'importe qui, on lèche, on se fait lécher, on jappe, on tend la patte, on donne ses dents à compter… « Sympathique », quelle chute !…

ERIK LARSEN. Votre réputation de misanthrope ne relève donc pas de la légende. Depuis combien de temps demeurez-vous sur cette île ?

ABEL ZNORKO. Une dizaine d'années.

ERIK LARSEN. Vous ne vous ennuyez pas ?

ABEL ZNORKO *(simplement)*. En ma compagnie ? Jamais.

ERIK LARSEN *(légèrement ironique)*. N'est-ce pas fatigant de vivre avec un génie ?

ABEL ZNORKO. Moins que de vivre avec un imbécile. *(Il regarde la baie.)* Je suis bien à Rösvannöy. L'aurore dure six mois, le crépuscule six autres ; j'échappe à ce que la nature peut avoir de fastidieux ailleurs, les saisons, les climats mitigés, cette alternance quotidienne et idiote du jour et de la nuit. Ici, près du pôle, la nature ne s'agite plus, elle fait la planche. *(Un temps.)* Et puis il y a la mer, le ciel, la prairie, ces grandes pages blanches qui s'écrivent sans moi.

ERIK LARSEN. Combien peut-on passer d'années sans voir jamais les autres ?

ABEL ZNORKO. Combien peut-on passer d'années en les voyant tous les jours ?

ERIK LARSEN. Cependant, quand on vous lit, vos romans sont tellement riches de notations précises sur la nature humaine qu'on doit admettre que, si vous ne fréquentez pas les hommes, vous savez tout d'eux.

ABEL ZNORKO. Merci. Mais je n'ai aucun mérite. Il y a deux races particulièrement monotones dans le règne animal : les hommes et les chiens. On en a vite fait le tour.

ERIK LARSEN. Et qu'est-ce qui trouve grâce à vos yeux ?

ABEL ZNORKO. Les nuages... Les chats...

ERIK LARSEN. Je n'aime pas tellement les chats.

ABEL ZNORKO. Je l'ai tout de suite vu lorsque vous êtes entré.

Ils se regardent. Ils se taisent.
Znorko s'assoit en face de Larsen et le contemple fixement. Il murmure d'une voix douce, comme s'il lisait une incantation sur le front de Larsen.

ABEL ZNORKO. Vous avez le regard franc des âmes sentimentales, vous attendez trop des autres, vous pourriez vous sacrifier pour eux, un très brave homme, en somme. Attention, vous êtes dangereux pour vous-même, attention.

Larsen baisse la tête, touché, gêné. Il tente de briser le charme.

ERIK LARSEN. Revenons à votre livre. Parlez-nous de votre conception de l'amour.

ABEL ZNORKO. Pourquoi dites-vous «nous» quand vous me posez une question?

ERIK LARSEN. Je parle au nom de mes lecteurs.

ABEL ZNORKO. Foutre! Épargnez-moi votre mégalomanie. Vous ne parlez pas au nom du peuple sous prétexte qu'il y a un nombre régulier de couillons qui achètent votre torchon pour emballer leurs légumes.

ERIK LARSEN *(se corrigeant docilement)*. Parlez-moi de votre conception de l'amour.

ABEL ZNORKO. Je hais l'amour. C'est un sentiment que j'ai toujours voulu m'éviter. Il me le rend bien, d'ailleurs.

ERIK LARSEN *(étonné)*. Vous voulez dire que vous n'avez jamais été amoureux?

ABEL ZNORKO. Si, à dix-huit ans, au moment où j'ai essayé l'alcool, la cigarette, les voitures, les filles, et autres signes rituels censés me faire rentrer dans l'univers adulte. Mais non, très peu de temps après, je me suis débarrassé de l'amour…

ERIK LARSEN. Pourtant… vous avez été aimé?

ABEL ZNORKO. Désiré. Énormément. Les lectrices prêtent toutes les vertus à un écrivain. Lorsque je me rendais dans une foire aux livres, je provoquais autant d'évanouissements qu'une rock-star. Je ne compte plus le nombre de jolies femmes qui m'ont offert leur corps et leur vie.

ERIK LARSEN. Ah ! Et alors ?

ABEL ZNORKO. Je prenais le corps, je leur laissais la vie. *(Riant.)* Jeune, je me suis d'ailleurs rapidement spécialisé dans la femme mariée, histoire d'être plus tranquille : l'adultère protège des sentiments.

ERIK LARSEN. Vous n'avez pas craint la colère des maris ?

ABEL ZNORKO. Les maris ne tuent pas par jalousie, ils se sont endormis avant. *(Un temps.)* Votre appareil nous enregistre en ce moment ?

ERIK LARSEN. Oui.

ABEL ZNORKO *(avec un regard ambigu)*. Vérifiez.

ERIK LARSEN *(se penchant)*. La bande tourne.

ABEL ZNORKO *(continuant avec un petit sourire)*. Ça n'a pas toujours été facile de vivre hors de ces normes-là. Il faut courir vite et longtemps pour échapper à la médiocrité triomphante.

ERIK LARSEN. Je ne comprends pas qu'on puisse percevoir l'amour comme une médiocrité.

ABEL ZNORKO. Écoutez, mon petit Larsen-Larden, je vais vous raconter une vieille légende d'ici. C'est un conte que marmonnent parfois les vieux pêcheurs du Nord en ravaudant leurs filets à morue.

Il fut un temps où la terre prodiguait le bonheur aux hommes. La vie avait un goût d'orange, d'eau fraîche et de sieste au soleil. Le travail n'existait pas. On mangeait, on buvait, on dormait, hommes et femmes s'emboîtaient naturellement dès qu'ils ressentaient une démangeaison de l'entrejambe, rien ne portait à conséquence, le couple n'existait pas, seulement l'accouplement, aucune loi ne régissait le haut des cuisses, le seul plaisir régnait.

Mais le Paradis est ennuyeux comme le bonheur. Les hommes se rendirent compte que le sexe toujours satisfait s'avérait encore plus monotone que le sommeil qui le suit. La gymnastique de la jouissance commençait à les lasser.

Alors les hommes créèrent l'interdit.

Ils décrétèrent certaines liaisons illicites. Comme des cavaliers à une course d'obstacles, ils trouvèrent la piste moins ennuyeuse barrée de plusieurs empêchements. L'interdit leur donna le goût pulpeux et cependant amer de la transgression.

Mais on se lasse d'escalader toujours les mêmes montagnes.

Alors les hommes voulurent inventer quelque chose d'encore plus compliqué que le vice : ils inventèrent l'impossible, ils inventèrent l'amour.

ERIK LARSEN. C'est ridicule !

ABEL ZNORKO. L'amour n'est rien qu'une perversion de la sexualité, un détour, une erreur, un chemin de traverse où musardent ceux qu'ennuie le coït.

ERIK LARSEN. Aberrant !

ABEL ZNORKO. Mais si, comprenez l'avantage : le plaisir se tient dans l'instant, fugace, futile, toujours évanoui ; l'amour, lui, se loge dans la durée. Enfin du solide, du contrarié, du consistant ! L'amour ouvre le temps aux dimensions d'une histoire, crée des étapes, des approches, des refus, des chagrins, des soupirs, des joies, des peines et des retournements, bref, l'amour offre la séduction du labyrinthe. *(Simplement.)* Voilà, mon petit Larsen, ce n'est rien d'autre, l'amour : l'histoire que s'inventent dans la vie ceux qui ne savent pas inventer des histoires dans les mots.

ERIK LARSEN. Vous venez de la composer ou cette légende existe vraiment ?

ABEL ZNORKO. À votre avis ?

ERIK LARSEN. Qui l'a écrite ?

ABEL ZNORKO. Qui écrit les légendes ?

Larsen soupire et reprend son bloc-notes.

ERIK LARSEN. Si je vous suis bien, vous, dans votre vie, vous avez évité l'amour et vous vous êtes contenté du sexe.

ABEL ZNORKO. Voilà !

ERIK LARSEN *(moqueur)*. Ce ne doit pas être évident, isolé au milieu des eaux.

ABEL ZNORKO *(amusé)*. Et comment croyez-vous que je mange ? En grattant les écorces avec mes petits ongles pointus ? On me livre tout, ici, du pain, des légumes, de la viande, de la femme.

ERIK LARSEN. Je sais... je sais... Lorsque j'ai pris le bac, le passeur m'a parlé de ces dames... Il m'a même susurré le surnom qu'elles vous donnent...

ABEL ZNORKO. Ah ?

ERIK LARSEN. Vous le connaissez ?

ABEL ZNORKO. Non.

ERIK LARSEN. L'ogre de Rösvannöy.

Abel Znorko éclate de rire.

ERIK LARSEN *(mystérieux)*. L'ogre de Rösvannöy... C'est beau comme une légende... Qui invente les légendes ? *(Un temps.)* Et que protègent les légendes ?

Ils se toisent, muets un instant. Ils évitent l'affrontement direct une nouvelle fois.

*Znorko retourne à la situation de l'entrevue profes-
sionnelle.*

ABEL ZNORKO. Pour revenir à votre question, je ne suis
donc pas l'homme de mon livre. J'ai horreur des dis-
tractions qui compliquent. Je me suis tenu à l'écart de
l'amour, c'est ma sagesse.

ERIK LARSEN. C'est extraordinaire… vous décrivez
pourtant comme personne les états amoureux.

ABEL ZNORKO. Merci.

ERIK LARSEN. Et mieux encore les états de frustration
amoureuse. *(Znorko, agacé, le regarde avec dureté.)*
Cette femme n'existe pas ?

ABEL ZNORKO. Non.

ERIK LARSEN. La première page dédie le livre à H.M.
Qui est-ce ?

ABEL ZNORKO. Si je voulais qu'on le sache, j'aurais
écrit le nom entier.

ERIK LARSEN. Ce sont les initiales de la vraie femme
avec qui vous avez échangé cette correspondance ?

ABEL ZNORKO. Hypothèse délirante.

ERIK LARSEN. Je ne vous crois pas.

ABEL ZNORKO. Je m'en contrefous.

ERIK LARSEN. Si vous vous moquez de tout, que voulez-vous de moi ? Pourquoi m'avoir laissé venir ? Pourquoi moi plutôt qu'un autre ?

*Znorko le regarde sans prononcer un mot. Il paraît
subitement très abattu. Il se laisse tomber sur un
siège. Larsen l'observe avec compassion.*

ERIK LARSEN. J'ai l'impression que vous souffrez…

ABEL ZNORKO *(las)*. Moi ?

ERIK LARSEN. … que vous n'êtes pas heureux.

ABEL ZNORKO *(simplement, songeur)*. Heureux, pour quoi faire ?

Il se tait, absorbé.

ERIK LARSEN. Votre silence est tellement plus bavard que vos mots.

ABEL ZNORKO *(las)*. Économisez votre subtilité, je vais très bien.

Larsen s'approche et lui pose la main sur l'épaule.

ERIK LARSEN. Laissez-moi vous aider.

Znorko a un sursaut mais la main de Larsen, finalement, l'apaise. Il se laisse aller un instant à profiter de cet étrange contact.

ERIK LARSEN *(doux)*. Je suis un de ces inconnus insignifiants à qui l'on raconte sa vie, un soir de hasard, sans bien savoir pourquoi. Je n'ai pas d'importance. Je peux tout entendre… avec moi, rien ne prête à conséquence…

Znorko a un soupir.

ERIK LARSEN *(doucement)*. Parlez-moi d'elle.

Subitement irrité, Znorko se lève et lance son verre contre le mur. Bris de verre.

ABEL ZNORKO. Foutez-moi la paix. Votre gentillesse sent le chien mouillé. Escamotez-vous ! De l'air !

Larsen le regarde affectueusement, sans bouger, sans le croire. Znorko s'emporte, mal à l'aise.

ABEL ZNORKO. Allez ! La curiosité, la sollicitude, c'est irrespirable. On étouffe quand on est dans une pièce avec vous. Dehors ! J'aère ! Je ventile ! Adieu !

Et il se précipite sur la terrasse pour, effectivement, reprendre son souffle, comme s'il ne supportait pas la proximité physique de Larsen.
Larsen ramasse ses affaires, magnétophone, calepin. Mais, avant de sortir, il s'approche de l'appareil à musique et relance les Variations énigmatiques *d'Elgar.*
Surpris, Znorko lui jette un regard noir.

ABEL ZNORKO. Qui vous autorise ?

ERIK LARSEN. Les *Variations énigmatiques*. Ma musique préférée. *(Un temps.)* La vôtre aussi.

ABEL ZNORKO. Mais…

Il s'interrompt puis, haussant les épaules avec mépris, s'absorbe dans la contemplation du paysage. Larsen enfile son imperméable.

ERIK LARSEN. Vous faites semblant de n'aimer personne mais c'est un leurre. J'ai appris ce que vous faisiez de votre argent.

ABEL ZNORKO. J'entasse, je thésaurise.

ERIK LARSEN. Vous donnez tout à la recherche médicale.

ABEL ZNORKO *(bondissant)*. Impossible ! Comment… *(Et, craignant de trop parler, il se tait.)* C'est faux. *(Il se renferme dans le silence, regardant le lointain.)* C'est faux.

ERIK LARSEN. Adieu, monsieur Znorko.

ABEL ZNORKO. Adieu.

Larsen sort.
Znorko revient dans la pièce, pensif. Il regarde
autour de lui, hésitant. Il réfléchit. Puis il sort par la
porte intérieure. La musique continue.
Quelques secondes encore plus tard, on entend de
nouveau deux coups de feu, puis, de nouveau, la
cavalcade au-dehors.
Larsen rentre, essoufflé, mais cette fois plus furieux
qu'effrayé.
Calmement, souverainement, Znorko apparaît.

ERIK LARSEN. Mais vous êtes fou, complètement fou !
Les balles sont passées à quelques centimètres de moi.

ABEL ZNORKO. Qu'est-ce que vous en concluez ? Que
je tire bien ou que je tire mal ?

Larsen lance rageusement ses affaires à terre.

ERIK LARSEN. Qu'attendez-vous de moi, exactement ?

ABEL ZNORKO *(s'amusant)*. Vos impressions. Cela fait
quel effet d'être pris pour un lapin ?

ERIK LARSEN. Que voulez-vous ? Mais dites-le, qu'on
en finisse !

ABEL ZNORKO *(charmant)*. Asseyez-vous. Vous boirez
bien quelque chose ? Un godet. Un petit godet. *(Chan-*
tonnant.) Rien de tel qu'un petit godet glacé pour
déglutir la glotte.

ERIK LARSEN. Ah, ne jouez pas les hospitaliers, c'est
trop. Quand on décharge son fusil sur quelqu'un, on ne
lui propose pas un verre trente secondes plus tard !

Znorko se verse un verre à lui-même. Quand il va le
porter à ses lèvres, Larsen, furieux, le lui arrache et
le boit d'un trait.
Znorko s'en sert calmement un autre.

ERIK LARSEN. Cela vous était tellement facile de refuser notre entretien, comme vous l'avez fait avec tous mes confrères. Non seulement vous m'avez reçu mais maintenant vous m'empêchez de partir. Qu'est-ce que vous attendez de moi ?

Ils se regardent.

ABEL ZNORKO. Et vous, qu'est-ce que vous voulez ? Comment savez-vous ce que je fais de mon argent ? J'ai exigé le secret.

ERIK LARSEN. Une enquête. Vous donnez des sommes énormes aux unités de recherches sur les plus graves maladies. N'importe qui se vanterait haut et fort d'en offrir le dixième. Pourquoi le passer sous silence ?

ABEL ZNORKO *(bougonnant)*. Je ne donne pas par bonté, je donne par peur. *(Changeant rapidement de sujet, Znorko hausse les épaules. Il prend le magnétophone dans la sacoche de Larsen et le lui montre.)* Que faites-vous ici ? Vous êtes le premier journaliste à réussir à faire marcher un magnétophone sans prise ni piles.

ERIK LARSEN. Je…

ABEL ZNORKO. Vous ne l'aviez pas remarqué, peut-être ? Lorsque je vous l'ai demandé, vous m'avez assuré que la bande tournait.

ERIK LARSEN. Si… mais… il est tombé en panne pendant le voyage… de toute façon, ces appareils sont inutiles… je faisais semblant… ma mémoire suffit…

ABEL ZNORKO *(sceptique)*. Ah oui ?

Larsen s'assoit. Il fixe le visage de Znorko. Il le défie.

ERIK LARSEN. Je reste. Il y a quelque chose qui m'amuse chez les menteurs, c'est qu'ils ne peuvent s'empêcher de dire la vérité. J'attends mon heure.

ABEL ZNORKO. Vous avez des provisions de bouche ?

ERIK LARSEN. J'attends.

ABEL ZNORKO. Quoi ?

ERIK LARSEN. Et vous ?

Ils se toisent. Znorko conclut légèrement.

ABEL ZNORKO. Qu'est-ce qu'un homme attend d'un autre homme ? C'est parce qu'ils ne le savent pas que les hommes continuent à se fréquenter.

ERIK LARSEN. Que voulez-vous ?

ABEL ZNORKO. Et vous ? *(Un temps.)* Terrible impasse : ils sont deux et aucun ne parlera le premier.

Il leur ressert à boire. Un temps.

ABEL ZNORKO. En attendant, parlez-moi de vous.

ERIK LARSEN. Je ne vois pas ce que je pourrais avoir envie de vous dire.

ABEL ZNORKO. Vous êtes marié ? *(Larsen ne répond pas.)* Oui, naturellement. Vous êtes marié et amoureux de votre femme, enfin vous le croyez.

ERIK LARSEN. Qu'est-ce qui vous fait dire cela ?

ABEL ZNORKO. Il émane de vous un fumet d'intense platitude ; cela sent la charentaise, le pot-au-feu, le mégot propre, le gazon coupé et la lavande dans les draps... Je ne vous vois pas risquer d'avoir un bonheur différent des autres. Tout est dans la norme et le morne. *(Il se met à rire.)*

ERIK LARSEN. Je suis ridicule à vos yeux ?

ABEL ZNORKO. Pire : ordinaire.

ERIK LARSEN. Vous jugez l'humanité comme si vous vous teniez au-dessus d'elle.

ABEL ZNORKO. Je suis tyrannique, prétentieux, insupportable, tout ce que vous voulez, mais pas ordinaire, non.

ERIK LARSEN. Effectivement, c'est curieux cette manière de retenir les gens pour les accabler... Qu'est-ce que cela cache ?

ABEL ZNORKO *(souriant)*. Bonne question.

ERIK LARSEN. Allons... vous me parlez avec haine : pourquoi ? D'où vient cette haine ? La haine n'a jamais la haine pour origine, elle exprime... autre chose... la souffrance, la frustration, la jalousie, l'angoisse...

ABEL ZNORKO. Philosophe ? Décidément, nous n'échapperons à aucune banalité.

ERIK LARSEN. L'amour parle au nom de l'amour mais la haine parle toujours pour quelque chose d'autre. De quoi souffrez-vous ?

ABEL ZNORKO. C'est émouvant, ces trésors de compassion... Vous ne pouvez pas vous intéresser aux autres autrement qu'en infirmière ?

ERIK LARSEN *(avec une simplicité émouvante)*. Non, je ne peux pas. Quand je regarde un homme, je vois quelqu'un qui va mourir.

ABEL ZNORKO. Morbide.

ERIK LARSEN. C'est pour cela que j'ignore la colère, que je n'insulte pas, que je ne peux pas frapper. J'aperçois le squelette sous la chair.

ABEL ZNORKO *(furieux)*. Eh bien moi, je vais très bien, merci !

ERIK LARSEN. Vraiment ? Vous crevez tellement de solitude et d'ennui que vous exécutez un numéro de cirque pour retenir le premier venu.

ABEL ZNORKO. Mais vous n'êtes pas tout à fait le premier venu.

ERIK LARSEN. Ah bon ? Pourquoi ? *(Un temps.)* Il serait temps de m'expliquer.

Znorko hésite puis finalement s'assoit.

ABEL ZNORKO. D'accord. Nous nous sommes assez tournés autour en reniflant. *(Il décide de parler franchement.)* Je… je vous ai fait venir lorsque j'ai su que vous habitiez… Nobrovsnik. Vous habitez bien Nobrovsnik ?

ERIK LARSEN *(satisfait de voir la tournure de l'entretien).* Oui.

ABEL ZNORKO. J'aimerais avoir des nouvelles de Nobrovsnik…

Larsen se détend et a un grand sourire. Il ne semble pas très surpris par la demande de Znorko.

ABEL ZNORKO. Parlez-moi de Nobrovsnik !

ERIK LARSEN. Vous connaissez ?

ABEL ZNORKO. Oui… non… disons que je n'y suis jamais allé mais qu'on m'en a parlé… Pourquoi cette question ?

ERIK LARSEN. Votre livre… Dans *L'Amour inavoué*, les descriptions que vous faites de la ville où habite cette femme, la femme aimée, eh bien… j'avais l'impression que c'était Nobrovsnik !

ABEL ZNORKO *(gêné).* Ah oui ?

ERIK LARSEN. Oui, vous appelez ce village autrement

mais quand Eva Larmor évoque la distribution des rues en spirale, lorsqu'elle indique l'église de fer et de rondins bleus, elle décrit Nobrovsnik.

ABEL ZNORKO. Coïncidences…

ERIK LARSEN. Et lorsqu'elle s'attarde sur la fontaine du XVIIe siècle qui retrace la conquête du Grand Pôle par le roi Gustave ? La seule fontaine figurative du XVIIe. Qui se trouve justement à Nobrovsnik… Incroyable, n'est-ce pas, pour quelqu'un qui ne connaît pas Nobrovsnik ?

ABEL ZNORKO. Oui… oui… nous avons parfois de ces visions… Mais alors, j'imagine que vous n'êtes pas le seul habitant de Nobrovsnik à vous être rendu compte de cette proximité ?

ERIK LARSEN. Sans doute… mais vous savez, dans une si petite ville, j'ai peur que vous n'ayez peu de lecteurs…

ABEL ZNORKO *(déçu)*. Ah ? Vraiment… Vous n'avez parlé de mon livre avec personne, là-bas ?

ERIK LARSEN. Non… pas que je sache… *(S'illuminant.)* Ah si, il y a quelqu'un qui vous lit, qui vous aime beaucoup, qui vous vénère même, ah oui, comment n'y avais-je pas pensé !

ABEL ZNORKO *(presque fiévreux)*. Oui, dites, dites…

ERIK LARSEN. Le pasteur. Oui, le pasteur est fou de vous, je vous assure. Et c'est un homme difficile, d'une culture remarquable.

> *Znorko semble profondément déçu et Larsen s'amuse beaucoup de cette déception.*

ABEL ZNORKO. Mais… il me semble pourtant… que… je crois me souvenir… J'avais reçu une ou deux lettres de Nobrovsnik… dans mon nombreux courrier… les lettres d'une femme, une femme qui était professeur de lettres dans votre village... attendez que je me souvienne de son nom...

ERIK LARSEN. Une femme... professeur de lettres... une belle femme ?

ABEL ZNORKO. Oui, très belle femme ! *(Se reprenant.)* Enfin, je n'en sais rien, par courrier n'est-ce pas... Mais elle écrivait avec l'assurance tranquille de ces femmes à qui les hommes ne refusent rien... comment s'appelle-t-elle... déjà... Hélène...

ERIK LARSEN. Hélène Metternach.

ABEL ZNORKO. C'est cela ! Hélène Metternach ! Vous la connaissez ?

ERIK LARSEN. Naturellement ! Nobrovsnik est si petit.

ABEL ZNORKO. Comment va-t-elle ? Je n'ai plus de nouvelles.

Larsen se lève et dit avec un étonnement manifeste :

ERIK LARSEN. Vous n'allez pas me dire que vous m'avez reçu uniquement pour avoir des nouvelles d'Hélène Metternach ?

ABEL ZNORKO. Non... non, bien sûr... comme il est drôle... allons... mais puisque nous en parlons... vous ne vous êtes jamais entretenu de moi avec elle ?

ERIK LARSEN. Non, jamais. Vraiment jamais. Nous n'avons jamais parlé de vous ou de vos livres.

Znorko a un sourire ravi.

ABEL ZNORKO. C'est vrai, après tout. Pourquoi le ferait-elle ?

ERIK LARSEN. Oui, pourquoi ? *(Un temps.)* Vous dédiez votre livre à H.M., c'est Hélène Metternach ?

Znorko éclate de rire.

ABEL ZNORKO. Quelle drôle d'idée…

ERIK LARSEN. Vous riez trop…

ABEL ZNORKO. Croyez-vous que je dédierais un livre à une admiratrice professeur de lettres au fin fond d'un trou gelé simplement parce qu'elle m'a écrit deux ou trois fois pour me dire qu'elle aimait mes livres ? À ce moment-là, je devrais dédier vingt romans par jour : c'est, en moyenne, ce que je reçois comme lettres.

ERIK LARSEN. Vous expliquez trop… H.M., c'est donc Hélène Metternach ?

ABEL ZNORKO. Écoutez, pour vous tranquilliser, je vais vous dire qui est H.M. C'est Henri Metzger, mon premier éditeur. Je lui dois toute ma carrière. Mais comme il est mort et que j'ai changé de maison, par respect pour mon nouvel éditeur je me suis contenté des initiales.

ERIK LARSEN. Ah bon…

ABEL ZNORKO. Je vous avais prévenu : la vérité déçoit toujours.

Larsen se lève, saisit son manteau et sa besace.

ERIK LARSEN. Eh bien, monsieur Znorko, je ne vais pas plus abuser de votre temps. Je vous remercie mille fois pour cet entretien exclusif. Je vais rentrer le taper et l'envoyer à ma rédaction.

ABEL ZNORKO. Mais quoi ! Nous n'avons pas fini.

ERIK LARSEN. Je vous ai parlé de Nobrovsnik. Vous m'avez gavé de sentences définitives. Tout est pour le mieux.

ABEL ZNORKO. Comment ? Je n'ai rien dit !

ERIK LARSEN. Vous savez, nous ne devons pas nous faire d'illusions. Les pages culturelles me sont comptées dans le journal, et même pour vous, on ne m'accordera pas plus d'une demi-page le mercredi. J'ai un biscuit bien suffisant.

ABEL ZNORKO. Allons… allons… un prix Nobel vous reçoit… un prix Nobel accorde un entretien exclusif à un quotidien régional… Vous expliquerez à votre rédacteur en chef…

ERIK LARSEN. Il est analphabète. *(Il range son magnétophone.)* Non, non, le seul moyen de sortir des pages littéraires serait d'avoir un événement, une nouvelle qui justifie le changement de rubrique.

ABEL ZNORKO. Genre ?

ERIK LARSEN. Que vous avez vécu plusieurs années à Nobrovsnik… Que vous avez connu la femme de votre vie à Nobrovsnik… Que vous avez passé vos heures d'amour avec elle à Nobrovsnik… Là, cela justifierait le papier… mais autrement… vous aurez l'espace que l'on accorde à la littérature, pas plus.

   Znorko s'interpose entre lui et la sortie.

ABEL ZNORKO. Eh bien, si vous voulez de la nouvelle… mais je vais vous en donner, moi, de la nouvelle, et de la forte ! Et de l'exclusive ! Allons, mon garçon, vous n'avez pas fait tous ces kilomètres pour rien, vous me vexeriez….

   Znorko s'anime pour retenir Larsen.

ABEL ZNORKO. Vous voulez une révélation ? Eh bien, vous allez l'avoir, votre révélation.

ERIK LARSEN *(dur)*. Pourquoi me feriez-vous ce cadeau ?

ABEL ZNORKO. Ce n'est pas un cadeau, c'est un échange. Je vous donne une information, vous me rendez un service.

ERIK LARSEN *(toujours dur)*. Quel service ?

ABEL ZNORKO. Porter une lettre et la remettre en main propre.

Larsen se rassoit. Un temps.

ERIK LARSEN. Vous allez encore mentir.

ABEL ZNORKO. Je préférerais.

ERIK LARSEN. À quoi reconnaîtrai-je la vérité ?

ABEL ZNORKO. À son indélicatesse. Le mensonge est délicat, artiste, il énonce ce qui devrait être alors que la vérité se limite à ce qui est. Comparez un savant et un escroc : seul l'escroc a le sens de l'idéal.

ERIK LARSEN. Je vous écoute.

ABEL ZNORKO *(lentement)*. Eva Larmor, dans mon livre, est inspirée par un personnage réel, une femme que j'ai aimée. C'est votre compatriote, Hélène Metternach.

Larsen marque ostensiblement sa surprise.

ERIK LARSEN. Non ?

ABEL ZNORKO. Si. Nous nous sommes connus il y a quinze ans. *(Il rit, heureux de retrouver ses souvenirs.)* J'ai rencontré Hélène à un congrès sur « La jeune littérature nordique ». Elle le suivait en étudiante, au troisième rang, ses jambes dépassant dans l'allée. Dès que je l'aperçus, je sentis quelque chose de familier s'échapper d'elle. L'avais-je déjà vue ? Non. Mais à force de la

regarder, je finis par trouver l'origine de ce sentiment
de familiarité : il venait de sa laideur.

ERIK LARSEN. Pardon ?

ABEL ZNORKO. La figure des gens beaux a une archi-
tecture même lorsqu'ils n'expriment rien ; les gens
ingrats sont contraints de sourire, de faire briller leurs
yeux, d'animer leur bouche pour raviver une face sans
consistance. De son visage, on ne retenait que les sentiments, pas les traits. Hélène était condamnée à s'exprimer constamment.

En plus, elle était affublée d'une peau qui me mettait
mal à l'aise. Lorsque je la regardais, je frissonnais
de gêne, comme si sa chair s'offrait, tactile... J'osais à
peine me tourner vers Hélène, j'avais l'impression qu'on
me surprenait en train de la presser, de la toucher, de la
palper. « Cette pauvre fille a une peau indécente », me
disais-je.

La silhouette ne valait pas mieux. Hélène était objec-
tivement bien faite mais je ne sais quoi soulevait le
cœur... J'étais submergé par une nausée, quelque
chose comme... de la pitié... oui, j'éprouvais une sorte
d'attendrissement dégoûté pour cette poitrine trop
ferme, trop haute, trop pointue, ces fesses trop rondes,
ce mollet trop moulé ; son corps me semblait saillant,
obscène ; elle était nue sous ses vêtements ; elle me rendait voyeur.

Je regardais mes collègues en catimini ; j'avais la
certitude que nous avions tous remarqué l'étalage de
la chair immodeste de cette femme.

Ce malaise ne me quittait plus.

Le soir, au cocktail, nous parlâmes un peu. Un
charme. Une voix. Un sourire. Une conversation. Elle
semblait complètement inconsciente de l'incongruité
de son physique.

À la nuit, je me couchai en pensant à elle : « La

pauvre fille, me répétais-je, a toutes les qualités du monde sauf celle de pouvoir rendre un homme amoureux.» Je l'imaginais nue et je me mettais à rire. Je trouvais la nature distraite, injuste. Je me trouvais cruel. Tant pis.

Tous les jours, je l'observais, et tous les soirs j'attendais le sommeil en pensant à elle. Un matin, j'appris qu'un de mes collègues du séminaire avait des vues sur elle. Je ravalai ma salive : voulait-il se moquer d'elle ?

Je songeai immédiatement à protéger cette femme. Je quittai la table, la rejoignis et l'invitai à dîner. J'étais assez content de moi : au moins, la pauvrette échapperait au narquois mal attentionné.

Le soir même, je m'amusai à me préparer comme pour un rendez-vous galant. Je m'habillai, la cherchai en taxi, je lui fis les honneurs d'une des meilleures tables de la ville, et là, presque sans le décider, j'entrepris de la séduire. L'opération m'amusait : au fond, je faisais une bonne action en offrant à cette femme ce qu'aucun homme, sans doute, ne lui donnerait. J'étouffais de bonté et de sollicitude, je m'enivrais de mon bon cœur...

À minuit, je la raccompagnai. Elle me proposa le dernier verre rituel. J'acceptai, amusé. Si elle s'y mettait aussi, la comédie devenait exhaustive.

Nous buvions, nous parlions. Je la regardais, assise sur son petit lit d'étudiante : j'avais envie de faire l'amour. «Quel dommage qu'elle soit si laide», pensais-je.

Qui tendit la main ?

Une heure après, nous étions tous les deux dans nos bras. Ce fut un éblouissement, une nuit comme un matin... Méfiez-vous des femmes que vous trouvez laides, elles sont irrésistibles...

ERIK LARSEN. Je suis moins compliqué que vous : j'ai

trouvé Hélène Metternach splendide dès que je l'ai aperçue.

ABEL ZNORKO. Effet de la chimie de notre amour : depuis moi, tous les hommes la voient avec mes yeux.

ERIK LARSEN *(dubitatif)*. Cela ne me dit pas comment vous l'avez séduite.

ABEL ZNORKO. Je ne l'ai pas séduite, c'est elle qui m'a séduit. La chute d'un homme, aucune femme ne résiste à cela. *(Un temps, l'œil dans ses souvenirs, sincère.)* J'étais désarmé devant elle, j'avais cinq ans, dix ans, vingt ans, j'étais moi à tous mes âges, ce n'est qu'auprès d'elle que j'ai enfin vécu mon enfance et ma jeunesse, à quarante ans. *(Continuant, trop heureux de se raconter.)* Nous avons vécu plusieurs mois sans nous quitter, j'avais loué un petit appartement, non loin de l'université. Ma prétention passait pour de l'humour, je la faisais rire, je crois que j'étais véritablement devenu délicieux, comme dans ses yeux. Je la couvrais de cadeaux, pour la première fois je savais quoi faire de mon argent. Et elle m'aimait tellement qu'elle me faisait m'aimer.

ERIK LARSEN. Pourquoi ne vous êtes-vous pas mariés ?

ABEL ZNORKO *(riant)*. Pour un écrivain, le mariage c'est une serpillière au milieu de la bibliothèque. *(Un temps.)* Je préfère une brève folie à une longue sottise.

ERIK LARSEN. Vous ne vous en tirerez pas par un mot. Pourquoi provoquer une rupture ? Étiez-vous allergique au bonheur ?

ABEL ZNORKO. Je tenais à Hélène. Lorsque nous nous jurions de nous aimer « toujours », je voulais que ce « toujours » dure vraiment toujours. Je sais que les passions les plus intenses se promettent l'éternité mais que, généralement, l'éternité passe vite.

ERIK LARSEN. Vous avez eu peur que vos ébats ne se refroidissent ?

ABEL ZNORKO. Évidemment. Autant promettre d'avoir toujours la fièvre. Pour que l'amour se fortifie, j'ai imposé la séparation.

ERIK LARSEN. Je ne comprends toujours pas.

ABEL ZNORKO. Vous ne comprenez pas ? Mais la vie à deux développait une tension intolérable : demeurer côte à côte dans la même pièce, dans le même lit, nous rappelait sans cesse que nous étions séparés. Je ne me suis jamais senti aussi seul que lorsque je la frôlais constamment. Nous nous jetions l'un sur l'autre pour étancher une soif plus grande que nous, une soif inextinguible, qui virait à la rage, nous faisions l'amour jour et nuit… l'amour longuement, furieusement… nous aurions voulu nous couler dans une même chair. Chaque séparation devenait amputation… si nous ne nous touchions pas, je hurlais de hargne, je cognais les murs… si elle partait une seule journée, je m'étiolais… Rapidement, nous n'avons plus quitté l'appartement, nous avons passé cinq mois, je crois, à nous étreindre.

Tout ce qu'il y a de détresse dans l'amour, c'est avec elle que je l'ai découvert. Avez-vous jamais senti la cruauté tapie dans une caresse ? On pense que la caresse nous rapproche ? Elle nous sépare. La caresse agace, exacerbe ; la distance se creuse entre la paume et la peau, il y a une douleur sous chaque caresse, la douleur de ne pas se rejoindre vraiment ; la caresse est un malentendu entre une solitude qui voudrait s'approcher et une solitude qui voudrait être approchée… mais ça ne marche pas… et plus l'on s'excite, plus l'on recule… on croit que l'on caresse un corps, on avive une blessure…

Alors nous nous pressions, lèvres contre lèvres, dents contre dents, mêlant notre salive ; comme deux sauveteurs ou deux noyés, nous respirions souffle à souffle, cœur à cœur, j'essayais de me pousser en elle, elle essayait de s'engloutir en moi, nous voulions user, détruire tout ce qui nous séparait, nous évanouir l'un dans l'autre, faire un, enfin, en une fusion définitive. Mais nous avions beau hurler, gigoter, je demeurais en visite et elle en réception. Je restais moi, elle restait elle. Alors, malgré tant d'impuissance à nous rejoindre, nous tenait encore l'espoir de la jouissance ; nous la sentions monter, irrésistible, cette seconde où nous serions enfin ensemble, où nous allions nous répandre l'un dans l'autre, ou peut-être, enfin…

Un spasme. Un autre spasme. Et de nouveau la solitude…

Pauvre petite jouissance qui resépare les corps, jouissance qui désunit. Désamour. Chacun allait rouler de son côté du lit, rendu au froid, au désert, au silence, à la mort. Nous étions deux. À jamais. Et le souvenir demeurait d'un moment où j'avais cru sortir de moi, une amertume triste et capiteuse, comme un parfum de magnolia qui alourdit un soir d'été… Le plaisir n'est qu'une manière d'échouer dans sa propre solitude.

ERIK LARSEN. Je ne vois pas les choses comme vous.

ABEL ZNORKO *(lancé dans son récit)*. Vous ne voyez rien du tout. Ce n'était plus de l'amour, c'était de l'esclavage. Je n'écrivais plus, je ne pensais qu'à elle, j'avais besoin d'elle.

ERIK LARSEN. Vous l'avez sacrifiée.

ABEL ZNORKO. Pardon ?

ERIK LARSEN. Vous avez sacrifié Hélène Metternach à votre œuvre. C'est un assassinat.

ABEL ZNORKO. Pas du tout. Nous avons rendu notre amour plus pur, plus essentiel, plus fort.

ERIK LARSEN. Ah oui ? L'amante idéale, pour vous, c'est celle qui n'est pas là ?

ABEL ZNORKO *(amusé par l'agressivité de Larsen)*. Calmez-vous. À partir du moment où nous avons cessé de nous jeter l'un sur l'autre, notre liaison a pu s'ouvrir à d'autres dimensions. En nous écrivant, nous parlions littérature, philosophie, art, elle commentait chaque page que j'écrivais, elle ne me ménageait pas, d'ailleurs ; je crois même qu'Hélène fut le seul critique sincère que j'aie jamais rencontré. Et dans mes heures d'abattement, lorsque je me sentais plus vide que l'œil d'un cyclone, elle me redonnait la foi.

ERIK LARSEN. Comme c'est pratique.

ABEL ZNORKO *(de plus en plus amusé)*. Écoutez, monsieur le journaliste, je trouve que vous prenez les choses bien à cœur. Vous vouliez de l'inédit, je vous en donne. Vous devriez vous réjouir au lieu de vous mettre dans cet état. *(Péremptoire.)* Le sexe n'est qu'une chiennerie quand il se mêle à l'amour. Hélène et moi, nous nous devions de passer au-dessus de ces petites secousses. *(Il réfléchit, hésite un instant puis sort une lettre de sa poche.)* Voilà, je voudrais que vous me rendiez un service. Vous allez prendre cette lettre, la donner à Hélène Metternach, et exiger qu'elle la lise devant vos yeux.

ERIK LARSEN. Pourquoi ? Elle n'ouvre plus vos lettres ?

ABEL ZNORKO. Écoutez, rendez-moi ce service sans discuter.

Larsen prend la lettre. Mais il ressasse la conversation précédente.

ERIK LARSEN. Non, je ne comprends pas… vous imposer l'absence, vous obliger au manque…

ABEL ZNORKO *(tranquillement)*. L'épée de Tristan.

ERIK LARSEN. Pardon ?

ABEL ZNORKO. L'épée de Tristan. Vous connaissez l'histoire de Tristan et Iseult, c'est aussi une légende d'ici… Les plus grands amants du monde finissent leur séjour terrestre sur un même lit, couchés côte à côte pour l'éternité, avec, entre eux, l'épée de Tristan… Iseult n'a pu rester heureuse que grâce à l'épée qui la sépare de Tristan.

ERIK LARSEN. Vous n'aimez pas l'amour, mais le mal d'amour.

ABEL ZNORKO. Sottise.

ERIK LARSEN. Vous avez besoin d'Hélène pour brûler, vous consumer, vous lamenter… pour mourir, pas pour vivre.

ABEL ZNORKO *(jouant le jeu de Larsen)*. J'ai un féroce appétit de mourir.

ERIK LARSEN. De toute façon, vous ne savez même pas qui elle est.

ABEL ZNORKO *(riant de l'agressivité de Larsen)*. Mais qu'est-ce que cela peut vous faire ?

ERIK LARSEN. Ce n'est pas Hélène que vous aimez, mais l'intensité de votre souffrance, la bizarrerie de votre histoire, les affres d'une séparation contre nature… Vous n'avez pas besoin de la présence d'Hélène, mais de son absence. Pas Hélène telle qu'elle est, mais Hélène telle qu'elle vous manque. Oui, vous avez bien fait de ne pas révéler au public que votre livre venait de votre vie : on aurait découvert qu'Abel Znorko, le grand Abel Znorko, n'était qu'un simple adolescent boutonneux qui se languit en attendant le facteur depuis quinze ans !

Znorko est très décontenancé par Larsen, autant par ce qu'il dit que par le ton sur lequel il le dit, mais il a décidé d'en rire.

ABEL ZNORKO. Calmez-vous. Cette scène est totalement hors de propos.

ERIK LARSEN. Vous n'auriez jamais dû quitter cette femme. Vous l'avez détruite en l'éloignant.

ABEL ZNORKO. Vous avez vraiment les semelles enfoncées dans la boue ! Tout a été fort entre nous, la caresse comme la séparation. Je n'ai rien sacrifié, nous étions d'accord. Sinon, d'après vous, pourquoi aurait-elle accepté ?

ERIK LARSEN. J'imagine que, comme tous les passionnés, elle avait une prédisposition intime pour le malheur. *(Un temps.)* Et puis… elle vous aimait. Elle a accepté pour vous, rien que pour vous.

ABEL ZNORKO. Allons !

ERIK LARSEN. Vous étiez deux à penser au grand Abel Znorko, elle et vous.

Znorko éclate de rire.

ABEL ZNORKO. Mais dites-moi, sa cause vous anime décidément beaucoup… *(Amusé.)* Vous prenez facilement feu pour défendre votre concitoyenne… Vous connaissez bien Hélène Metternach ?

ERIK LARSEN. Très bien. *(Un temps.)* C'est ma femme.

Znorko demeure abasourdi.

ABEL ZNORKO. Pardon ?

ERIK LARSEN. Hélène Metternach est devenue Hélène Larsen... Larsen, vous savez, ce nom qui à lui seul comble les vides de la création...

Chancelant, Znorko s'assoit. Larsen le regarde, très amusé et peu surpris.

ERIK LARSEN. Vous boirez bien quelque chose? *(Ironique, il cite Znorko plus haut.)* Un godet. Un petit godet. *(Chantonnant.)* Rien de tel qu'un petit godet glacé pour déglutir la glotte.

Il lui impose un verre dans les mains.
Znorko a un sursaut et se ravise.

ABEL ZNORKO. Vous mentez! Vous venez d'inventer ce mariage pour me mettre hors de moi! Prouvez-le, prouvez que vous êtes bien son mari...

Calmement, Larsen sort de son portefeuille une photographie.

ERIK LARSEN. Voulez-vous la photographie de notre mariage?

En la regardant, Znorko a un haut-le-cœur. Il est d'abord ému.

ABEL ZNORKO. Je... je... je ne l'avais plus jamais vue depuis que nous nous étions séparés... *(irrésistiblement)* comme elle est jolie...

Puis, volontairement, il transforme son émotion en giclée de mépris hilare.

ABEL ZNORKO. Quel grotesque... C'est vous, là, déguisé en garçon d'honneur?... et votre cravate, c'est une greffe? Il faut payer pour mettre ces choses ou bien c'est vous qu'on paie? Et qu'est-ce que c'est, cette soucoupe volante au-dessus de la tête d'Hélène? Un chapeau… Non, c'est une farce ! Ce sont les photos d'un bal costumé, une soirée de réveillon où vous avez voulu jouer aux plus crétins ? *(Se rassurant.)* Vous vous moquez ! Je ne doute pas que vous connaissiez Hélène mais Hélène vit seule depuis quinze ans ! Hélène m'écrit tous les jours depuis quinze ans, Hélène n'est pas mariée. *(Il lui rend la photographie.)* Très amusant, le coup de la photographie.

Larsen tire alors un autre papier de son portefeuille.

ERIK LARSEN. Peut-être cet acte d'état civil vous convaincra-t-il plus ? Le 7 avril, il y a douze ans.

ABEL ZNORKO. Douze ans…

Znorko regarde puis repousse le papier. Il est profondément désarçonné. Il finit par demander du bout des lèvres :

ABEL ZNORKO. Et vous avez des… enfants ?

Il redoute la réponse. Larsen le regarde et lui dit, sincèrement, douloureusement :

ERIK LARSEN. Non.

Znorko soupire, soulagé que cette cruauté lui soit épargnée. Puis il saisit brusquement son livre et feuillette rageusement.

ERIK LARSEN. Qu'est-ce que vous faites ?

ABEL ZNORKO. Je veux savoir ce qu'elle m'a écrit le 7 avril il y a douze ans, ce qu'elle a pu me raconter le jour de son mariage ! *(Il trouve la page.)* Pas de lettre.

Larsen sourit. Znorko n'abandonne pas.

ABEL ZNORKO. Et le lendemain ? *(Lisant.)* « Huit avril. Mon amour, j'ai contemplé l'aube en pensant à toi. Je

me disais que nous regardions peut-être ensemble le
même soleil, sur la même terre, au même instant du
temps et cependant je n'arrivais pas à être heureuse... »
(Avec un humour désabusé.) Voilà le chant d'une jeune
mariée. Ce n'est bon ni pour vous ni pour moi.

> *Larsen hausse les épaules. Znorko, épuisé, pose le
> livre.*

ABEL ZNORKO. Et moi, qu'est-ce que je faisais ce jour-
là ? Comment ai-je pu ne rien sentir ? J'étais malade,
peut-être... *(Il réfléchit.)* Alors vous le saviez, vous
saviez déjà tout en entrant ici ?

ERIK LARSEN. Naturellement. Pourquoi croyez-vous
que j'aie demandé à vous rencontrer ?

ABEL ZNORKO *(hagard)*. Pourquoi ne me l'a-t-elle
jamais écrit ?

> *Larsen fixe Znorko et fait, pour eux deux, les ques-
> tions et les réponses, comme s'il lisait dans les
> pensées de l'écrivain et participait à son trouble
> intérieur.*

ERIK LARSEN. Que savez-vous d'elle, finalement ? Vous
vous êtes contenté de vous frotter contre elle pendant
cinq mois puis vous l'avez renvoyée. Vous n'avez
jamais commencé à faire un couple, vous avez fui
avant !

ABEL ZNORKO *(mauvais)*. Plaignez-vous. Sinon, vous
n'auriez même pas eu mes restes.

ERIK LARSEN. Tomber amoureux, c'est à la portée de
n'importe qui, mais aimer...

ABEL ZNORKO *(retrouvant de l'énergie)*. Oh, je vous en
prie... ne comparez pas votre cohabitation précaire
avec une liaison de quinze ans ; Hélène et moi, nous

pensons continuellement l'un à l'autre... nous nous écrivons tous les jours... nous nous racontons tout...

ERIK LARSEN *(ironique)*. Tout ? *(Znorko se tait, touché.)* Que savez-vous d'Hélène ? Dans votre correspondance, elle s'est faite telle que vous la vouliez. Fidèle, attentive, effacée, dans l'attente, enchaînée à votre génie. Allons, allons, monsieur le ministre du mensonge, vous ne supportez donc que les vôtres ?

ABEL ZNORKO. Elle aurait dû me dire... elle aurait pu me dire son mariage avec vous...

ERIK LARSEN. Peut-être voulait-elle vous épargner ? Ne pas vous apprendre que la vie pouvait continuer sans vous. Ne pas vous signaler que vous êtes remplaçable. Épargner votre orgueil, c'est-à-dire les neuf dixièmes de votre être. Il faut l'admettre : il y a une vie après Abel Znorko. *(Un temps. Il insiste avec une certaine cruauté.)* Cela ne vous surprenait pas, ce veuvage complet après cette séparation. Vous n'avez jamais douté de son célibat ?

ABEL ZNORKO. Non. Notre passion était foudroyante... de nature à ne laisser que des cendres...

ERIK LARSEN. Vos cendres à vous, elles se sont beaucoup agitées, tout de même.

ABEL ZNORKO. Pardon ?

ERIK LARSEN. Je pense à toutes ces dames que l'on vous livre pour vos nuits...

ABEL ZNORKO. Ne confondez pas tout. Aucune de ces grues rosâtres et trémulantes qui viennent me visiter une nuit n'a remplacé Hélène. Je les aime pour ce qu'elles sont et je les quitte pour ce qu'elles ne sont pas. Simple besoin d'hygiène... Je suis un homme. J'ai besoin de satisfaire un certain nombre de pulsions.

ERIK LARSEN. Parce qu'une femme n'a pas de pulsions ?

Znorko se retourne méchamment vers lui.

ABEL ZNORKO. Vous voulez me faire croire qu'elle vous a choisi, vous, comme étalon ? Qu'elle a épousé son cinq à sept ? Vous ? Vous m'avez l'air aussi sexy qu'un poireau cuit !

ERIK LARSEN. Ah bon, vous vous y connaissez en hommes ?

ABEL ZNORKO. Je sais reconnaître l'homme à femmes, je le repère à sa narine : c'est une narine de renifleur, une narine qui a besoin de s'approcher pour sentir, une narine baladeuse, une narine qui se glisse dans les plis, sous les bras, sous les coudes, sous… Vous, vous avez la narine respectueuse.

ERIK LARSEN. Ah !

ABEL ZNORKO *(insistant)*. Hélène est la femme la plus sensuelle que j'aie connue. Je me demande comment vous arrivez à la combler…

ERIK LARSEN *(sincère)*. Hélène n'est pas portée sur ces choses. Nous faisons rarement l'amour.

ABEL ZNORKO. Vous voyez !

ERIK LARSEN. C'est elle qui l'exige. Elle m'assure qu'elle n'en a pas besoin.

ABEL ZNORKO. Manière élégante de vous expliquer que, dans un lit, vous êtes surtout bon à dormir.

Larsen éclate calmement de rire. Les vitupérations de Znorko ne le touchent pas. On comprend qu'il était très préparé à cet affrontement.

ERIK LARSEN. Je commence à saisir ce qui sonne faux chez vous.

ABEL ZNORKO. Ah oui ?

ERIK LARSEN. La grossièreté.

Znorko se laisse tomber dans son siège. Au fond, il reconnaît que Larsen a raison et change de ton, las.

ABEL ZNORKO. Partez. Cette situation nous abîme tous. Si j'ai choisi de vivre dans cette île, c'est pour échapper à ce genre de trivialités.

ERIK LARSEN. Je n'ai pas du tout envie de partir.

ABEL ZNORKO. Le mari, la femme, l'amant trompé, tout cela poisse de vulgarité. J'imagine que vous avez un revolver dans votre poche.

ERIK LARSEN. Pas du tout.

ABEL ZNORKO *(avec un soupir)*. Dommage.

ERIK LARSEN. « Hélène, la femme la plus sensuelle »... Mais croyez-vous vraiment que nous connaissons la même femme ? Il y a deux Hélène : la vôtre et la mienne. Pourquoi Hélène serait-elle monotone comme un bloc de pierre ? Et si elle nous a choisis tous les deux, si différents, c'est qu'elle voulait être différente avec chacun de nous. Avec vous, la passion ; avec moi, l'amour.

ABEL ZNORKO *(sarcastique)*. Mon pauvre garçon : l'amour ! Depuis combien de temps êtes-vous mariés déjà ?

ERIK LARSEN. Douze ans.

ABEL ZNORKO. Douze ans ? Ce n'est plus de l'amour, c'est de la paresse. *(Se rassurant.)* Vous vous croyez fort d'une sorte de proximité animale, celle des vaches à l'étable, mais le quotidien n'abat pas les cloisons de la distance, au contraire, il édifie des murailles invisibles, des murailles de verre, qui montent, qui s'épaississent au fil des années, formant une prison où l'on s'aperçoit toujours mais où l'on ne se rejoint plus jamais. Le quotidien ! La transparence du quotidien ! Mais cette transparence-là est opaque. Ah, bel amour que celui qui s'endort dans l'habitude, bel amour qui admet l'usure, l'écœurement, oui, bel amour fait de fatigues, de chaussettes qui puent, de doigts dans le nez et de pets foireux sous les draps.

ERIK LARSEN. C'est lorsqu'on n'aime pas la vie qu'on se réfugie dans le sublime.

ABEL ZNORKO. Et c'est lorsqu'on n'aime pas le sublime qu'on s'embourbe dans la vie.

ERIK LARSEN. Notre histoire à nous est réelle, nous sommes proches, nous nous parlons, nous nous touchons tous les jours. J'aperçois sa nuque au réveil. Nous avons pris le risque de nous satisfaire ou de nous décevoir. Vous, vous n'avez jamais eu le courage de faire un couple.

ABEL ZNORKO. La faiblesse, oui !

ERIK LARSEN. Le courage ! Le courage de s'engager, de faire confiance. Le courage de n'être plus un homme rêvé mais un homme réel. Savez-vous ce que c'est, l'intimité ? Rien d'autre que le sentiment de ses limites. Il faut faire le deuil de sa puissance, et il faut montrer ce petit homme-là sans baisser les yeux. Vous, vous avez évité l'intimité pour ne jamais vous cogner à vos limites.

ABEL ZNORKO. Épargnez-moi votre philosophie, elle sent l'armoire à linge.

ERIK LARSEN. Vous êtes de ceux qui aimez sans apprendre.

ABEL ZNORKO. Il n'y a rien à apprendre dans l'amour.

ERIK LARSEN. Si. L'autre…

Znorko s'approche de Larsen. Son regard est incendiaire. Il vient de comprendre l'essentiel.

ABEL ZNORKO. C'est à cause de vous qu'elle ne m'écrit plus ! Vous avez lu le livre, vous avez découvert notre liaison, vous lui avez fait une scène, vous lui avez interdit de continuer.

ERIK LARSEN *(ambigu).* Croyez ce qui vous fait plaisir.

ABEL ZNORKO. Oui, oui, vous l'avez menacée, vous étiez fou de jalousie, vous l'avez fait pleurer. Je la connais, elle déteste la violence. Elle a craint de vous faire mal, elle a renoncé ! Mais, même si elle a accepté de ne plus m'écrire, elle aura voulu me prévenir, m'expliquer… Ces lettres-là, les dernières, vous les avez interceptées, n'est-ce pas ? Vous avez préféré que je me vide de mon sang pendant plusieurs mois. C'est cela ?

ERIK LARSEN. C'est cela : vous ne recevez plus ses lettres parce que je ne veux plus de cette correspondance.

ABEL ZNORKO. Et mes lettres, hein, et les lettres que j'envoie à Hélène depuis quatre mois ? Où sont-elles ? Les a-t-elle reçues au moins ?

Larsen sort une liasse.

ERIK LARSEN. Les voici.

Znorko se précipite dessus.

ABEL ZNORKO. Elles ne sont même pas ouvertes.

ERIK LARSEN. Vous préfériez que je les lise ?

Znorko est ivre de rage. Il tourne dans la pièce en tempêtant.

ABEL ZNORKO. Mais qu'est-ce que cela peut vous faire, espèce de diminué du bulbe ! Nous pouvions continuer à vivre ensemble par correspondance si vous n'étiez pas intervenu !

ERIK LARSEN. Il ne fallait pas publier ce livre ! Sans la prévenir, vous avez révélé au monde entier quinze ans d'intimité. Mettre un autre nom ne changeait rien, vous avez tout vulgarisé. C'est obscène. Et tout cela pour quoi ? Pour faire un livre ? Pour toucher de l'argent ? C'est ça ?

Znorko se laisse tomber dans un fauteuil, la tête entre les mains.

ABEL ZNORKO. Je… j'ai mes raisons.

ERIK LARSEN. Ah oui ?

ABEL ZNORKO. Oui. Ces raisons ne regardent que moi… et Hélène… Elles se trouvent dans ma dernière lettre… celle que vous devez lui porter.

ERIK LARSEN *(tendant la main)*. Donnez-la-moi.

Znorko hésite puis la sort de sa poche. Larsen la saisit. Il la regarde ; on sent qu'il a envie de l'ouvrir. Znorko l'arrête.

ABEL ZNORKO. Elle ne vous est pas destinée.

Larsen range l'enveloppe dans sa poche. Znorko revient, obsessionnel, sur le passé.

ABEL ZNORKO. Elle me racontait ses journées et vous n'étiez pas dedans…

ERIK LARSEN. Elle vous disait la vérité : elle vous

racontait la journée qu'elle passait avec vous, pas avec moi. À moi, elle ne racontait pas la journée qu'elle passait avec vous. Elle avait deux vérités, c'est tout : la vérité avec vous, la vérité avec moi.

ABEL ZNORKO. Deux mensonges, oui, plutôt.

ERIK LARSEN. Qui vous fait croire qu'Hélène est une ? Sommes-nous une seule et même personne ? Hélène est une amante passionnée avec vous — et c'est vrai —, elle est ma femme au jour le jour — et c'est vrai aussi. Aucun de nous n'a connu les deux Hélène. Aucun de nous ne peut combler les deux.

ABEL ZNORKO *(mauvais)*. Eh bien, dites-moi, le mari, on dirait que vous le prenez bien !

ERIK LARSEN. Je n'ai jamais pensé que je pouvais résumer tous les hommes aux yeux d'Hélène.

Znorko hausse les épaules. Il ne décolère pas. Larsen s'approche de l'appareil à musique.

ERIK LARSEN. Vous écoutiez les *Variations énigmatiques* lorsque je suis arrivé ?

ABEL ZNORKO. Vous voulez aussi savoir ce que j'ai mangé ?

ERIK LARSEN. C'est elle qui vous les a offertes ?

ABEL ZNORKO. Écoutez, foutez-moi la paix ! Cocu et complaisant, vous êtes déjà bien lardé, vous feriez mieux de vous taire.

ERIK LARSEN *(insistant)*. C'est… elle qui vous les a fait connaître ? Je suis sûr que c'est elle.

ABEL ZNORKO. Oui. *(Se souvenant.)* Le premier jour où nous nous sommes dit des paroles d'amour, elle m'a tendu ce disque, les *Variations énigmatiques* d'Elgar, elle m'a souri tendrement et m'a dit : « Nous nous adressons des mots d'amour, mais qui sommes-nous ? À qui dis-tu : je t'aime ? »

ERIK LARSEN *(continuant)*. « … À qui le dis-je aussi ? On ne sait pas qui on aime. On ne le saura jamais. Je t'offre cette musique pour que tu y réfléchisses. »

Znorko le regarde avec étonnement.

ABEL ZNORKO. Comment savez-vous cela ? Je l'ai retranché de mon livre.

ERIK LARSEN. Elle me l'a dit aussi le premier soir où nous avons échangé des paroles d'amour.

ABEL ZNORKO *(désappointé)*. Ah !

ERIK LARSEN. C'est peut-être la seule chose d'elle que nous avons eue en commun tous les deux.

ABEL ZNORKO *(avec aigreur)*. Excusez-moi, mais je n'ai pas eu le temps, comme vous, de m'habituer à cette idée… Je ne barbote pas à l'aise dans le partage.

Larsen s'approche du piano et se met à jouer le début des Variations énigmatiques.

ERIK LARSEN. Les *Variations énigmatiques*, des variations sur une mélodie que l'on n'entend pas… Édouard Elgar, le compositeur, prétend qu'il s'agit d'un air très connu mais jamais personne ne l'a identifié. Une mélodie cachée, que l'on devine, qui s'esquisse et disparaît, une mélodie que l'on est forcé de rêver, énigmatique, insaisissable, aussi lointaine que le sourire d'Hélène. *(Un temps.)* Les femmes, ce sont ces mélodies qu'on rêve et que l'on n'entend pas. Qui aime-t-on quand on aime ? On ne le sait jamais.

ABEL ZNORKO *(fermé)*. Jamais… *(Lorsque Larsen finit*

le morceau, il demande subitement.) Combien y a-t-il de variations ?

ERIK LARSEN. Quatorze variations. Quatorze façons d'appréhender une mélodie absente.

ABEL ZNORKO. Et vous croyez que nous sommes... quatorze ?

Larsen le regarde, interloqué. Znorko, devant sa tête, éclate de rire.

ABEL ZNORKO. Je plaisantais. *(Il est à bout de nerfs.)* Écoutez, je crois que nous nous sommes tout dit. J'ai appris qu'Hélène était mariée, ce qu'elle me cache depuis douze ans, bien ! Maintenant je connais même son mari, un homme très décoratif, un apôtre de la communauté, un partouzeur des bons sentiments, bien ! Je sais aussi pourquoi elle ne m'écrit plus, bien ! J'estime que le vaudeville pourrait en rester là. Je crois que... que ces péripéties ne m'amusent plus du tout, merci. *(Il saisit son dernier livre et le regarde avec agacement.)* Au fond, j'avais beaucoup plus raison que je ne croyais, tout à l'heure, quand je vous disais que mon livre était une fiction : cette femme sort de ma tête, elle... elle n'a jamais existé. *(Il jette le livre dans la cheminée.)* C'est le roman le plus imaginatif que j'aie jamais écrit et je ne le savais même pas.

ERIK LARSEN. Ne regrettez rien.

ABEL ZNORKO *(avec souffrance)*. Douze ans de mensonges quotidiens ! C'était elle, l'écrivain ! Quelle invention ! Elle prétendait que toutes ses pensées m'étaient dédiées alors qu'elle déjeunait avec vous, qu'elle dînait avec vous, qu'elle dormait dans les mêmes draps que vous ! *(La colère monte.)* Et elle jouait les vigiles de la sincérité auprès de moi, elle se montrait dure, exigeante, sévère, ne m'épargnait aucune critique et je l'écoutais comme un enfant sa mère. Quel con ! *(Hors de lui.)* J'ai fui le monde pour échapper à la vulgarité triomphante, je me suis limité à cette femme, je recueillais la moindre de ses paroles avec un zèle religieux et j'apprends qu'elle m'a tranquillement dupé. Mais qu'y a-t-il dans son cœur de garce ? Quelle bouillie immonde lui tient lieu de conscience ? Rentrez chez vous et dites-lui que je ne veux plus entendre parler d'elle, que je reprends le temps, le soin, les soucis dont je l'ai honorée, que je retire toutes les pensées que j'ai formées pour elle, tous les sentiments que je lui adressais, que j'enlève tout et qu'il n'y a qu'une chose que je ne désapprouve pas, c'est d'avoir publié notre correspondance car, au fond, comme toutes les grandes salopes, elle est assez bon écrivain.

ERIK LARSEN. Je ne lui dirai pas.

ABEL ZNORKO. Vous lui direz ! Et ce livre, je le renie ! Je lui donne tous les droits d'auteur ! Il n'est plus de moi ! Il n'est que d'elle ! Rassurez-la, dites-lui que sa petite supercherie, outre l'amusement qu'elle a dû lui donner pendant douze ans, lui rapportera des millions ! Vous lui direz que je ne veux plus rien partager avec elle, que je l'emmerde et que je la pulvérise.

ERIK LARSEN. Je ne lui dirai pas.

ABEL ZNORKO. Mais si ! Vous lui direz, en bon petit mari que vous êtes, en petit chien qui accepte tout ! Quand vous allez rentrer, elle va vous sauter dessus, impatiente, elle s'amuse déjà beaucoup à l'idée de notre rencontre. Transmettez-lui mon plus mauvais souvenir, dites-lui qu'elle est une raclure de mouche, que je n'aurai une seconde de paix que le jour, proche j'espère, où je l'aurai totalement oubliée, que pour moi elle est désormais finie, éteinte et rendue au néant des médiocres.

ERIK LARSEN *(hors de lui)*. Arrêtez ! Je ne lui dirai pas !

ABEL ZNORKO. Et pourquoi ?

ERIK LARSEN. Parce qu'elle est morte !

> *Les mots de Larsen résonnent encore dans le silence. C'est comme si Znorko venait de recevoir un coup de poignard. Il chancelle.*
> *Larsen, sans le regarder, reprend doucement.*

ERIK LARSEN. Hélène est morte. L'agonie a duré trois mois. Trois mois, c'est long pour mourir, c'est court pour vivre.

> *Abel Znorko entend avec douleur les paroles de Larsen qui s'assoit derrière lui et raconte :*

ERIK LARSEN. Quand les médecins eurent fait leur diagnostic, elle a eu un mouvement de révolte. Elle s'est mise en colère, elle était décidée à se battre. Mais la colère n'était que l'écume de son caractère : le lendemain, elle avait consenti. Elle ne s'est pas levée, elle est restée allongée dans le lit, elle me regardait comme une enfant punie. « Je ne veux pas aller à l'hôpital. Je veux qu'on me soigne ici. » Quand elle disait « soigner », c'était un autre mot qu'elle pensait, mais trop dur pour ses lèvres, un mot qu'elle ne prononcerait pas.

Les médecins ont accepté, je suis devenu à moi tout seul un hôpital et ses aides-soignants. Je ne vivais plus que dans le souci d'Hélène, lui donner ses médicaments, la faire manger, m'assurer qu'elle dormait, lui raconter des histoires, tenter de la faire rire ; je savais que tout cela ne servait à rien, que c'était lutter contre l'inéluctable, mais c'était seulement comme cela, désormais, que je pouvais encore lui montrer que je l'ai-

mais. Elle recevait cette attention inquiète avec naturel,
elle semblait à peine s'en rendre compte.

Je vais vous dire ce qu'il y a de plus terrible dans une
agonie, monsieur Znorko, c'est qu'on perd l'être qu'on
aime bien avant qu'il ne meure. On le voit se rapetisser
dans les draps, s'alourdir d'un poids d'angoisses tues,
se replier dans un secret inaccessible, on voit ses yeux
errer dans des mondes dont il ne dit plus rien. Hélène
était toujours là et cependant Hélène était ailleurs. La
douleur pour moi, monsieur Znorko, c'est que, parfois,
tous mes soins, cette forme désespérée d'amour, ne
semblaient plus toucher que de l'indifférence.

Les derniers jours, elle ne parlait même plus. Elle
était devenue si légère qu'on n'avait pas l'impression
qu'elle était couchée mais qu'elle était seulement posée
à la surface du lit, sans peser, comme un oiseau, un
pauvre oiseau sans ailes. Je mettais deux heures à la
nourrir d'une pomme. J'en venais à souhaiter qu'elle
meure pour de bon et j'avais honte de mes pensées.
Elle était entre la vie et la mort, et moi entre l'amour et
la haine. L'agonie déforme tout et tout le monde, monsieur Znorko.

Elle est morte le jour du printemps. Les neiges fon-
daient depuis deux semaines, chargeant les routes de
boue ; notre rivière débordait, la circulation stagnait à
Nobrovsnik, et puis, ce matin-là, dans une aube qui,
pour la première fois, montrait la steppe verte, jaunis-
sante, les brins d'herbe qui appelaient le soleil, elle
s'est endormie définitivement.

Ce matin-là, il y avait des alouettes dans le ciel.

C'est Znorko qui prend Larsen contre lui, chaleu-
reusement.

ABEL ZNORKO. Merci. Merci d'avoir été là. Auprès
d'elle.

Erik Larsen hausse les épaules. Pour lui, cela va de soi.

ABEL ZNORKO *(douloureux)*. J'ai honte… je… je n'ai jamais rien fait pour elle.

ERIK LARSEN. Vous vous trompez.

ABEL ZNORKO. Pendant ce temps-là, je ne pensais qu'à moi, je tempêtais contre elle peut-être, je songeais à mon livre… inutile…

ERIK LARSEN *(doucement)*. Non. Votre absence lui faisait du bien. Pour vous, pendant ces trois mois d'agonie, elle était toujours Hélène, attentive, intelligente, belle, ronde et ferme. Pour vous, elle existait toujours telle que vous la désiriez, telle qu'elle se désirait. Pour vous, grâce à la distance, elle demeurait vivante, intacte, enfermée dans votre songe et le sien, un rêve d'elle-même inentamé qui lui permettait de nier la dégradation chaque jour plus affolante. En ignorant tout, vous l'avez aussi rendue heureuse… Maintenant je sais que, dans ses rêves et son silence, elle partait ici, vers vous…

ABEL ZNORKO. Il fallait m'appeler.

ERIK LARSEN. Le lendemain de l'enterrement, j'ai brûlé le matelas qui portait, en creux, la trace de son corps… j'ai jeté ses vêtements que plus rien ne remplirait jamais… j'ai donné le fauteuil où elle aimait s'asseoir, j'avais l'impression que ce n'était pas un meuble mais un chien qui me demandait d'un regard implorant où était sa maîtresse… Puis au début de l'après-midi, j'ai pris la clé de son secrétaire, et j'ai découvert les lettres, vos lettres et le brouillon des siennes.

ABEL ZNORKO. J'imagine que vous avez souffert encore plus ?

ERIK LARSEN *(hésite puis continue)*. J'ai été heureux d'apprendre qu'elle avait éprouvé plus de bonheur que je ne croyais... plus de joies que celles que je lui avais données... j'étais soulagé que la vie n'ait pas été trop avare avec elle.

Znorko est ému par ce que lui dit Larsen.

ERIK LARSEN. Ce qui m'a fait souffrir, ce sont toutes les lettres qu'elle ne vous avait pas envoyées... celles où elle disait ce qu'il fallait vous taire, à quel point vous lui manquiez, celles où elle hurlait d'amour et d'abandon, celles où elle avouait qu'elle ne pourrait plus jamais revivre, celles où je comprenais que vous étiez le seul homme de sa vie... C'étaient des lettres pour elle, pas pour vous, et encore moins pour moi... personne n'était destiné à entendre ce cri...

À ce souvenir, il se prend la tête entre les mains, pour s'isoler. Abel Znorko est déconcerté comme un enfant. Il devient soudain proche de Erik Larsen.

ABEL ZNORKO. Je... je voudrais aller à Nobrovsnik avec vous... lui porter des fleurs...

ERIK LARSEN *(simplement)*. Venez.

ABEL ZNORKO. Je pars avec vous.

Larsen regarde entre eux deux, sur le sofa. Il porte mystérieusement le doigt à sa bouche, comme s'il fallait ne plus faire de bruit.

ERIK LARSEN *(doucement)*. Vous n'entendez pas? *(Un temps.)* J'ai l'impression qu'elle est là. Entre nous deux. Pour la première fois.

ABEL ZNORKO *(aussi doucement, montrant la place vide)*. Là?

ERIK LARSEN. Là.

Et pendant un instant, les deux hommes communient dans le souvenir d'Hélène.
Puis Znorko, trop troublé, se frotte les yeux, regarde autour de lui, un peu désemparé, se mettant à trembler.

ABEL ZNORKO. Seulement, il va falloir que je fasse une valise…

ERIK LARSEN. Vous n'avez pas besoin de beaucoup d'affaires.

ABEL ZNORKO *(subitement effrayé)*. C'est que… cela fait des années que je n'ai pas quitté l'île… je… je ne sais pas quoi prendre… que me faut-il?

ERIK LARSEN *(comprenant)*. Voulez-vous que je vous aide?

ABEL ZNORKO. Oui, merci, je suis un peu infirme de ce côté-là…

Et, subitement, les larmes l'envahissent comme un enfant.

ABEL ZNORKO. Hélène…

Il est secoué de sanglots. Le chagrin lui est tombé dessus.

ERIK LARSEN *(déconcerté)*. Je… je n'aurais jamais cru que vous pleureriez.

ABEL ZNORKO *(ivre de désespoir)*. Je n'ai jamais pleuré. Hélène, Hélène! Non!

Larsen s'approche, plein de respect pour sa peine. Il tente de l'apaiser en entourant ses épaules de ses bras. Après quelques secondes, Znorko se dégage gentiment.

ABEL ZNORKO. Excusez-moi, je ne supporte pas le contact d'un homme…

Larsen, respectueusement, retire ses bras. Il va même pour se lever lorsque Znorko le retient.

ABEL ZNORKO. Un jour, Hélène m'avait dit : « Je voudrais me voir mourir. Je voudrais assister à ma mort. Je ne voudrais pas rater cela. »… C'est finalement ce qui s'est passé…

C'est au tour de Larsen d'être ému.

ABEL ZNORKO. Il y a dix ans, elle avait eu une alerte. Dans sa famille, toutes les femmes mouraient d'un cancer. J'ai eu peur à ce moment-là, je me suis dit qu'il fallait que je sorte de cette île… que nous revivions ensemble… que je rompe ce pacte absurde. Pendant quelques semaines, elle n'avait pas pu m'écrire. Et puis les examens avaient révélé que la tumeur s'était résorbée. Hélène avait gagné.

ERIK LARSEN. Et depuis vous donnez votre argent à la médecine. C'est pour cela ?

ABEL ZNORKO. Je n'ai besoin de rien pour vivre ici. *(Avouant.)* Oui, c'est pour cela, pour elle… *(Un temps.)* Cette alerte nous avait rendus plus proches, plus intimes, comme mûris par la peur que nous avions éprouvée ensemble. Mais nous ne parlions jamais de la mort.

ERIK LARSEN. C'est cela qui lui a fait tant de bien : que vous l'aimiez comme si elle et vous étiez immortels. Il y avait une insouciance d'enfant dans votre amour ; moi, c'est le contraire, j'ai toujours aimé comme un vieillard. *(Abel Znorko sourit gentiment. Larsen se laisse aller.)* J'ai l'amour inquiet. Depuis toujours. Pour moi, quand Hélène trébuchait, elle se cassait ; quand Hélène saignait, elle se vidait ; quand Hélène toussait, elle mourait. Combien de fois s'est-elle moquée de moi, de mes peurs ! Je l'aimais de manière désespérée, comme un être furtif, éphémère, qui devait m'être enlevé. Je ne l'ai jamais aimée dans l'insouciance. *(Un temps.)* J'avais raison.

ABEL ZNORKO *(sincère et simple)*. Je suis heureux que vous existiez. Moi, je n'étais pas doué pour être vous. *(Atone.)* Je ne suis qu'une boursouflure, une des pires, de celles qu'on écoute et respecte. Je crois que je ne me suis inventé le culte de la littérature que pour m'épargner la peine de vivre, tant j'avais peur. Sur le papier, j'ai été héroïque et dans la réalité je ne sais même pas si j'ai jamais délivré un lapin de son piège. Moi, la vie, je ne voulais pas la vivre, je voulais l'écrire, la composer, la dominer, là, assis au milieu de mon île, dans le nombril du monde. Je ne voulais pas vivre dans le temps qui m'était donné, trop orgueilleux, et je ne voulais pas vivre non plus dans le temps des autres, non, moi, j'inventais le temps, d'autres temps, je les réglais avec le sablier de mon écriture. Vanité. Le monde tourne, l'herbe pousse, les enfants meurent et je suis prix Nobel ! Je vaticine comme si j'allais changer le cours des choses. Vous, on ne vous aperçoit même pas dans l'épaisseur des obscurs et moi je suis de ces inutiles que l'on consacre. *(Znorko se lève et dit, un peu perdu :)* Qu'est-ce que je dois emmener ?

ERIK LARSEN. Je vais préparer vos affaires.

ABEL ZNORKO. Eh bien… ça me gêne un peu mais… oui, merci. *(Il montre la chambre à côté.)* C'est ici. Prenez les vêtements que vous voulez, je les mettrai.

Larsen a un sourire et passe dans la pièce d'à côté.

ERIK LARSEN *(off)*. Je ne vous savais pas si handicapé du quotidien.

ABEL ZNORKO *(essayant d'être léger)*. Je ne sais pas faire un lit ni plier une serviette.

ERIK LARSEN *(off)*. Mais comment faites-vous la vaisselle ?

ABEL ZNORKO *(souriant faiblement)*. À la salive : je donne des ordres. J'ai une femme de ménage qui vient tous les matins ; elle arrange tout ; elle serait moins laide, je croirais qu'elle est fée.

Larsen revient avec quelques chemises qu'il pose sur le canapé.

ERIK LARSEN. Quelle chemise je prends, la bleue ou la blanche ? *(Znorko ne sait que répondre. Larsen montre alors la bleue.)* Je suis sûr que celle-ci vous met en valeur. Elle rappelle la couleur de vos yeux.

ABEL ZNORKO *(gêné par ce qu'il vient d'entendre)*. Ah...

ERIK LARSEN *(ressortant, off, très naturel)*. Hélène était comme vous : tout le contraire d'une femme d'intérieur. J'étais obligé de m'occuper de tout.

ABEL ZNORKO. Je sais : dans les cinq mois où nous avons vécu ensemble, le linge s'entassait tellement dans l'appartement qu'il fallait prendre une carte et une boussole pour trouver une serviette propre... nous formions un couple de spéléologues... *(Il se met devant la glace et regarde comment lui va la chemise. Il dit pour lui-même :)* Oui, effectivement, elle me va bien.

ERIK LARSEN *(passant la tête)*. Slip ou caleçon ?

ABEL ZNORKO *(choqué par la trivialité de la question)*. Ne soyez pas ridicule.

ERIK LARSEN. J'ai besoin de savoir : slip ou caleçon ?

ABEL ZNORKO. Je ne prononce jamais ces mots. Je les trouve… obscènes.

ERIK LARSEN *(surpris)*. Slip ? Caleçon ?

ABEL ZNORKO. C'est insupportable, écoutez un peu : « slip », on dirait une culotte qui descend ; et « caleçon », une culotte qui remonte.

ERIK LARSEN *(riant)*. Ça ne me dit pas lesquelles je prends…

ABEL ZNORKO *(de mauvaise humeur)*. Celles qui remontent.

Larsen revient avec une pile de linge et la pose sur la banquette.

ERIK LARSEN. Voilà, j'ai pris le nécessaire. Huit paires de chaussettes, deux pantalons, deux pulls et huit machins qui remontent.

ABEL ZNORKO *(gêné)*. Oui oui, très bien, merci. *(Il est un peu agacé par la simplicité avec laquelle Larsen range les affaires dans un sac.)* Mais… vous savez, je ne viens que pour un jour ou deux, pas une semaine…

ERIK LARSEN. Oh ! Ce serait dommage de faire le voyage pour si peu de temps. Puis vous verrez, vous serez bien à la maison…

ABEL ZNORKO *(répétant machinalement)*. … à la maison…

ERIK LARSEN. Cela me fait vraiment plaisir de vous recevoir. Depuis le temps…

ABEL ZNORKO. … depuis le temps…

La joie de Larsen inquiète Znorko. Il s'approche, mal à l'aise, en se raclant la gorge.

ABEL ZNORKO. Écoutez… je ne voudrais pas qu'il y ait de malentendu… J'apprécie beaucoup votre attitude avec Hélène… Je vous en suis reconnaissant… mais qu'il soit clair que je viens… pour elle, pas pour vous.

ERIK LARSEN *(un peu tendu)*. Mais j'avais bien compris.

ABEL ZNORKO. Vous concevez bien que, fondamentalement, nous ne serons… jamais amis, vous voyez ce que je veux dire.

ERIK LARSEN. Je vois. *(Très naturel.)* Où sont vos affaires de toilette ?

ABEL ZNORKO *(humilié et agacé)*. Laissez, je vais finir mon sac moi-même.

> *Il sort. Larsen, resté seul, s'approche de l'appareil à musique. Il relance les* Variations énigmatiques.
> *En rentrant, Znorko arrête la musique.*

ABEL ZNORKO. Vous m'excuserez, mais… je n'ai pas l'habitude de partager cette musique. De rien partager, d'ailleurs.

ERIK LARSEN. Bien sûr. Je voulais vous poser une question : lorsque vous faites l'amour avec une femme, est-ce que vous allumez ou vous éteignez la lumière ?

ABEL ZNORKO. Question dépourvue d'intérêt.

ERIK LARSEN. S'il vous plaît…

ABEL ZNORKO. J'éteins.

ERIK LARSEN *(avec un sourire)*. J'en étais sûr. Une question encore, rien qu'une seule. *(Znorko acquiesce, contraint.)* Avez-vous couché avec votre meilleure amie ?

ABEL ZNORKO. Vous devenez fou.

ERIK LARSEN. Je suis sérieux. Avez-vous couché avec votre meilleure amie ?

ABEL ZNORKO. Je n'ai pas d'amis.

ERIK LARSEN. Je vous demande une réponse.

ABEL ZNORKO. Où voulez-vous en venir ?

ERIK LARSEN. Votre réponse ?

ABEL ZNORKO. Ce serait non.

ERIK LARSEN. Hélène était ma meilleure amie. Ce fut par cette porte qu'elle est entrée dans ma vie : le sourire, les discussions, les confidences, et l'habitude, très vite. Je lui racontais mes déboires sentimentaux, elle s'en amusait, me conseillait… Nous vivions presque l'un chez l'autre. Et puis un jour nous nous sommes rendu compte que nous étions aussi un homme et une femme. J'ai fait l'amour avec ma meilleure amie, c'est très différent, cela se pratique en pleine lumière, le plaisir a enfin un visage.

ABEL ZNORKO *(agacé)*. Idiot. On va beaucoup plus loin dans le sexe lorsqu'on ferme les yeux.

ERIK LARSEN. Idiot. On va beaucoup plus loin dans l'amour les yeux ouverts. J'ai ma petite théorie là-dessus. Avec Hélène, nous…

ABEL ZNORKO *(fermé)*. Ça ne m'intéresse pas. *(Soudain assailli par une réminiscence.)* Erik… « l'ami Erik »… C'est vous le Erik dont elle m'a parlé il y a longtemps…

ERIK LARSEN. Et dont elle a cessé de vous parler il y a douze ans, lorsque nous nous sommes mariés…

ABEL ZNORKO. Mais vous n'étiez pas journaliste !

ERIK LARSEN. Professeur de musique. Et je le suis toujours. *La Gazette de Nobrovsnik* n'existe pas. Je l'ai inventée pour arriver à vous. Je vous ai d'ailleurs trouvé naïf, sur ce coup-là. Ou impatient.

> *Les deux hommes se regardent. Ils taisent ce qui leur tient à cœur. Znorko, rangeant son sac, brise le silence.*

ABEL ZNORKO. Allons-y. Le bac va bientôt repasser. *(Il regarde le crépuscule mauve et violet sur la baie.)* Quel dommage de partir ! C'est aujourd'hui que le jour passe à la nuit. Le premier crépuscule depuis six mois. Et le dernier avant un an. Il fallait que vous veniez à ce moment... *(Il demande, de façon anodine.)* Quand est-elle morte, exactement ?

> *Larsen, qui semble avoir entendu, ne répond pourtant pas.*

ABEL ZNORKO. Je vous demande quel jour est morte Hélène.

ERIK LARSEN. Un mardi. Le mardi 21 mars.

ABEL ZNORKO *(se rappelant)*. C'est vrai, vous m'aviez dit que c'était le printemps, oui.

ERIK LARSEN *(lentement)*. Le jour du printemps... il y a dix ans.

> *Znorko n'entend pas tout de suite puis s'arrête, abasourdi, fixant Larsen.*

ERIK LARSEN. Je n'ai vécu avec Hélène que deux ans. Le lendemain de l'enterrement, lorsque j'ai voulu ranger, j'ai découvert les lettres, vos lettres... J'ai découvert celles qu'elle avait voulu vous écrire dans les premiers jours de sa maladie et qu'elle ne vous avait pas envoyées. J'ai découvert votre amour, ce qu'il

avait été, ce qu'il était devenu… Elle me manquait terriblement… Alors, le soir, je… j'ai pris la plume et je
vous ai écrit. J'ai toujours su imiter les écritures, particulièrement la sienne, cela la mettait en rogne,
d'ailleurs.

ABEL ZNORKO *(d'une voix blanche)*. Alors c'est vous ?

ERIK LARSEN. Depuis dix ans. Plusieurs fois par semaine.
Presque tous les jours.

Et Znorko se laisse tomber sur le canapé, hagard.

ERIK LARSEN. J'imagine que je n'ai pas d'excuses à vos
yeux…

Znorko ne répond pas. Larsen le regarde tristement.

ERIK LARSEN. Je ne voulais pas qu'elle meure. Elle
vivait toujours quand je recevais vos lettres. Elle était
heureuse de les lire, tellement heureuse. Et vous aussi,
vous étiez heureux qu'elle vous réponde. Et moi, heureux, entre vous deux… Vous aviez raison, tout à
l'heure : nous avons besoin du mensonge. On doit la
vie aux morts.

Long silence entre eux.
Znorko saisit brusquement le livre. Il l'ouvre et lit.

ABEL ZNORKO. « J'embrasse tes lèvres, celle du dessous, qui est la plus sensible, celle qui gonfle pendant
l'amour… » C'est vous qui l'avez écrit ?

ERIK LARSEN. Arrêtez, c'est gênant !

ABEL ZNORKO. C'est vous qui l'avez écrit ?

ERIK LARSEN. Je… j'ai recherché dans les lettres précédentes… je… je me suis documenté…

ABEL ZNORKO. Et… « je te caresse le haut de la cuisse,

à l'intérieur, là où il fait toujours chaud, là d'où les frissons partent, pour transir tout ton corps »…

ERIK LARSEN *(mal à l'aise, faussement naïf)*. Moi ça me fait ça, vous aussi ?

> *Znorko se dresse, menaçant. Larsen a quelque chose de pitoyable, comme s'il était cassé. Znorko brandit sa carabine et s'approche de Larsen.*

ABEL ZNORKO. Allez, filez… filez… Et tâchez de courir, de courir vite… Cette fois-ci, je ne viserai pas le portail.

> *Larsen le regarde sans trembler.*

ERIK LARSEN. Je m'en moque. Pourquoi avez-vous publié votre correspondance ?

> *Il fixe Znorko. Aucun des deux hommes ne bouge. Et soudain, Larsen attrape la carabine, l'arrache. Il la garde à son côté.*

ERIK LARSEN. Je suis venu vous poser une seule question, je savais ce que je faisais en venant : pourquoi avez-vous publié vos lettres avec Hélène ? Pourquoi ?

ABEL ZNORKO. Cela ne vous regarde pas.

ERIK LARSEN. Cela me regarde. Depuis dix ans, je sais tout de vous et j'ai fait vivre Hélène. Vous, en publiant ce livre, vous l'avez tuée. Vous l'avez tuée ! Si le livre n'était pas paru, j'aurais pu continuer à vous écrire jusqu'à ma mort.

> *Larsen lui tend brusquement le fusil et lui met de force dans les mains. Znorko est de nouveau en position de dominer mais ne comprend plus la situation.*

ERIK LARSEN. Ma mort m'est totalement indifférente.

Mais avant de me supprimer, vous devez me dire pourquoi.

Znorko ne répond pas. Larsen lui dit, presque envoûtant :

ERIK LARSEN. Abel Znorko, je suis Hélène. Depuis dix ans, nous nous aimons à travers elle, nous nous disons tout en elle. Vous avez tué Hélène en publiant ce livre. Qu'est-ce qui vous a pris ?

ABEL ZNORKO *(soudain faible)*. La réponse est là. *(Il baisse le fusil et montre la lettre que Larsen porte dans sa poche.)* Dans la dernière lettre. Celle que vous deviez lui porter.

Larsen saisit la lettre.

ABEL ZNORKO *(par réflexe)*. Non, ce n'est pas pour vous...

Larsen sourit tristement. Znorko, tout aussi tristement, pose la carabine.
Larsen décachette et lit. Dans le même temps, Znorko, presque somnambulique, s'explique :

ABEL ZNORKO. J'ai eu très peur. Très peur. J'ai voulu voir Hélène. Elle a refusé.

ERIK LARSEN. C'était le contrat.

ABEL ZNORKO. C'était le contrat.

Larsen a fini de lire la lettre et la replie. Il regarde Znorko avec une certaine tendresse.

ERIK LARSEN *(doucement)*. Il fallait me dire la vérité, tout simplement. Je serais venu. Au lieu de me provoquer en publiant ce livre.

ABEL ZNORKO *(exaspéré)*. Mais je n'ai rien à vous

dire ! Je ne vous ai pas provoqué et je ne veux pas vous voir ! *(Épuisé, il se laisse tomber sur le sofa.)* Quand mon médecin m'a dit que j'avais ce crabe en moi qui me mangeait progressivement, j'ai décidé que je ne me ferais pas soigner. Je ne voulais qu'une chose : revoir Hélène mais sans lui dire qu'il s'agirait de la dernière fois. Elle refusait de venir, elle invoquait le contrat. Il ne me restait qu'une solution : la provoquer. Aussi, lorsque mon éditeur est venu ici, ai-je risqué le tout pour le tout, j'ai tendu le paquet de lettres en disant : voici mon roman. Il l'a immédiatement publié. Et j'attendais la réaction d'Hélène. J'attendais qu'elle se mît en colère, qu'elle débarquât ici, que... Et rien ne s'est passé.

ERIK LARSEN. Où est-il, le crabe ?

ABEL ZNORKO. Dans le poumon... comme elle...

Larsen a un geste désespéré.

ERIK LARSEN. Je vous envie d'être si proche d'elle... et de mourir comme elle, peut-être.

ABEL ZNORKO. Je ne crois pas que je vais mourir. Je l'ai cru. On m'a refait des analyses. Tout se résorbe.

ERIK LARSEN *(doutant)*. C'est vrai ?

ABEL ZNORKO. C'est vrai. *(Avec un rire amer.)* Je fais partie des cadavres qu'il faut enterrer plusieurs fois.

ERIK LARSEN. C'est vrai ?

Znorko ne répond pas. Larsen s'approche tendrement, lui posant la main sur l'épaule. Le geste apaise Znorko.

ABEL ZNORKO *(doucement, sans réfléchir)*. De toute façon, ça ne me gêne pas de mourir... si je peux encore écrire. *(Un temps.)* Au fond, j'ai toujours dit que la vie n'est qu'une imposture. On nous y a mis sans notre accord, on nous en déloge malgré nous. Dès que nous croyons avoir touché quelque chose, la chose s'évanouit. Nous n'aimons jamais que des fantômes et les autres demeurent des énigmes que l'on n'éclaire jamais. *(Avec un rire douloureux.)* Je m'étais imaginé que, lorsque je mourrais, des voiles se soulèveraient, des beaux voiles lourds et épais, comme des jupons, pour qu'un instant, un seul, j'entrevoie la vérité et ses cuisses nues. Je dois être mort déjà.

ERIK LARSEN. Je vais rester auprès de vous.

*Znorko se redresse et considère Larsen très sévère-
ment.*

ABEL ZNORKO. Non, maintenant, vous devez partir. Naturellement, je n'irai pas à Nobrovsnik. Pas avec vous. Je porterai le deuil d'Hélène ici.

*Larsen sent qu'il ne peut pas tenir tête à l'homme blessé, il rassemble ses affaires pour sortir. En par-
tant, il quête un regard de Znorko : en vain.*
Znorko, déboussolé, enfin seul, titube un peu puis s'assoit comme par réflexe au piano. Il se met à jouer les Variations énigmatiques.
*Après quelques secondes, Larsen réapparaît, se mouvant lentement au rythme de la musique. Il s'ap-
proche de Znorko et dit avec douceur :*

ERIK LARSEN. Vous savez, lorsqu'on l'a ensevelie, il y a dix ans, je pensais qu'en même temps qu'Hélène, c'était l'amour qui était entré sous terre. Et puis il y a eu vous, et elle à travers vous, et je me suis rendu compte que le globe n'était pas si vide.

ABEL ZNORKO. Il l'est, pour moi.

ERIK LARSEN. Qu'est-ce qu'un amour partagé ? Deux

rêves qui par hasard s'accordent, un malentendu heureux, un malentendu, bien entendu, des deux côtés… Est-ce que nous ne pouvons pas nous parler à travers nos rêves ?

ABEL ZNORKO. Désolé. Mes rêves n'ont pas le même sexe que vous.

ERIK LARSEN. Moi, ce que j'ai appris pendant ces dix ans, c'est que l'amour n'a pas de sexe.

ABEL ZNORKO. Dehors !

ERIK LARSEN *(docile, en écho)*. Dehors.

   Il s'approche de la porte et s'arrête.

ERIK LARSEN. On doit la vie aux morts. On la doit aussi aux vivants.

ABEL ZNORKO. Dehors !

ERIK LARSEN *(en écho)*. Dehors.

   Larsen regarde la nuit s'assombrir. Il grelotte soudain. On doit percevoir la solitude qui l'accable depuis des mois.

ERIK LARSEN *(comme pour lui-même)*. Au début, je ne t'aimais pas, Abel Znorko, tu n'es que suffisance, arrogance, prétention. Tu as passé plus de temps à prendre la pause du génie qu'à en manifester vraiment ; je n'écrivais que pour faire vivre Hélène. Et puis, j'ai découvert sous tes défauts une seule lumière, une petite flamme de bougie, vacillante, émouvante, attendrissante, terrible : la peur. *(S'approchant.)* Tu n'es que peur, Abel Znorko, peur de la vie que tu as fuie, peur de l'amour que tu as évité, peur des femmes que tu n'as fait que baiser. Tu t'es réfugié dans tes livres et sur cette île. C'est pour ceci que tu es devenu grand et que chaque lecteur se retrouve en toi : tu as plus peur que tout le monde. Tout est excessif en toi, la colère et l'amour, l'égoïsme et la tendresse, la sottise et l'intelligence, tout est saillant, abrupt, coupant, on s'y promène comme en une forêt sauvage, on s'y égare, on s'y perd, c'est vivant. *(Un temps.)* Vivant. *(Un temps, timidement.)* J'ai besoin de vous.

> *Au loin, on entend la corne de brume du bac qui appelle.*

ABEL ZNORKO. Dehors.

ERIK LARSEN *(vaincu)*. Dehors. *(Larsen ne se résout pas à partir.)* Qu'allez-vous faire ?

ABEL ZNORKO. Vieillir. Depuis que je vous ai rencontré, je me sens des dispositions pour cela.

ERIK LARSEN. Non, pas vous.

ABEL ZNORKO. Vieillir en paix, sans inquiétude, sans descendance. Beaucoup d'argent et rien à faire. Je vais devenir un imbécile complet, Erik Larsen, un imbécile heureux. Je ne crois plus en rien, je n'attends plus de l'existence qu'une digestion facile et un sommeil profond. Le vide, Erik Larsen, enfin le vide. Grâce à vous. Merci. Adieu.

> *Larsen regarde l'obscurité qui désormais est tombée. Il frissonne.*

ERIK LARSEN. Il fait nuit… il fait froid… *(Un temps.)* Adieu, Abel Znorko.

> *Il tremble, il semble tout petit. Le bac lance encore son appel embrumé. Larsen sort.*
> *Une fois seul, Abel Znorko réfléchit puis, brusquement, sort par la porte du fond.*
> *On entend un coup de feu.*

Silence.
Puis bruit de course.
Larsen réapparaît. Cette fois-ci, il a un grand sou-
rire, comme si ce rappel le comblait. Abel Znorko
rentre, sombre, le fusil à la main. Il regarde Larsen
sans rien dire.

ERIK LARSEN *(avec bonne humeur)*. Il va falloir changer votre portail. Il est fusillé.

ABEL ZNORKO *(pudique)*. Je voulais vous dire…

ERIK LARSEN. Oui ?

ABEL ZNORKO. Je… je vous écrirai…

Variations énigmatiques
d'Eric-Emmanuel Schmitt
créé au Théâtre Marigny en septembre 1996

Mise en scène : Bernard Murat

Décors : Nicolas Sire

Lumières : Jacques Wenger

Distribution :
Alain Delon : Abel Znorko
Francis Huster : Erik Larsen

Une production Jean-Marc Ghanassia,
Théâtre Marigny, Atelier Théâtre Actuel.

Le Libertin

« J'enrage d'être empêtré dans une diable de philosophie que mon esprit ne peut s'empêcher d'approuver, et mon cœur de démentir. »

Denis Diderot,
Lettre à Madame de Meaux,
septembre 1769.

Un petit pavillon de chasse au fond du parc de Grandval.
Le baron d'Holbach a mis l'endroit à la disposition de Diderot ; celui-ci l'a naturellement transformé en un immense bric-à-brac qui oscille entre le bureau, le boudoir et le cabinet de savant. Livres, télescopes, cornues s'entassent en désordre sur la banquette, les fauteuils et les couvertures brodées. Curieusement, quelques vieux jouets de bois traînent dans les coins. Une porte donne sur l'extérieur, une autre sur une antichambre surmontée d'un œil-de-bœuf.

Anna Dorothea Therbouche, portraitiste prusso-polo-naise, est en train de dessiner Denis Diderot, allongé sur le sofa, face à elle, dos au public. Il porte une sorte de toge antique qui lui laisse les épaules et les bras nus.

MME THERBOUCHE. Arrêtez de changer d'expression, je n'arrive pas à vous saisir. Allons ! Il y a une seconde vous étiez pensif, la seconde suivante vous aviez l'air rêveur et voilà maintenant que vous affichez une mine désolée. En dix minutes, vous avez cent physionomies diverses. Autant peindre un torrent !

DIDEROT. Je ne vois qu'une seule solution : assommez-moi.

Mme Therbouche rit puis s'approche. Elle dénude l'épaule de Diderot.

MME THERBOUCHE. J'aime la philosophie.

DIDEROT. Vous devriez lui préférer les philosophes.

MME THERBOUCHE *(reprenant son croquis)*. Ne dites pas de sottises : Socrate était laid. *(Un temps.)* On m'a dit qu'il avait le petit défaut… enfin… qu'il regardait les hommes… bref, qu'il était perdu pour les dames !

DIDEROT. Moi, ce sont les femmes qui me perdent. Mes mœurs n'ont rien d'antique, j'aime mieux enlever les robes que les porter.

MME THERBOUCHE. Ne bougez pas. *(Un temps.)* J'aurais aimé faire son portrait… à Socrate.

DIDEROT. Trouvez-vous que je lui ressemble ? Mes amis m'appellent parfois le Socrate débraillé.

MME THERBOUCHE. Effectivement, vous êtes très débraillé…

DIDEROT. Mais encore ?

MME THERBOUCHE. … assez bon philosophe…

DIDEROT. Oui ?

MME THERBOUCHE. … mais plutôt moins laid.

DIDEROT *(charmeur)*. Plutôt ?

MME THERBOUCHE. Beaucoup moins laid.

DIDEROT *(ravi)*. Ah, que j'aime la peinture !…

MME THERBOUCHE. Que j'aime la philosophie !

Ils se regardent avec envie. À cet instant-là, on entend tambouriner derrière la porte.

DIDEROT. Oui ?

LA VOIX DE BARONNET. Monsieur Diderot, monsieur
Diderot, c'est très urgent.

DIDEROT. Je travaille ! *(À Mme Therbouche.)* C'est
qu'il y a urgence et urgence…

LA VOIX DE BARONNET. Mais, monsieur Diderot, c'est
pour l'*Encyclopédie* !

DIDEROT *(changeant soudain).* L'*Encyclopédie* ? Que
se passe-t-il ? *(Il s'est redressé. Il saisit une robe de
chambre et la passe. À Mme Therbouche :)* Excusez-
moi.

*Le jeune Baronnet, secrétaire de l'*Encyclopédie, *entre en hâte, essoufflé.*

BARONNET. Rousseau s'est récusé, il n'écrira pas son article. Il dit qu'il a été poursuivi récemment par la police et n'a pas envie de risquer à nouveau de vivre six mois dans sa cave. Il me l'a fait savoir ce matin.

DIDEROT. Mais nous mettons sous presse dans trois jours ! Nous avons déjà du retard ! Fichu Rousseau ! La police ! Est-ce que je n'ai pas fait de la prison, moi, déjà ?

BARONNET. Nous avions réservé une page de quatre colonnes pour l'article, c'était la dernière livraison attendue, les autres planches sont prêtes. Il n'y a qu'une seule solution, monsieur, comme d'habitude, j'ai bien peur que…

DIDEROT. Quoi ?

BARONNET. Eh bien, que vous ne soyez obligé de…

DIDEROT. Oh non… Non, Baronnet, je n'ai pas le temps.

BARONNET. Tout est tellement facile à Monsieur…

MME THERBOUCHE. Quand il a le temps !

BARONNET. Monsieur, ce n'est pas la première fois que vous serez obligé d'écrire un article à la dernière minute. Et l'*Encyclopédie* s'en est toujours bien portée.

DIDEROT. Écoute, mon petit Baronnet, je suis venu à la campagne, chez le baron d'Holbach, pour me reposer.

BARONNET *(suppliant)*. Monsieur... pour l'*Encyclopédie*.

DIDEROT. Quel est le sujet ?

BARONNET. La morale.

DIDEROT. Parfait ! Va trouver le baron d'Holbach dans le parc, cela fait des années qu'il nous prépare un énorme traité de morale, il lui sera facile d'en extraire une ou deux pages.

Baronnet ne semble pas très convaincu.

BARONNET. Le baron d'Holbach ? Monsieur, ce serait tellement mieux signé par vous !

DIDEROT. Eh bien, qu'il l'écrive, je le signerai. Va, Baronnet, va !

Baronnet, peu satisfait, obéit et sort.

4

MME THERBOUCHE. Merci.

DIDEROT. Depuis que je dirige l'*Encyclopédie*, tout mon temps a été mangé par cette tâche. Aujourd'hui je serai inflexible. Je vous donne mon temps.

MME THERBOUCHE. Je l'accepte. *(Elle se remet à dessiner.)* Votre secrétaire n'avait pas l'air très ravi de demander l'article au baron.

DIDEROT. Il faut dire que d'Holbach écrit d'une main un peu lourde. Il trempe sa plume dans l'amidon. Imaginez un gâteau sans levure, c'est cela, la littérature du baron d'Holbach : ça vous plombe l'estomac et ça ne remonte jamais jusqu'au cerveau.

Elle pose brusquement ses craies, embarrassée.

MME THERBOUCHE. Monsieur Diderot, il faut que je vous avoue quelque chose.

DIDEROT *(badin)*. Oui ! Des aveux !

MME THERBOUCHE. Nous n'y sommes pas du tout : vous comme ceci, moi comme cela, nous faisons fausse route. Ce n'est pas ce que je voulais.

DIDEROT. Que vouliez-vous ?

MME THERBOUCHE. Je ne veux pas que nous nous contentions de cette pose.

DIDEROT. Soit.

MME THERBOUCHE. Nous devons aller… beaucoup plus loin !

DIDEROT. Allez, je vous suis.

MME THERBOUCHE. Vous comprenez, je voudrais respecter la nature et l'innocence des premiers âges…

DIDEROT *(l'œil allumé)*. C'est cela, écoutons la nature…

MME THERBOUCHE. Je voudrais faire avec vous quelque chose que je ne pourrais pas faire avec M. Voltaire…

DIDEROT. Ah çà ! Voltaire ne le fait plus…

MME THERBOUCHE. En un mot, puisque, comme vous dites, vous autres Français, il faut appeler une chatte une chatte, vous me pardonnerez mon outrecuidance, je voudrais faire un tableau de vous… nu !

DIDEROT *(revenant sur terre)*. Pardon ?

MME THERBOUCHE. J'aimerais tant qu'un philosophe, enfin, soit aussi simple qu'un autre modèle, et se révèle aux yeux du monde tel que la nature l'a fait.

DIDEROT. Vous savez, c'est l'étude plus que la nature qui fait le philosophe.

MME THERBOUCHE *(n'écoutant pas)*. Un tableau unique, franc : le philosophe dans son plus simple appareil !

DIDEROT. Ah çà, mais… c'est que je ne sais pas si justement il est simple, mon appareil.

MME THERBOUCHE. Monsieur Diderot, vous avez écrit que la pudeur n'est pas un sentiment naturel. *(Elle sort violemment un petit volume marqué à une page.)* Vous l'avez montré lorsque vous étudiiez la morale de l'aveugle « sans les injures de l'air, dont les vêtements le garantissent, il n'en comprendrait guère l'usage ; et il avoue franchement qu'il ne devine pas pourquoi l'on couvre plutôt une partie du corps qu'une autre, et moins encore par quelle bizarrerie on donne entre ces parties la préférence à certaines que leur usage et les indispositions auxquelles elles sont sujettes demanderaient qu'on les tînt libres ». Pas de mignardises entre nous, monsieur Diderot, vous pouvez entretenir avec moi des rapports philosophiques !

DIDEROT. Mais justement, je ne sais pas si nous saurions les restreindre à la sphère étroite de la philosophie. Vous êtes une femme et…

MME THERBOUCHE. Je suis un peintre, vous êtes un philosophe.

DIDEROT. Tout de même, vous habillée, moi nu ! Si vous vous mettiez dans la même tenue, je ne dis pas…

MME THERBOUCHE. Vous raillez, monsieur Diderot ! Je ne vous propose rien de déshonnête.

DIDEROT *(déçu)*. Ah…

MME THERBOUCHE. Croyez que j'en ai vu, des hommes nus !

DIDEROT *(toujours déçu, un peu faux cul)*. Bien sûr. Glissons. Glissons.

MME THERBOUCHE. Et plus d'un !

DIDEROT. Ben tiens !

MME THERBOUCHE. Et de toutes sortes, des beaux, des laids, des grands, des forts, avec de petits membres, avec de très grands membres, avec...

DIDEROT. Oui, oui : glissons, glissons.

MME THERBOUCHE. Si vous pensez que leur nudité me trouble, vous vous trompez : je ne sens rien, plus rien ! Tenez, je peux vous dire que votre nudité ne me provoquera pas plus d'effet que la toile du sofa, ou les plis de votre toge, ou bien même ce coussin.

DIDEROT *(aigre, pour lui)*. Le coussin ? On n'est pas plus aimable. *(Pour elle.)* Oui, mais...

MME THERBOUCHE. Quoi ?

DIDEROT. Et si cela me faisait de l'effet, à moi ?

MME THERBOUCHE. Comment ?

DIDEROT. D'être dans cet état... devant vous...

MME THERBOUCHE. Eh bien ?

DIDEROT. Vous n'êtes pas repoussante... et...

MME THERBOUCHE. Je me suis trompée. Je vous avais lu, je vous avais admiré, je croyais que vous étiez le seul homme d'Europe capable de passer outre à certaines convenances, que vous auriez la simplicité, l'innocence d'Adam avant le péché. C'était donc une sottise de ma part ?

DIDEROT. Attendez ! *(Un temps. On voit qu'il prend la décision.)* Alors je pose la toge et je m'allonge, c'est cela ?

MME THERBOUCHE. C'est cela.

Diderot s'exécute. Il est nu, il s'étend sur le sofa.

MME THERBOUCHE *(prenant ses craies et commençant).* Je vous admire, monsieur Diderot : quelle fermeté d'âme !

DIDEROT *(grommelant).* S'il faut que je pose mon pantalon pour qu'on remarque ma fermeté d'âme !

MME THERBOUCHE. Vous êtes beau.

DIDEROT *(agacé).* Je sais, d'une grande beauté intérieure…

MME THERBOUCHE. Non, vous, votre corps, monsieur Diderot. On a menti : Socrate n'était pas laid, vous êtes beau !

DIDEROT. Taisez-vous, parlez-moi comme à un coussin.

Elle s'approche et rectifie la position. Diderot souffre d'être ainsi manipulé. Elle se replace derrière le chevalet.

MME THERBOUCHE. Pourquoi ne me regardez-vous plus ?

DIDEROT. À votre avis ?

MME THERBOUCHE. Regardez-moi.

DIDEROT *(embarrassé).* Comme, depuis le péché d'Adam, on ne commande pas à toutes les parties de son corps comme à son bras, et qu'il y en a qui veulent, quand le fils d'Adam ne veut pas, et qui ne veulent pas, quand le fils d'Adam voudrait bien…

MME THERBOUCHE. Je n'entends rien à la théologie, je vous ordonne de me regarder.

DIDEROT. Très bien, vous l'aurez voulu.

Il ne cache plus son sexe. Il la regarde. Elle peint.

DIDEROT *(mécontent de lui).* Ah !

MME THERBOUCHE *(sans relever la tête)*. Quoi ?

DIDEROT. Rien… je voudrais être un coussin.

MME THERBOUCHE *(sévère)*. Ne bougez plus et regardez-moi.

Il s'exécute.

MME THERBOUCHE *(jetant un coup d'œil rapide)*. J'ai dit : ne bougez plus.

DIDEROT. Mais je ne bouge plus.

MME THERBOUCHE. Cessez donc, je vous prie.

Diderot comprend subitement l'origine du mouvement, regarde entre ses jambes, rougit et pose sa main sur son sexe.

MME THERBOUCHE *(continuant son travail)*. Naturel, j'ai dit ! Naturel ! Ne cachez rien ! La philosophie toute nue. Ne cachez rien.

DIDEROT. Tant pis. Pour la philosophie !

Et il ne cache plus sa nudité.
Mme Therbouche continue à croquer, mais son regard ne peut s'empêcher de revenir sans cesse sur l'entrejambe du philosophe, dont l'hommage croissant semble la fasciner.

MME THERBOUCHE *(légèrement grondeuse)*. Monsieur Diderot !

DIDEROT. Expression grandissante de ma fermeté d'âme.

Elle essaie de poursuivre sans trop regarder. Elle travaille quelques instants sur sa toile puis l'observe de nouveau. Et là, elle joue le malaise, pousse un cri en laissant tomber ses craies.

MME THERBOUCHE. Ah !

*Diderot la reçoit dans ses bras et l'enlace sensuelle-
ment.*

DIDEROT. Qu'y a-t-il ?

MME THERBOUCHE. Ça !

DIDEROT. Rassurez-vous : je suis moins dur que lui.

*Elle se laisse aller contre lui. Ils s'embrassent.
On frappe alors très fort à la porte.*

5

LA VOIX DE BARONNET. Monsieur Diderot, monsieur Diderot !

DIDEROT. Je ne suis pas là !

LA VOIX DE BARONNET. Monsieur Diderot, monsieur Diderot, ouvrez, c'est Baronnet.

DIDEROT. Baronnet ! Si tu allais faire un tour pendant une demi-heure… *(il regarde Mme Therbouche)*… une heure… *(Mme Therbouche lui fait un signe)*… une bonne heure et demie… en attendant que M. Diderot revienne ?

LA VOIX DE BARONNET. Monsieur Diderot, le baron d'Holbach est introuvable ! Il est parti en visite à Chennevières, il reviendra ce soir. Je n'aurai jamais mon article à temps.

Diderot enfile immédiatement sa robe de chambre.

DIDEROT *(à Mme Therbouche)*. Excusez-moi…

MME THERBOUCHE *(poussant un soupir de dépit, mais toujours souriante)*. Ouvrez-lui, je vous ouvrirai après.

DIDEROT. Merci, la Peinture.

MME THERBOUCHE *(du tac au tac)*. Je vous en prie, la Philosophie.

Diderot demande s'il peut vraiment ouvrir.

MME THERBOUCHE. Mais oui, faites-le entrer : je n'ai pas honte de vous.

6

*Baronnet entre et fonce sur Diderot, avec l'inno-
cence de la jeunesse qui ne soupçonne rien des jeux
adultes.*

BARONNET. Il faut absolument que vous improvisiez
quelque chose, c'est trop important.

DIDEROT. Oui, mais c'est que, justement, madame
Therbouche et moi nous traitions aussi d'une affaire
d'importance...

MME THERBOUCHE. ... d'extrême importance.

DIDEROT *(à Mme Therbouche, rougissant)*. Vous me
flattez! *(À Baronnet.)* Et cette affaire dont dépend le
destin de...

MME THERBOUCHE. ... de l'Europe!

DIDEROT *(sautant sur le mensonge)*. ... de l'Europe,
bref, cette affaire hautement diplomatique, mon petit
Baronnet, ne peut, elle non plus, souffrir aucun retard.

BARONNET *(ambigu, commençant à se douter de la
situation)*. J'ignorais qu'on traitât les affaires du monde
en robe de chambre.

DIDEROT. Eh bien, tu auras appris quelque chose aujour-d'hui, ce sera donc une bonne journée.

BARONNET. Monsieur Diderot, la morale, c'est un sujet pour vous. Il n'y a que vous qui puissiez modifier la façon d'aborder cette question.

DIDEROT. Je te dis que nous travaillons, Baronnet ! Et dur, crois-moi ! *(Se calmant.)* Quel est le sujet de l'article ? La morale ?

BARONNET. La morale.

Diderot et Mme Therbouche se regardent avec gêne.

DIDEROT *(avec mauvaise foi)*. La morale… effective-ment… c'est tentant.

Il prend sa décision.

DIDEROT. Baronnet, va donc faire un tour dans le parc. Je vais bâcler quelque chose. Je te rappelle.

*Diderot pose une feuille sur le dos nu de sa maî-
tresse et réfléchit en écrivant.*

MME THERBOUCHE. Quel parti prendrez-vous ? Celui de
Rousseau ou celui d'Helvétius ?

DIDEROT. Les deux me semblent faux. Rousseau estime
que l'homme est naturellement bon — c'est dire qu'il
n'a pas dû connaître la mère de ma femme — tandis
qu'Helvétius l'estime naturellement mauvais — c'est
dire qu'il n'a jamais étudié que lui-même. Il me paraît
que l'homme n'est ni bon ni mauvais, mais qu'il a en
lui une aspiration au bien.

MME THERBOUCHE. Une aspiration ?

DIDEROT *(léger)*. Oui, oui, ce sont de ces mots que nous
avons volés aux prêtres ; ils ne veulent pas dire grand-
chose mais ils produisent toujours beaucoup d'effet. *(Il
se met à écrire.)* « Une force invincible nous pousse à
bien agir. La morale est le désir du Bien, le désir de
rejoindre et d'étreindre le Bien, comme on approche
une femme voilée que l'on voudrait déshabiller lentement et qui, toute nue, montrerait enfin la vérité… »

MME THERBOUCHE. C'est moi qui vous inspire tout ça ?…

DIDEROT. Non, Platon.

MME THERBOUCHE. J'ignorais que nous étions trois.

DIDEROT. Excusez-moi, je vais sabrer cela très vite.

Il recommence à réfléchir et écrit.

MME THERBOUCHE. C'est vraiment une naïveté de mâle…

DIDEROT. Quoi donc ?

MME THERBOUCHE. De comparer la vérité à une femme nue… Toute nue, je mens autant.

DIDEROT. Ah ! Pourquoi ?

MME THERBOUCHE. Parce que je suis femme… parce que je veux plaire… Vous, les hommes, vous mentez beaucoup moins lorsque vous êtes nus.

DIDEROT. Qu'est-ce qui vous fait croire ça ?

MME THERBOUCHE. Vous, tout à l'heure : vous portiez votre pensée pavillon haut.

Elle rit. Diderot barre ce qu'il était en train d'écrire.

DIDEROT. Très bien, la Vérité et le Bien n'auront pas de sexe ! *(Furieux.)* Fichu Rousseau ! C'était bien le moment de me lâcher !

MME THERBOUCHE. Un conseil : abandonnez !

DIDEROT. Pardon ?

MME THERBOUCHE. Ne vous compromettez pas. N'écrivez pas sur la morale. Tout le monde attend de vous que vous affirmiez le règne de la liberté, que vous nous libériez de la tutelle des prêtres, des censeurs, des puissants, on attend de vous des lumières, pas des dogmes. Surtout, n'écrivez pas sur la morale.

DIDEROT. Mais si, il le faut.

MME THERBOUCHE. Non, s'il vous plaît. Au nom de la liberté.

DIDEROT. C'est que je ne sais pas si j'y crois, moi, à la liberté ! Je me demande si nous ne sommes pas simplement des automates réglés par la nature. Regardez tout à l'heure : je croyais venir ici me livrer à une séance de peinture, mais je suis un homme, vous êtes une femme, la nudité s'en est mêlée, et voilà que nos mécanismes ont eu un irrésistible besoin de se joindre.

MME THERBOUCHE. Ainsi, vous prétendez que tout serait mécanique entre nous ?

DIDEROT. En quelque sorte. Suis-je libre ? Mon orgueil répond oui mais ce que j'appelle volonté, n'est-ce pas simplement le dernier de mes désirs ? Et ce désir, d'où vient-il ? De ma machine, de la vôtre, de la situation créée par la présence trop rapprochée de nos deux machines. Je ne suis donc pas libre.

MME THERBOUCHE. C'est vrai.

DIDEROT. Donc je ne suis pas moral.

MME THERBOUCHE. C'est encore plus vrai.

DIDEROT. Car, pour être moral, il faudrait être libre, oui, il faudrait pouvoir choisir, décider de faire ceci plutôt que cela… La responsabilité suppose que l'on aurait pu faire autrement. Va-t-on reprocher à une tuile de tomber ? Va-t-on estimer l'eau coupable du verglas ? Bref, je ne peux être que moi. Et, en étant moi et seulement moi, puis-je faire autrement que moi ?

MME THERBOUCHE. Que la plupart des hommes soient ainsi, je vous l'accorde. Vous êtes persuadés de vous gouverner par le cerveau alors que c'est votre queue qui vous mène. Mais nous, les femmes, nous sommes beaucoup plus complexes, raffinées.

DIDEROT. Je parle des hommes et des femmes.

MME THERBOUCHE. Ce n'est pas possible.

DIDEROT. Mais si.

MME THERBOUCHE. Vous ne connaissez rien aux femmes.

DIDEROT. Vous êtes des animaux comme les autres. Un peu plus charmants que les autres, je vous l'accorde, mais animaux quand même.

MME THERBOUCHE. Quelle sottise ! Savez-vous seulement ce qu'une femme éprouve pendant l'amour ?

DIDEROT. Oui. Euh… non. Mais qu'importe ?

MME THERBOUCHE. Savez-vous ce qu'une femme ressent lorsqu'elle s'approche d'un homme ? *(Un temps.)* Ainsi, par exemple, moi, en ce moment, qu'est-ce que je peux sentir ? Oui, et si moi, en ce moment, je feignais…

DIDEROT. Pardon ?

MME THERBOUCHE. Si je n'avais pas de désir pour vous ? Si je mimais la tentation ? Si je tombais dans vos bras avec une tout autre intention que celle que vous imaginez ?

DIDEROT. Et laquelle, s'il vous plaît ?

MME THERBOUCHE. Hypothèse d'école, nous discutons. Supposons que je n'aie pas de désir pour vous mais que j'essaie simplement d'obtenir quelque chose de vous.

DIDEROT *(inquiet)*. Et quoi donc ?

MME THERBOUCHE. Hypothèse, vous dis-je. Imaginez que je sois perverse. Il faut bien être libre pour se montrer pervers. Le vice ne serait-il pas la démonstration de notre liberté ?

DIDEROT. Non, car vous seriez une machine perverse, naturellement, physiologiquement perverse, mais une machine.

MME THERBOUCHE. Passionnant. *(Se moquant de lui.)* Et tellement judicieux.

DIDEROT *(concluant)*. Bref, votre objection ne change absolument rien à ma théorie. S'il n'y a point de liberté, il n'y a point d'action qui mérite la louange ou le blâme. Il n'y a ni vice ni vertu, rien dont il faille récompenser ou punir.

MME THERBOUCHE. Bravo ! Mais alors, comment édifier une morale ? Je me demande bien ce que vous allez pouvoir écrire.

Diderot regarde sa feuille avec angoisse. Mme Therbouche s'amuse. Il se met à tourner en rond dans la pièce.

DIDEROT *(vexé)*. Mais... vous allez voir... je ne suis pas novice dans la réflexion morale... j'y œuvre depuis des années...

MME THERBOUCHE. Ah oui, qu'avez-vous fait jusqu'à présent pour la morale ?

DIDEROT *(sans vergogne)*. Mais... j'ai offert mon exemple.

On frappe fortement à la porte.

8

VOIX DE MME DIDEROT. C'est moi !

DIDEROT. Pardon ?

VOIX DE MME DIDEROT. Ouvre ! C'est moi !

DIDEROT *(surpris et inquiet)*. Ma femme ! Il n'y a qu'une personne qui puisse dire « c'est moi » de manière aussi convaincue, c'est ma femme !

MME THERBOUCHE *(rassemblant ses affaires)*. Je disparais à côté. *(Elle désigne l'antichambre.)*

DIDEROT. Vous croyez ?

MME THERBOUCHE. C'est plus simple. Je vous préviens : faites en sorte que cela ne dure pas trop longtemps, sinon j'éternue. *(Elle n'arrive pas à ouvrir la porte.)* C'est fermé !

Diderot sort une clé de sa poche et ouvre.

DIDEROT. Je suis désolé de vous faire vivre ça.

MME THERBOUCHE. Du tout, je suis ravie : j'ai vraiment l'impression de déranger !

Elle disparaît dans l'antichambre. Diderot donne un tour de clé puis la remet dans sa poche.
Il va pour ouvrir à sa femme mais rebrousse chemin pour aller couvrir la toile sur le chevalet avec une bâche. Enfin il ouvre.

Mme Diderot, femme d'une quarantaine d'années, vive, ronde, allure populaire, entre rapidement dans la pièce.

MME DIDEROT. Tu n'étais pas seul, naturellement ?

DIDEROT. Mais si !

MME DIDEROT. Dans cette tenue ?

DIDEROT. Justement. Est-ce que c'est une tenue pour recevoir ?

Mme Diderot s'assoit et marque un temps.

MME DIDEROT. Je suis fatiguée.

DIDEROT. Ah ?

MME DIDEROT. Oui. J'en ai assez d'être la femme la plus trompée de Paris.

DIDEROT *(sincèrement étonné)*. Que se passe-t-il ?

MME DIDEROT. Je viens de te le dire. Je ne supporte plus que tu couches avec tout ce qui porte un jupon.

DIDEROT *(de bonne foi)*. Oui, mais enfin, pourquoi spé-

cialement aujourd'hui ? Cela fait des années que ça
dure…

MME DIDEROT. Ah, je ne sais pas, c'est comme ça ! Ce
matin, je me suis levée et je me suis dit : ça suffit, j'en
ai assez de porter des cornes.

DIDEROT *(simplement)*. Mais Antoinette… c'est un peu
tard.

MME DIDEROT. Comment ?

DIDEROT. Eh bien, oui, cela va faire vingt ans que je
vagabonde et tu arrives là, tout à trac, et tu nous ponds
un fromage.

MME DIDEROT. Quoi ! Tu ne t'arrêteras donc jamais ?

DIDEROT. Je ne crois pas.

MME DIDEROT. Mais quel culot ! Et il n'a même pas
honte !

DIDEROT. Non.

MME DIDEROT. Tu me méprises à ce point ?

DIDEROT *(sincère)*. Ah, pas du tout ! Tu es une bonne
femme, sincère, honnête, exquise. Jamais passion ne
fut plus justifiée par la raison que la mienne. N'est-il
pas vrai que tu es bien aimable ? Regarde au-dedans de
toi-même, vois combien tu es digne d'être aimée, et
connais combien je t'aime. Je n'ai jamais eu lieu de
regretter notre union.

MME DIDEROT. Notre union… il appelle cela notre
union… pour toi, ce doit être un vague souvenir perdu
au milieu de tant d'autres…

DIDEROT. Pas du tout. Je ne te confonds avec personne.
(S'approchant, câlin.) Peux-tu me reprocher de ne plus
te toucher ?

MME DIDEROT *(rougissante)*. Non… il est vrai que… sur ce point, je suis sans doute plus heureuse que beaucoup de femmes de mon âge et… *(en colère)*… seulement, je ne peux pas m'empêcher d'imaginer que, lorsque nous faisons la chose, tu penses à d'autres femmes.

DIDEROT. Jamais !

MME DIDEROT. Vrai ?

DIDEROT. Jamais ! Si je ne te trompais pas, sans doute je penserais à celles que je n'ai pas eues en te prenant dans mes bras. Mais comme je ne te rejoins qu'après les avoir eues, je ne reviens pas en mari frustré, c'est bien toi que j'embrasse et que j'étreins.

MME DIDEROT *(à moitié convaincue)*. Tu t'en tireras toujours, hein ? *(Un temps.)* Remarque que c'est pour cela que tu m'avais plu, il n'y avait pas plus beau parleur, on t'appelait « Bouche d'or ». *(Un temps.)* C'est vrai, pour une femme, ce n'est pas très important le physique d'un homme.

DIDEROT. Je te remercie !

MME DIDEROT. Enfin, toujours est-il que, ce matin, je m'estimais beaucoup plus cocue que la normale et que j'ai décidé qu'il fallait que cela cesse. Puisque tu m'aimes encore un peu…

DIDEROT. … beaucoup…

MME DIDEROT. … tu vas me promettre de t'arrêter.

DIDEROT. Non. M'arrêter serait contre nature.

MME DIDEROT. Un peu de chasteté, c'est comme un jeûne, ça ne peut faire que du bien à la santé.

DIDEROT. Du tout. Je raie la chasteté du catalogue des vertus. Enfin, conviens qu'il n'y a rien de si puéril, de si ridicule, de si absurde, de si nuisible, de si méprisable que de retenir en soi tous ces liquides, non ? Ils montent à la tête. On devient fou.

MME DIDEROT. Et les bonnes sœurs ? Et les moines ?

DIDEROT. J'espère bien qu'ils pratiquent les actions solitaires.

MME DIDEROT. Oh !

DIDEROT. Pourquoi s'interdiraient-ils un instant nécessaire et délicieux ? C'est une saignée, en plus agréable.

MME DIDEROT. Oh !

DIDEROT. Qu'importent la nature de l'humeur surabondante et la manière de s'en délivrer. Si, repompée de ses réservoirs, distribuée dans toute la machine, elle s'évacue par le cerveau, une autre voie plus longue, plus pénible et dangereuse, en sera-t-elle moins perdue ? La nature ne souffre rien d'inutile ; et comment les moines seraient-ils coupables de l'aider lorsqu'elle appelle à son secours par les symptômes les moins équivoques ? Ne la provoquons jamais mais prêtons-lui la main à l'occasion.

MME DIDEROT. Tu fais ce que tu veux mais je ne veux plus que tu me trompes autant. Nous sommes mariés ! L'oublies-tu ?

DIDEROT. Le mariage n'est qu'une monstruosité dans l'ordre de la nature.

MME DIDEROT. Oh !

DIDEROT. Le mariage se prétend un engagement indissoluble. Or l'homme sage frémit à l'idée d'un seul engagement indissoluble. Rien ne me paraît plus insensé qu'un précepte qui interdit le changement qui est en nous. Ah, je les vois les jeunes mariés qu'on conduit devant l'autel : j'ai l'impression de contempler un couple de bœufs que l'on conduit à l'abattoir ! Pauvres enfants ! On va leur faire promettre une fidélité qui borne la plus capricieuse des jouissances à un même individu, leur faire promettre de tuer leur désir en l'étranglant dans les chaînes de la fidélité !

MME DIDEROT. Je ne t'écoute plus.

DIDEROT. Ah, les promesses d'amour ! Je le revois, le premier serment que se firent deux êtres de chair, devant un torrent qui s'écoule, sous un ciel qui change, au bas d'une roche qui tombe en poudre, au pied d'un arbre qui se gerce, sur une pierre qui s'émousse. Tout passait en eux et autour d'eux et ils se faisaient des promesses éternelles, ils croyaient leurs cœurs affranchis des vicissitudes. Ô enfants, toujours enfants…

MME DIDEROT. Que c'est laid, ce que tu dis !

DIDEROT. Les désirs me traversent, les femmes me croisent, je ne suis qu'un carrefour de forces qui me dépassent et qui me constituent.

MME DIDEROT. De bien belles phrases pour dire que tu es un cochon !

DIDEROT. Je suis ce que je suis. Pas autre. Tout ce qui est ne peut être ni contre nature, ni hors de nature.

MME DIDEROT. On te traite partout de libertin.

DIDEROT. Le libertinage est la faculté de dissocier le sexe et l'amour, le couple et l'accouplement, bref, le libertinage relève simplement du sens de la nuance et de l'exactitude.

MME DIDEROT. Tu n'as pas de morale !

DIDEROT. Mais si ! Seulement, je tiens que la morale n'est rien d'autre que l'art d'être heureux. *(Il bondit au bureau.)* Tiens, regarde, c'est d'ailleurs ce que j'étais en train d'écrire pour l'article « Morale » de l'*Encyclopédie. (Et tout en parlant, il se met à écrire spontanément ce qu'il dit à son épouse.)* « Chacun cherche son bonheur. Il n'y a qu'une seule passion, celle d'être heureux ; il n'y a qu'un devoir, celui d'être heureux. La morale est la science qui fait découler les devoirs et les lois justes de l'idée du vrai bonheur. »

MME DIDEROT. Oui, mais enfin, monsieur le penseur, ce qui te rend heureux ne me rend pas toujours heureuse, moi !

DIDEROT. Comment peux-tu croire que le même bonheur est fait pour tous ! *(Il écrit.)* « La plupart des traités de morale ne sont d'ailleurs que l'histoire du bonheur de ceux qui les ont écrits. » *(Il gratte le papier avec volupté.)*

MME DIDEROT *(avec une moue interrogative).* C'est à toi qu'on a confié l'article « Morale » dans l'*Encyclopédie* ? Pourquoi pas l'article « Bœuf mironton » ou bien « Blanquette de veau » ?

DIDEROT. Quel rapport ?

MME DIDEROT. Tu ne sais pas faire la cuisine.

Il lui jette un regard de fureur.

MME DIDEROT *(se levant).* Bon, j'ai compris, chacun à sa place, je retourne à la maison.

DIDEROT. Tu parles comme une femme, tu me pèses, tu m'alourdis. Tu ne rêves que de m'enfermer dans une prison.

MME DIDEROT. Moi ?

DIDEROT. Qui, des femmes ou des hommes, désire le foyer, le couple, l'enfant ? Qui préfère l'amour à la passion ? Le sentiment au sexe ? Qui veut la sécurité ? Qui veut fixer le temps, arrêter les choses ? Ah, pour cela, les femmes et les prêtres se tiennent par la main. Elles veulent fabriquer des statues avec les vivants, elles préfèrent le marbre à la chair, elles construisent des cimetières. L'homme voudrait rester un loup sans collier, le cou libre ; la femme en fait un chien garrotté, entravé. La femme est naturellement réactionnaire.

MME DIDEROT. Tu me fais la tête comme une bouilloire avec tes phrases. Je me connais : si je reste, dans deux minutes je vais penser que tu as raison, et dans un quart d'heure je serai même capable de te demander pardon. C'est comme ça que tu m'as toujours embrouillée.

DIDEROT. Je ne t'embrouille pas. Je t'explique les choses philosophiquement.

MME DIDEROT. Philosophiquement, c'est ça ! Moi, j'ai l'impression que tu n'as inventé la philosophie que pour trouver des excuses à toutes tes fautes, voilà ce que je pense.

DIDEROT *(riant)*. Ma bonne femme, je t'adore.

MME DIDEROT. Tu peux ! Va, trouves-en une autre qui sera plus coulante avec toi ! Ma mère me l'avait dit : « Celui-ci, avec ses yeux de brave gars, il va te rouler dans la farine, ma pauvre Nanette. » Et je l'ai épousé !

DIDEROT. Qu'aurais-tu vécu si tu avais écouté ta mère ? *(Un temps.)* La même vie qu'elle ?

Mme Diderot le regarde. Un temps. Elle sourit et avoue tendrement :

MME DIDEROT. Je me serais bien ennuyée.

DIDEROT. Moi aussi.

MME DIDEROT. Vrai ?

DIDEROT. Vrai.

Ils s'embrassent, comme deux vieux enfants.
À ce moment, on entend un bruit d'effondrement
dans l'antichambre.

MME DIDEROT. Il y a quelqu'un à côté !

DIDEROT. Mais non.

MME DIDEROT. Tu me prends pour une idiote ? Il y a
quelqu'un.

DIDEROT. Je t'assure qu'il n'y a personne.

Elle se dirige vers la porte et tente de l'ouvrir.

MME DIDEROT. Qui est là ? Qui est là ? Sortez ! *(Elle*
revient sur Diderot.) Je veux savoir qui c'est !

DIDEROT. Il est brun, très poilu, avec de la moustache,
et il s'appelle Albert.

MME DIDEROT. Quoi ?

DIDEROT. C'est le chat du baron.

MME DIDEROT. Un chat ! Tu as déjà entendu un chat
faire un vacarme pareil ? C'est une de tes maîtresses.

DIDEROT *(lui tend la clé).* Eh bien, tiens, va regarder, au
lieu d'avoir tes nerfs. Tiens.

Elle regarde la clé en hésitant. Il insiste d'un geste.

MME DIDEROT. Je vais encore avoir l'air ridicule.

DIDEROT. S'il y a quelqu'un ou s'il n'y a personne ?

MME DIDEROT. Les deux. *(Un temps.)* Tu ne me diras
rien ?

DIDEROT. Le doute est cent fois plus délectable que la vérité.

MME DIDEROT. Mmmm ?... c'est un aveu, ça !

DIDEROT *(tendant la clé).* Va voir.

> *Elle hésite encore un instant puis se résout à ne pas ouvrir. Elle va vers la sortie qui donne sur le parc.*

MME DIDEROT. J'abandonne. Ce n'est pas en battant l'eau qu'on fait de la glace. *(Sur le seuil, elle se retourne et sourit.)* Naturellement, tu crois que, moi, je te suis fidèle ?

DIDEROT. Je ne sais pas. *(Inquiet.)* Oui, je le crois. *(Un temps.)* Non ?

MME DIDEROT. Ah ! Qui sait ?

> *Et elle sort. Elle laisse Diderot pensif. Il la rappelle.*

DIDEROT. Non, ne pars pas. Qu'est-ce que tu veux dire ?

MME DIDEROT. Mais rien.

DIDEROT. Tu m'as trompé ?

MME DIDEROT. Les hommes sont obligés de raisonner pour justifier leur tempérament alors que les femmes le suivent. *(Elle sourit.)* Qui sait ?

DIDEROT. Mais... mais ne pars pas comme ça... reviens !

MME DIDEROT. Comment disais-tu, à l'instant ? Le doute est cent fois plus délectable que la vérité. *(Elle sort puis réapparaît, très amusée.)* Oh oui, cent fois... au moins...

> *Elle s'en va définitivement, laissant son époux perplexe. Immédiatement, Mme Therbouche se met à tambouriner à la porte.*

10

Diderot, préoccupé, obéit néanmoins aux appels de Mme Therbouche. Elle sort de l'alcôve et pousse un petit sifflement admiratif.

MME THERBOUCHE. Étourdissant. Quelle virtuosité !

DIDEROT *(contrarié)*. À votre avis, qu'a-t-elle voulu dire en partant ? Croyez-vous qu'elle ait eu des amants ?

MME THERBOUCHE. Quelle importance ? Vu votre théorie du mariage, vous lui avez déjà pardonné.

DIDEROT. Oui, mais enfin j'aimerais bien savoir…

MME THERBOUCHE. Oui ?

DIDEROT *(furieux, se rendant compte du ridicule)*. Rien !

MME THERBOUCHE. C'est une vraie femme… elle vous a laissé avec le souci d'elle… *(Un temps.)* D'où viennent ces magnifiques tableaux entreposés dans cette antichambre ?

DIDEROT. Ah, vous ne saviez pas ? Je suis l'acheteur de Catherine de Russie.

MME THERBOUCHE *(jouant l'étonnement)*. La tsarine !

DIDEROT. Oui. Elle a aimé les comptes rendus que j'ai faits des derniers Salons. Aussi m'a-t-elle mandaté pour fournir Saint-Pétersbourg en peinture française. Le baron d'Holbach m'a autorisé à les garder ici, son château étant plus sûr que mon appartement.

MME THERBOUCHE. Cela représente d'énormes sommes d'argent ! Au moins cent mille louis !

DIDEROT *(étonné)*. Oui… exactement cent mille louis. *(Soudain inquiet.)* Mais chut !

MME THERBOUCHE *(complice)*. Chut ! *(Un temps.)* C'est pour cela que vous fermez l'antichambre à clé ?

DIDEROT. Oui, mais chut !

MME THERBOUCHE. Chut ! *(Elle sourit mystérieusement.)* Finissez votre article, que nous soyons tranquilles.

Diderot va donner un tour de clé puis reprend son papier.

DIDEROT. Bon, qu'est-ce que j'écrivais ? « La morale est la science qui fait découler les devoirs et les lois justes de l'idée du vrai bonheur. » *(Pour lui.)* Rousseau et Helvétius ont tort, je ne crois pas que l'homme soit naturellement bon ni mauvais ; ce n'est pas son souci, il recherche tout simplement ce qui lui fait plaisir.

MME THERBOUCHE. Je suis d'accord avec vous. Je ne cours pas après le Bien, mais après ce qui est bon pour moi.

DIDEROT. Nous ne sommes pas libres. Nous ne faisons jamais que ce à quoi nous poussent nos inclinations. *(Il la regarde avec un sourire carnassier.)* Ouille… que mes inclinations me poussent…

MME THERBOUCHE *(même sourire)*. Et les miennes, donc…

Ils se caressent, attirés l'un par l'autre, tandis que Diderot continue d'écrire.

MME THERBOUCHE. Dites-moi, j'écoutais ce que vous disiez à votre épouse lorsque vous parliez des humeurs et des liquides qu'il fallait évacuer… c'est bien cela ?

DIDEROT. C'est cela. L'homme est comme une pompe qu'il faut régulièrement vidanger.

MME THERBOUCHE. Comme c'est joliment formulé ! *(Songeuse.)* Je me disais que c'était peut-être justement cela, votre infirmité, à vous, les hommes.

DIDEROT *(cessant d'écrire)*. Nous ?

MME THERBOUCHE. Vous n'assouvissez pas vos désirs, vous vous en délivrez. La faiblesse de l'homme vient de ce qu'il éjacule. Nous, femmes, nous faisons preuve d'une vitalité sans fin, nous n'avons rien à perdre dans l'amour, nous sommes… inépuisables.

DIDEROT *(conquis)*. Comme vous savez promettre…

MME THERBOUCHE. Vous autres, hommes, vous ne serez toujours que des débauchés, jamais des voluptueux.

DIDEROT *(l'embrassant)*. Quelle différence ?

MME THERBOUCHE. Le débauché décharge et recommence. Le voluptueux a de l'intérêt pour ce qui précède, ce qui suit, tout ce qui existe. *(Elle éclate de rire.)* C'est si bête, les hommes, parce que cela croit que tout a une issue, la vie comme le désir…

DIDEROT. Vous vous laissez abuser par ce que notre jouissance peut avoir de spectaculaire. Croyez-moi, elle ne se limite pas à ce crachat de gargouille. Il y a l'avant, l'après ; je suis un débauché très voluptueux…

MME THERBOUCHE. Que vous dites…

DIDEROT. Mais je ne demande qu'à faire des progrès… je ne crois qu'au progrès. *(Il l'embrasse.)* Alors dites-moi : que ressent une femme pendant l'amour ?

MME THERBOUCHE. Venez voir…

DIDEROT. Et qui a le plus de plaisir ?

On frappe à la porte du couloir.

DIDEROT *(agacé)*. Non !

On refrappe, légèrement cette fois-ci.

DIDEROT. J'ai dit non !

On refrappe.

DIDEROT *(à Mme Therbouche, avec un soupir)*. M'excuserez-vous ?

MME THERBOUCHE. Je languis.

DIDEROT. S'il vous plaît ?

MME THERBOUCHE *(avec un soupir)*. Bon… je retourne voir la collection de la tsarine.

Diderot ouvre la porte de l'antichambre.

DIDEROT. Merci. Je règle tout au plus vite.

Il donne un tour de clé mais laisse celle-ci dans la serrure.

DIDEROT. Entrez.

11

*La fille du baron d'Holbach, une ravissante jeune
femme d'une vingtaine d'années, pénètre dans la
pièce.*

LA JEUNE D'HOLBACH. Monsieur Diderot?

DIDEROT *(jouant les surpris, laisse tomber sa plume).*
Oh, mademoiselle d'Holbach! Je vous croyais partie
en promenade avec toute la compagnie.

LA JEUNE D'HOLBACH. Après les orgies de bouche
qu'ils firent tantôt, ils dorment déjà au bord de l'eau. Et
puis certaines compagnies ont si peu d'attraits…

DIDEROT. Et votre père?

LA JEUNE D'HOLBACH. À Chennevières.

DIDEROT. Angélique n'est pas avec vous?

LA JEUNE D'HOLBACH. Non, votre fille nous rejoindra
plus tard dans l'après-midi. *(Un temps. Elle regarde le
chevalet.)* Je pensais vous trouver avec Mme Therbouche.

DIDEROT *(la poussant vers la sortie).* Je lui dirai que
vous êtes passée, si je la vois. À bientôt.

Elle se dégage légèrement, revenant dans la pièce.

LA JEUNE D'HOLBACH. Vous travaillez ?

DIDEROT *(légèrement agacé)*. Je travaillais.

LA JEUNE D'HOLBACH *(sans saisir l'allusion, montrant l'amoncellement de feuilles)*. Je ne pourrais jamais me repérer au milieu de tant de feuillets.

DIDEROT. Mais je ne m'y repère pas non plus. J'écris sans ordre, sans plan, à la diable ; comme ça, je suis sûr de ne pas manquer une idée ; j'ai horreur de la méthode. *(Un temps.)* Vous aviez quelque chose à me dire ?

LA JEUNE D'HOLBACH *(hésitante)*. Non… Si… Une question.

DIDEROT *(expéditif)*. Je vous écoute.

LA JEUNE D'HOLBACH. Pourriez-vous me dire pourquoi les hommes font la cour aux femmes et non les femmes la cour aux hommes ?

DIDEROT. Pourquoi ne posez-vous pas la question à monsieur votre père ?

LA JEUNE D'HOLBACH. Parce que je sais ce qu'il en dirait.

DIDEROT. Et qu'en dirait-il ?

LA JEUNE D'HOLBACH. Le contraire de ce qu'il en penserait. Les pères mentent toujours pour assurer l'honnêteté de leurs filles. Vous, dites-moi : pourquoi sont-ce les hommes qui ont l'initiative de l'amour ?

DIDEROT *(jetant un coup d'œil en arrière vers l'antichambre, et faisant écho aux paroles précédentes de Mme Therbouche)*. Parce qu'il est naturel de demander à celle qui peut toujours accorder.

*Et il fait mine de se replonger dans son étude. Mais
la jeune d'Holbach ne l'entend pas de cette façon.*

LA JEUNE D'HOLBACH. Je voudrais vous soumettre
un cas.

DIDEROT *(très agacé)*. Oui.

LA JEUNE D'HOLBACH. Il s'agit d'une jeune fille de
vingt, vingt-trois ans, qui a de l'esprit, du courage, de
l'expérience, de la santé, plutôt de la physionomie que
de la beauté, une fortune honnête, et qui ne veut pas se
marier car elle connaît tout le malheur d'un mauvais
mariage, et toute la probabilité en se mariant d'être malheureuse. Mais elle veut absolument avoir un enfant,
parce qu'elle sent qu'il est doux d'être mère et qu'elle
présume assez d'elle pour faire une excellente éduca-
trice, surtout si elle avait une fille à élever.

Diderot se retourne, intéressé.

LA JEUNE D'HOLBACH. Elle est maîtresse d'elle-même.
Elle a jeté les yeux sur un homme de quarante ans qu'elle
a longtemps étudié et en qui elle trouve la figure qui lui
convient, ainsi que, à un degré surprenant, les qualités
du cœur et de l'esprit.

Elle se tait.
*Diderot s'attend qu'elle continue mais elle reste
silencieuse, ferrant son poisson. Il la presse.*

DIDEROT. Eh bien ?

LA JEUNE D'HOLBACH. Voici le discours qu'elle lui a
tenu : « Monsieur, il n'y a personne au monde que j'estime autant que vous ; mais je n'ai point d'amour et je
n'en aurai jamais, et je n'en exige point. Et si vous en
preniez, il y a mille à parier contre un que je n'y répon-
drais pas : ce dont il s'agit, c'est d'avoir un enfant. »

Diderot reçoit le choc de cette déclaration.

LA JEUNE D'HOLBACH. « Voyez, monsieur, a-t-elle conti-nué, si vous voulez me rendre service. Je ne vous dissi-mulerai pas que votre refus me causerait le plus grand chagrin. »

Diderot se lève pour s'approcher d'elle, confus. Mais elle le retient de plus avancer en continuant sa déclaration.

LA JEUNE D'HOLBACH. « Je n'ignore pas que vous êtes marié. *(Diderot marque le coup.)* Peut-être même votre cœur est-il de plus engagé dans une passion à laquelle je ne voudrais pas, pour toute chose au monde, que vous manquassiez. *(Diderot se renfrogne.)* Il y a plus : si vous étiez capable de tout abandonner, peut-être ne seriez-vous plus digne d'être le père de l'enfant dont je veux être la mère. *(Diderot se rassoit. La jeune d'Hol-bach devient alors plus pressante.)* Je ne demande rien de vous qu'un atome de vie. Consultez-vous vous-même. Je ne cacherai point ma grossesse, cela est décidé. Si vous voulez qu'on ignore l'obligation que je vous en aurai, on l'ignorera, je me tairai. »

Un temps. Ils se regardent intensément. Le silence est difficile à briser.

DIDEROT. Que répondit-il ?

LA JEUNE D'HOLBACH. Qui ?

DIDEROT. L'homme à qui la question fut adressée ?

LA JEUNE D'HOLBACH. Par de nouvelles questions.

DIDEROT. La jeune fille était peut-être beaucoup plus jolie qu'elle ne le croyait elle-même.

LA JEUNE D'HOLBACH *(charmeuse)*. Et elle ne se rendait

sans doute pas compte à quel point la frivolité pouvait peut-être aider sa cause…

DIDEROT. Peut-être.

Ils s'approchent l'un de l'autre. Diderot a un certain mal à respirer tant il est attiré par la jeune d'Holbach. Mais, subitement, il voit le visage de Mme Therbouche apparaître dans l'œil-de-bœuf, au-dessus de la porte de l'antichambre. Il a un sursaut et parvient à se contrôler.

DIDEROT. Donnez donc un conseil à votre amie.

LA JEUNE D'HOLBACH. Oui.

DIDEROT. De ne jamais pousser un homme. Il ne fait rien de ce qu'on lui montre.

Il s'éloigne d'elle victorieusement.

LA JEUNE D'HOLBACH. Quel orgueil !

DIDEROT. Les commencements doivent être fort ambigus. Il faut que l'homme ait continuellement l'impression d'être à l'origine de ce qui lui advient.

LA JEUNE D'HOLBACH *(irrésistiblement soumise)*. Il l'est, croyez bien qu'il l'est. Puisqu'il peut tout.

Elle se colle presque contre lui. Un temps. Diderot jette un regard à l'œil-de-bœuf et constate que Mme Therbouche ne les observe plus. Il a de plus en plus de mal à résister à la jeune fille.

DIDEROT *(chuchotant)*. Ils dorment, dites-vous ? Votre frère, votre mère, Grimm et tous les autres ?

LA JEUNE D'HOLBACH. Comme des veaux.

DIDEROT. Peut-être pourrions-nous examiner la question…

LA JEUNE D'HOLBACH. ... de près...

DIDEROT. ... en discuter...

LA JEUNE D'HOLBACH. ... en examiner les détails.

DIDEROT. ... en soupeser les difficultés...

LA JEUNE D'HOLBACH. ... et finalement en coucher toutes les raisons sur le papier.

DIDEROT. Pourquoi écrire ?

LA JEUNE D'HOLBACH. Mon amie en a besoin. Elle veut avoir un avis notifié selon lequel son ventre lui appartient, ainsi que les produits dérivés.

DIDEROT. Pourquoi se montrer si formaliste ?

La jeune d'Holbach lui tend un papier avec un beau sourire.

LA JEUNE D'HOLBACH. J'y tiens...

Il saisit le papier et griffonne à la hâte.

DIDEROT. « Je conseille à cette jeune fille d'écouter la voix de son cœur car la nature parle toujours juste. » Là ! Êtes-vous contente ?

La jeune d'Holbach saisit le papier et crie soudain.

LA JEUNE D'HOLBACH. Angélique ! Angélique !

Angélique Diderot entre en courant et se jette dans les bras de son père.

ANGÉLIQUE. Oh, Papa! Papa! Je suis si contente!

Il la reçoit dans ses bras sans bien comprendre.

DIDEROT. Angélique! Qu'est-ce que tu fais là? Je croyais que tu ne devais venir que plus tard.

Angélique sort des bras de son père pour aller embrasser la jeune d'Holbach sur les joues.

ANGÉLIQUE. Quelle bonne amie tu fais! Je te le revaudrai, tu sais, dix fois, cent fois! Je t'aiderai quand tu veux!

DIDEROT. Mais qu'est-ce que vous racontez toutes les deux?

ANGÉLIQUE *(à son père)*. Je dois t'avouer que je n'osais pas te poser la question moi-même. *(Elle relit le papier gribouillé par son père et soupire, heureuse.)* Papa, je suis amoureuse du chevalier Danceny.

DIDEROT. Le petit Danceny? Mais il n'a que neuf ans et demi!

ANGÉLIQUE *(riant)*. Mais non, pas le fils du chevalier, le chevalier lui-même. Ton ami.

DIDEROT *(bondissant)*. Le chevalier ? Mais il a mon â… Nom de Dieu !

ANGÉLIQUE. L'autre jour, lorsque je l'ai vu rentrer de la chasse, en nage, avec ses bottes crottées, dans la cour de Grandval, je n'ai pas pu en douter une seule seconde : « C'est lui, c'est lui le père de mon enfant. »

DIDEROT. Tu ne vas pas me dire que tu es enceinte ?

ANGÉLIQUE. C'est lui, le père de l'enfant que je voudrais avoir. Il est l'homme dont je veux la semence.

DIDEROT *(abasourdi)*. La semence… Et moi qui croyais que les jeunes filles rêvaient d'histoires d'amour…

ANGÉLIQUE. Tu comprends, je ne veux pas déranger le chevalier Danceny, lui faire quitter sa femme, il a une vie très bien organisée, je le respecte trop. Je voudrais simplement qu'il couche avec moi quelques fois, enfin autant de fois nécessaires pour que la chose se fasse.

DIDEROT. Ma petite Angélique, qu'est-ce qui te fait penser qu'il doit être le père de ton premier enfant ?

ANGÉLIQUE. Mes voix.

DIDEROT. Pardon ?

ANGÉLIQUE. Mes voix. Lorsque je le regarde, des voix en moi me disent que c'est lui.

DIDEROT *(furieux)*. Des voix ! Un peu comme Jeanne d'Arc dans un autre style ?

ANGÉLIQUE *(simplement)*. Voilà.

Diderot se lève, proche d'exploser. Il tente cependant de se contrôler et, apercevant la jeune d'Holbach, passe sa colère sur elle.

DIDEROT. Qu'est-ce que vous faites là, vous ? Vous ne pouvez pas nous laisser, non ?

LA JEUNE D'HOLBACH. Cette discussion me passionne. J'apprends ! J'apprends !

DIDEROT. Vous n'en avez pas appris assez, déjà ?

LA JEUNE D'HOLBACH. Selon moi, le meilleur est encore à venir.

DIDEROT. Levez-moi le camp !

ANGÉLIQUE. S'il te plaît, laisse-moi seule avec lui.

LA JEUNE D'HOLBACH. Tu as de la chance, ton père est beaucoup plus amusant que le mien.

Elle sort.

13

DIDEROT. Ma petite Angélique, je crois que nous ne sommes pas d'accord.

ANGÉLIQUE *(tranquillement)*. Tu te trompes. Nous sommes parfaitement d'accord.

DIDEROT. Ah oui ?

ANGÉLIQUE. Tout à fait. Je ne fais que respecter tout ce que je t'ai toujours entendu dire. Notre seule tâche est d'être heureux sans nuire aux autres ? Eh bien, je serai heureuse d'avoir un enfant de Danceny mais je ne veux pas troubler son existence.

DIDEROT *(lentement)*. Angélique, tu dois te marier d'abord.

ANGÉLIQUE. Avec Danceny ?

DIDEROT. Non, tu dois te marier avec l'homme qui deviendra le père de tes enfants.

ANGÉLIQUE. Mais puisque Danceny est déjà marié !

DIDEROT *(explosant de colère)*. Fous-moi la paix avec Danceny, je ne veux pas que tu ailles coucher avec cet abruti qui n'aime que le cheval et qui n'a jamais su lire une ligne de philosophie sans bâiller !

ANGÉLIQUE. Je croyais qu'il était ton ami.

DIDEROT. Il est peut-être mon ami mais il ne sera sûrement pas l'amant de ma fille et encore moins le père de mon petit-fils ! Je n'ai pas du tout envie de faire sauter un petit Danceny sur mes genoux.

ANGÉLIQUE. Eh bien, moi, j'ai envie et cela suffit !

Elle se lève, décidée, et va pour sortir. Il la rattrape. Elle se dégage gentiment et fait face à son père avec une vraie fermeté de caractère.

ANGÉLIQUE. C'est trop tard, Papa, tu ne peux pas te déjuger. Tu m'as toujours appris que je conduirais ma vie comme je l'entends. J'aurais aimé que nous soyons d'accord mais, si nous ne nous entendons pas, tant pis, je suis libre, le pli est pris.

DIDEROT. Angélique, qu'est-ce que tu racontes, pourquoi ne veux-tu pas attendre de tomber amoureuse d'un homme de ton âge, et l'épouser ? Tu es si jeune.

ANGÉLIQUE. Papa, tu n'es pas sérieux ? Je t'ai toujours entendu critiquer le mariage.

DIDEROT. Je veux que tu te maries. À partir de l'instant où tu désires des enfants, tu dois te marier. Le… le… mariage est nécessaire à l'espèce humaine !

ANGÉLIQUE *(incrédule)*. Tu te moques ?

DIDEROT. Absolument pas. Si tu dois fonder une famille, je veux que tu te maries.

ANGÉLIQUE *(se moquant)*. À un homme ?

DIDEROT. De préférence.

ANGÉLIQUE *(même attitude)*. Un seul ?

DIDEROT *(exaspéré)*. Tu ne vas pas épouser un régiment. *(Se prenant le front.)* Mais qu'a-t-elle dans la tête, mon Dieu, qu'a-t-elle donc dans la tête ! Quelle éducation as-tu reçue ?

ANGÉLIQUE *(amusée)*. Tu le sais mieux que moi. *(Un temps, sérieuse.)* Je ne comprends rien de ce que tu me dis.

DIDEROT. Angélique, figure-toi que notre conversation tombe bien, j'étais justement en train d'écrire l'article « Morale » de l'*Encyclopédie*. Et précisément, dans cet article, je traitais notre sujet de discussion. *(Il saisit le papier et barre tout ce qu'il y avait mis.)* Je parlais de l'union des êtres.

Elle le regarde, attendant de savoir où il veut en venir. Il se met à écrire en lui parlant.

DIDEROT. « Du point de vue de l'individu, il est certain que le mariage n'est qu'un serment inutile »…

ANGÉLIQUE. … et contre nature !

DIDEROT *(bougonnant)*. … « et contre nature », si tu veux… enfin, il ne faut rien exagérer… *(Se reprenant, professoral.)* Mais « du point de vue de la société, le mariage demeure une institution nécessaire. Mari et femme n'ont pas d'obligation de fidélité l'un en face de l'autre, mais ils en ont vis-à-vis des enfants, et la présence des enfants leur interdit de se quitter ».

On entend du bruit dans l'antichambre.

ANGÉLIQUE. Qu'est-ce que c'est ?

DIDEROT. Le chat. *(Il reprend.)* « … la présence des enfants interdit aux parents de se quitter. »

ANGÉLIQUE. Toi, tu écris ça ? Toi ?

DIDEROT *(cinglant)*. Est-ce que j'ai quitté ta mère ?

ANGÉLIQUE. J'espère que tu n'es pas resté avec Maman pour moi. Si c'est le cas, tu aurais pu t'en dispenser.

DIDEROT. Je n'ai jamais songé à partir, d'abord parce que j'aime beaucoup ta mère, ensuite et surtout, par devoir ! Oui, par devoir ! Parce que tu es là. Le mariage est la garantie juridique de l'avenir des enfants. Et je ne serais qu'un petit gueux si je quittais la mère de mon enfant.

ANGÉLIQUE. Oh !

DIDEROT *(péremptoire)*. L'existence d'un enfant suffit à rendre sacrée et justifiée l'indissolubilité du mariage. Mari et femme sont condamnés l'un à l'autre s'ils sont père et mère.

ANGÉLIQUE. Je comprends bien… *(Réfléchissant et trouvant à répondre.)* Mais, par ailleurs, tu m'as toujours appris que les femmes étaient aussi libres que les hommes et qu'elles avaient le droit de disposer de leur corps à leur volonté. Eh bien moi, si je veux que mon ventre porte un enfant, je n'ai pas…

DIDEROT. Il faut que cet enfant ait un père, un père qui l'élève, l'éduque, lui apprenne tout ce qu'il sait.

ANGÉLIQUE. Danceny ? Lui apprendre quoi ? Tu m'as toi-même dit qu'il était bête. Non, j'ai choisi Danceny parce qu'il est décoratif mais, moi, je m'occuperai très bien de mon enfant, et si moi, au bout de quelques années, je m'aperçois que…

DIDEROT. « Moi, moi, moi… » Qu'est-ce que j'entends ? L'ordre du monde doit-il s'effacer pour toi ? Les lois qui font pousser les hommes et les femmes devraient-elles s'abolir devant toi ? « Moi » !… Ton « moi » te fait loucher, tu ne vois plus rien d'autre. Un enfant a besoin de ses deux parents, d'une éducation mâle comme d'une éducation femelle.

ANGÉLIQUE. Eh bien, il recevra l'éducation de son grand-père. Voilà pour les mâles !

DIDEROT. Mais je ne veux pas de ce petit-fils-là !

ANGÉLIQUE. Tu seras son père. Je te connais : tu céderas à son premier sourire.

DIDEROT *(paniqué)*. Mais je n'ai jamais eu de fils !

ANGÉLIQUE. Tu seras parfait, j'en suis sûre.

DIDEROT. Regarde-moi, Angélique, tu m'as l'air d'oublier que je me fais vieux. J'ai déjà un pied dans la tombe et je glisse sur l'autre.

ANGÉLIQUE. Toi, tu ne te souviens de ton âge que pour justifier ta paresse. Tu as fait la même chose à Maman l'autre jour lorsqu'elle te demandait de déplacer le clavecin. Moi, je préférerais que mon fils…

DIDEROT. « Moi » ! « Je » ! Cesse de te mettre au début, au centre et à la fin de tes phrases. Cet enfant doit avoir une famille, même si tu ne veux pas encore en fonder une. L'intérêt de l'espèce doit l'emporter sur celui de l'individu. Oublie pour un moment le point que tu occupes dans l'espace et dans la durée, étends ta vue sur les siècles à venir, les régions les plus éloignées et les peuples à naître, songe à notre espèce. Si nos prédécesseurs n'avaient rien fait pour nous, et si nous ne faisions rien pour nos neveux, ce serait presque en vain que la nature eût voulu que l'homme fût perfectible. Après moi, le déluge ! C'est un proverbe qui n'a été fait que par des âmes petites, mesquines et personnelles. La nation la plus vile et la plus méprisable serait celle où chacun le prendrait étroitement pour la règle de sa conduite. « Moi, moi » ! L'individu passe mais l'espèce n'a point de fin. Voilà ce qui justifie le sacrifice, voilà ce qui justifie l'homme qui se consume, voilà ce qui justifie l'holocauste du moi immolé sur les autels de la postérité.

Il se tait. Il observe l'effet de son discours sur sa fille.

ANGÉLIQUE. Je ne suis pas convaincue.

DIDEROT. Angélique, tu n'as pas écouté ! J'ai toujours convaincu tout le monde.

ANGÉLIQUE. Pas moi.

DIDEROT. Jure-moi de réfléchir à cela.

ANGÉLIQUE. Je te le jure.

On entend encore du bruit à côté.

ANGÉLIQUE. Qu'est-ce que c'est ?

DIDEROT. Le chat.

ANGÉLIQUE. C'est curieux, les chats n'ont jamais beaucoup d'équilibre dans ton entourage.

Elle se lève et s'approche de la sortie.

DIDEROT. Où vas-tu ?

ANGÉLIQUE. Je vais voir Danceny, cela m'aidera à réfléchir.

Elle sort.

Diderot va ouvrir à Mme Therbouche qui apparaît un peu essoufflée, un tableau à la main.

MME THERBOUCHE. Rude journée.

DIDEROT. Ça !

MME THERBOUCHE *(fermant la porte derrière elle).* Dites-moi, étiez-vous sincère, là, à l'instant, avec votre fille ?

DIDEROT. Oui. *(Il se précipite sur sa feuille et commence à calligraphier.)* D'ailleurs, je le note immédiatement. L'*Encyclopédie* se doit d'aider les pères.

MME THERBOUCHE. C'est étonnant. *(Un temps. Il écrit. Elle le regarde.)* Comment pouvez-vous à la fois défendre le plaisir individuel et dire que l'individu doit renoncer au plaisir pour le bien de l'espèce ?

DIDEROT *(de mauvaise foi).* C'est une contradiction ?

MME THERBOUCHE. Ça y ressemble.

DIDEROT *(sans varier).* Et pourquoi une morale ne serait-elle pas contradictoire ?

MME THERBOUCHE. Parce que, dans ce cas-là, ça ne fait pas une morale mais deux. La morale de l'individu, la morale de l'espèce. Et elles n'ont rien à voir l'une avec l'autre.

DIDEROT *(cessant de feindre)*. C'est ennuyeux…

Il regarde ses feuillets et se met à barrer ce qu'il vient d'écrire avec un soupir. Puis il contemple Mme Therbouche.
Elle lui sourit. Elle montre le tableau qu'elle tient en main.

MME THERBOUCHE. Qu'est-ce que c'est que cette viande froide, ce poisson, ces arêtes ?

DIDEROT. Une toile de Chardin.

MME THERBOUCHE. Chardin ?

DIDEROT. Un peintre auquel je crois beaucoup.

MME THERBOUCHE *(dubitative)*. C'est sinistre.

Elle repose le tableau contre un meuble et s'approche de Diderot.
Elle lui masse les épaules pendant qu'il écrit.

MME THERBOUCHE. Vous serez mon deuxième philosophe.

DIDEROT. Ah oui ?

MME THERBOUCHE. J'ai fait le portrait de Voltaire.

DIDEROT. Voltaire ? Et… seulement le tableau ?

MME THERBOUCHE. Non. Je me suis intéressée de plus près au sujet.

DIDEROT *(passionné)*. Eh bien ?

MME THERBOUCHE. C'est un amant de neige. Cela fond dans la main lorsqu'on le saisit.

Ils rient, Diderot est assez content d'apprendre la défaite de Voltaire. Il pose la plume.

DIDEROT. Oh, moi, je ne me fais pas d'illusions, je ne laisserai pas un grand nom dans l'histoire.

MME THERBOUCHE. Pourquoi ?

DIDEROT. Parce que je suis plus habile au lit qu'au bureau.

Le désir revient entre eux. Il se retourne et l'embrasse dans le cou, couvrant ses épaules de petits baisers.

DIDEROT. Je sens que vous allez m'aider à réfléchir encore.

MME THERBOUCHE. Qu'allez-vous faire ? Au sujet de votre fille ?

DIDEROT. Danceny ne la touchera pas. Il ne la regardera même pas.

MME THERBOUCHE. Elle est ravissante, elle dégèlerait un séminariste.

DIDEROT. Pas lui.

MME THERBOUCHE. Comment en être sûr ? On lui prête bien des maîtresses.

DIDEROT. Il fait croire qu'il en a. *(Il lui embrasse l'oreille.)* En réalité, je le sais plutôt porté sur les hommes.

MME THERBOUCHE. Lui ?

DIDEROT. C'est un bougre. Il chevauche sans laisser d'orphelin.

MME THERBOUCHE. C'est répugnant.

DIDEROT. Allons donc ! C'est moins sot que l'onanisme. Puisqu'il s'agit de simple volupté, autant donner du plaisir à deux plutôt qu'à un. Autant se montrer partageur. Quand Danceny rejoint son ou ses amis, il ne fait guère que se livrer à… une masturbation altruiste.

MME THERBOUCHE. Tout de même !

DIDEROT. Je ne vois pas de perversion ni de vice au niveau de l'individu, sauf ce qui met la santé en péril. Il n'y a d'actes coupables que ceux dont le corps porte la peine. *(Il continue à l'embrasser.)* Où en étions-nous ?…

MME THERBOUCHE *(l'embrassant aussi)*. À la morale de l'individu…

Ils rient et s'allongent voluptueusement sur le sofa. On frappe furieusement.

15

Sans attendre de réponse, Baronnet entre.

BARONNET. Monsieur…

DIDEROT. Baronnet, on frappe avant d'entrer.

BARONNET. C'est ce que j'ai fait, monsieur.

DIDEROT. Alors on attend une réponse. Mais où as-tu été élevé? Dans un lupanar?

BARONNET. C'est que, monsieur, il faut absolument que j'emporte votre article. L'imprimerie doit encore le composer.

Diderot lâche brusquement Mme Therbouche et se rend au bureau.

DIDEROT. Bien sûr. Excusez-moi, ma chère, j'allonge un peu la sauce.

Il saisit sa feuille et la regarde : elle est couverte de phrases barrées. Baronnet, lui, contemple Diderot avec admiration.

BARONNET. Ah, monsieur Diderot, à vous rien n'est impossible! J'étais sûr que vous nous torcheriez cela en quelques minutes.

DIDEROT *(mécontent)*. Torcher est le mot. *(Reposant la feuille sur le bureau.)* Non, mon petit Baronnet, attends encore, il faut que je réfléchisse.

BARONNET *(voulant saisir le papier)*. Je suis certain que c'est remarquable. Et puis, vous savez, vous n'aurez pas le temps de toucher la perfection…

DIDEROT. Oh, la perfection et moi, cela fait bien longtemps que nous faisons chambre à part. Non, mon petit Baronnet, laisse-moi dix minutes et je te rends l'article.

BARONNET. Bien, monsieur. *(Il se retire.)* Dix minutes, n'est-ce pas ?

DIDEROT. Dix minutes… bien sûr… *(Il se gratte frénétiquement la tête.)* Chère amie, puis-je vous prendre encore dix minutes ?

MME THERBOUCHE. Quoi ? Nous n'avons rien fait et il faut déjà que je vous attende ?

DIDEROT. S'il vous plaît…

MME THERBOUCHE. Vous exagérez. Soit. Pour la philosophie. Je vais même passer dans l'antichambre, retourner admirer vos tableaux pour vous donner une vraie paix. Mais c'est la dernière fois que je serai la maîtresse d'un homme de lettres.

Elle sort. Au dernier moment, elle rafle le tableau de Chardin qu'elle avait déposé précédemment et referme soigneusement la porte.

DIDEROT *(pour lui, ironique)*. Dix minutes, c'est plus que suffisant pour trancher un problème que personne n'est arrivé à résoudre en plusieurs millénaires… Mon pauvre Diderot, je te trouve particulièrement empêtré, cet après-midi. Tu es devenu philosophe pour te poser des questions et voici que tout le monde vient te demander des réponses. Maldonne !

Diderot s'assoit et commence à écrire.

16

À peine a-t-il gribouillé quelques mots que la jeune d'Holbach, poussant lentement la porte extérieure, passe la tête. Elle jette un coup d'œil vers la porte de l'antichambre puis se décide à entrer.

LA JEUNE D'HOLBACH. Je vous dérange ?

DIDEROT. Oui. Enfin… *(se rendant compte)*… non… vous êtes ici chez vous…

LA JEUNE D'HOLBACH. Vous ne croyez pas si bien dire : ce pavillon est mon ancienne salle de jeux.

Elle s'approche du chevalet.

LA JEUNE D'HOLBACH. Mme Therbouche a laissé sa toile en chantier ?

Il tente d'écrire et ne répond pas. Elle soulève la bâche qui protège la toile et découvre le dessin avec surprise.

LA JEUNE D'HOLBACH. C'est vous ?

DIDEROT. Ça se voit, non ?

LA JEUNE D'HOLBACH. Je ne sais pas. Tout est dessiné sauf la tête.

Diderot réalise ce que doit être le croquis. Il court le voir et, découvrant son anatomie, ramasse un châle qu'il pose par-dessus. La jeune d'Holbach rit.

LA JEUNE D'HOLBACH. Elle peint de mémoire ou d'imagination ?

DIDEROT *(un peu rouge)*. Écoutez, mademoiselle d'Holbach, Mme Therbouche fait son travail comme elle l'entend, moi aussi. J'ai d'ailleurs un article à boucler que l'on va venir chercher dans quelques minutes. Il faudrait que je me concentre sur ce que je dois écrire car je suis tellement dérangé ici que je n'ai pas pu tracer encore une seule ligne de bon sens.

LA JEUNE D'HOLBACH. Quel en est le sujet ?

DIDEROT. La morale.

LA JEUNE D'HOLBACH. C'est facile !

Diderot hausse les yeux au ciel. Puis il se jette sur sa feuille pour écrire. Il barre. Elle le juge sévèrement.

LA JEUNE D'HOLBACH. N'insistez pas. Si, à votre âge, vous n'êtes pas capable de répondre à une question si simple en trente secondes, c'est que le sujet n'est pas pour vous : vous échouerez, que vous preniez dix minutes, trois heures ou six mois.

DIDEROT. Écoutez, j'ai déjà rédigé trois mille pages de l'*Encyclopédie*, alors je vous trouve légèrement péremptoire pour une analphabète de vingt ans.

Il recommence à écrire. On entend un nouveau bruit d'éboulement dans l'antichambre.

DIDEROT *(par réflexe)*. Qu'est-ce que c'est ?

La jeune d'Holbach a un geste rapide pour entrouvrir la porte. Elle passe la tête une seconde puis referme le battant.

LA JEUNE D'HOLBACH. Ce n'est rien, c'est le chat.

DIDEROT. Le chat ?

Un temps. Il réalise le comique de la situation et se met à rire silencieusement.

LA JEUNE D'HOLBACH. J'ai dit quelque chose de ridicule ?

DIDEROT *(essayant de contenir son hilarité)*. Non, non, je pensais que finalement… la vie est belle.

LA JEUNE D'HOLBACH *(du tac au tac)*. Je ne supporte pas que vous perdiez votre temps avec Mme Therbouche.

DIDEROT *(dégrisé)*. Quel rapport ?

LA JEUNE D'HOLBACH. Aucun, j'ai envie de vous dire cela. Pourquoi est-ce que ce serait vous qui choisiriez les sujets des conversations ? *(Avec force.)* Je déteste Mme Therbouche, je ne supporte pas ses intonations prussiennes.

Diderot va se mettre devant la porte qui mène à l'antichambre, comme pour empêcher que Mme Therbouche n'entende.

LA JEUNE D'HOLBACH. Elle se jette sur les hommes comme une mouche sur une meringue. Je suis sûre qu'elle a essayé de s'allonger là avec vous.

DIDEROT. Oui, et alors ? Si cela nous fait plaisir.

LA JEUNE D'HOLBACH. Et je suis sûre aussi que vous avez eu l'impression d'avoir fait les premiers pas alors qu'elle a tout manigancé. *(Il ne répond pas.)* Méfiez-vous ! Elle a sûrement quelque chose à vous demander.

DIDEROT *(décidant de négliger la remarque).* C'est ça… c'est ça… merci pour vos conseils.

LA JEUNE D'HOLBACH. Vous allez vous faire gruger, je vous le prédis !

DIDEROT. Allons, allons, ma petite, gardez pour vous vos trésors d'éloquence. Je connais bien les femmes.

LA JEUNE D'HOLBACH. Vous ne les connaissez pas du tout. C'est votre charme, d'ailleurs. Lorsqu'on vous voit, on se dit : « Est-il mignon, celui-là, et il doit être si facile à berner ! »

DIDEROT. Je vous en prie !

LA JEUNE D'HOLBACH. Vous ne pouvez pas avoir une liaison avec Mme Therbouche, non, elle est vraiment trop laide !

> *Grand bruit dans l'antichambre. On comprend que Mme Therbouche écoute et manifeste une certaine fureur.*

DIDEROT. C'est le chat !

LA JEUNE D'HOLBACH. Bien sûr ! *(Reprenant.)* Enfin, sur ce point, je ne devrais pas la blâmer mais plutôt la plaindre.

DIDEROT. De quoi ?

LA JEUNE D'HOLBACH. L'âge. *(Un temps.)* C'est un fléau.

DIDEROT. L'âge est juste, il n'épargne personne.

LA JEUNE D'HOLBACH. Ah non ! *(Charmeuse, elle se coule vers lui.)* Le temps se montre doux avec les hommes, un peu de neige sur les cheveux, plus d'indécision dans les traits, du flou dans le geste, il transforme une eau-forte en aquarelle, j'aime tellement l'aquarelle. Tandis que les femmes... Les femmes ne sont destinées qu'au plaisir de l'homme ; lorsqu'elles n'ont plus cet attrait, tout est perdu pour elles. Non ?

Diderot va refermer prudemment la porte à clé. Il se sent plus en sécurité.

DIDEROT. Tous les visages ne se décomposent pas.

LA JEUNE D'HOLBACH. Regardez donc le sien.

Mme Therbouche apparaît dans l'œil-de-bœuf et scrute la pièce.

LA JEUNE D'HOLBACH. Il ne reste jamais immobile, elle le force au mouvement, elle a raison, elle n'a plus le choix : si elle s'arrête un instant, tout tombe, l'œil, la joue, la bouche. *(Elle s'approche de Diderot, flatteuse, ensorcelante. Celui-ci, ayant aperçu la Therbouche, amène volontairement la jeune d'Holbach dans un coin de la pièce où Mme Therbouche ne peut plus les voir.)* Tandis qu'elle s'agite et qu'elle ment, vous, vous allez vers votre vérité ; vous avez la tête nue, la forêt de vos rides raconte votre histoire, une longue barbe rendra votre visage respectable ; rien ne vous détruira, vous conserverez sous une peau ridée et brunie des muscles fermes et solides.

Mme Therbouche disparaît de l'œil-de-bœuf et refait du bruit.

DIDEROT. C'est le chat qui gratte !

LA JEUNE D'HOLBACH *(lancée)*. Chez les femmes, tout s'affaisse, tout s'aplatit. C'est parce qu'elles ont beaucoup de chair et de petits os que les femmes sont belles à dix-huit ans, et c'est parce qu'elles ont eu beaucoup de chair et de petits os que toutes les proportions qui forment la beauté disparaissent si vite...

DIDEROT. Allons, allons, à vous entendre, on viendrait à douter que vous sortiez parfois. N'avez-vous jamais vu Mme Helvétius ?

LA JEUNE D'HOLBACH. Mme Helvétius n'est pas une belle vieille mais une vieille qui paraît jeune.

Il rit malgré lui.

DIDEROT. Vous n'êtes guère charitable.

LA JEUNE D'HOLBACH. Pourquoi voudriez-vous que je le sois : j'ai vingt ans.

Il rit encore. Elle aussi. Une complicité joyeuse et teintée de désir s'établit entre eux.

LA JEUNE D'HOLBACH. Et elle, quel âge a-t-elle, cette Mme Therbouche ? Cent vingt ans ?

DIDEROT *(amusé)*. Cent trente.

Diderot, charmé, se penche vers la jeune d'Holbach.

DIDEROT. Qu'étiez-vous venue me dire, mon petit ? Je dois impérativement écrire sur la morale.

La jeune d'Holbach s'approche très près et plante ses yeux dans les siens.

LA JEUNE D'HOLBACH. Tout à l'heure, lorsque je plaidais la cause de mon amie Angélique, j'ai senti soudain… comment dire ?… une chaleur… un feu, oui, un feu violent qui m'attaquait la gorge. Et savez-vous pourquoi ? Parce qu'un instant je me suis imaginé qu'Angélique était moi, et que Danceny était vous.

DIDEROT. Ah !

LA JEUNE D'HOLBACH. Et j'ai aimé sa réponse.

DIDEROT. À qui ?

LA JEUNE D'HOLBACH. Au chevalier Danceny. Enfin, votre réponse.

DIDEROT *(troublé)*. Ah… *(Un temps.)* Oui, moi aussi, j'ai aimé sa question.

LA JEUNE D'HOLBACH. À qui ?

DIDEROT. À elle… enfin à vous.

LA JEUNE D'HOLBACH. Ah…

Ils sont près de s'embrasser.
De nouveau, on entend du bruit dans l'antichambre.
La jeune d'Holbach, agacée, court à la porte, tourne la clé, passe la tête derrière le battant et crie.

LA JEUNE D'HOLBACH. Ça suffit ! Couché !

Puis elle claque la porte et se rapproche de Diderot, retrouvant immédiatement son attraction physique.

DIDEROT *(un peu surpris)*. Il… il… vous obéit ?

LA JEUNE D'HOLBACH. Qui ?

DIDEROT. Le chat ?

LA JEUNE D'HOLBACH. Tout le monde m'obéit. *(Se faisant de nouveau brûlante.)* Ah, tout à l'heure… Je ne peux plus effacer cet instant… le feu me dévore.

DIDEROT. Ma petite, ma petite, ne me tentez pas, je ne sais pas résister.

Il pose la main sur l'épaule de la jeune d'Holbach.

Mme Therbouche pousse la porte d'un coup de pied et pointe un doigt accusateur vers le couple.

MME THERBOUCHE. Lâchez cette gamine immédiatement.

DIDEROT *(ne sachant pas quoi dire)*. Ah… chère amie… chère amie… vous étiez là ?

MME THERBOUCHE. Oui, avec le chat ! Occupez-vous de votre article, moi je m'occupe d'elle. *(Elle s'approche de la jeune d'Holbach.)* Ce n'est pas la première fois qu'elle me fait le coup. C'est une pyromane.

DIDEROT. Une pyromane ?

MME THERBOUCHE. Oui ! Elle allume des feux qu'elle n'éteint pas. Dans une minute, lorsque vous auriez été fou de désir, elle se serait éclipsée pour une raison ou une autre. Petite vicieuse ! Ce qu'elle aime, c'est donner la fièvre.

LA JEUNE D'HOLBACH. Je vous signale que vous êtes sous le toit de mon père.

MME THERBOUCHE. Eh bien, justement, je voudrais lui en parler, de vous, à votre père. Comédienne ! Hypocrite ! Vous étiez en train de faire grimper ce pauvre Diderot le long des murs.

LA JEUNE D'HOLBACH. Absolument pas. J'apprécie beaucoup monsieur Diderot.

MME THERBOUCHE. Menteuse ! Je me demande bien ce qui peut vous plaire en lui.

LA JEUNE D'HOLBACH. J'aime quand il me parle.

MME THERBOUCHE. Ah oui ? Qu'est-ce que vous pouvez en comprendre ? Dans la tête, vous n'avez que des miettes pour nourrir les oiseaux. Il est à moi.

LA JEUNE D'HOLBACH. À moi !

DIDEROT. Écoutez, tout cela est très flatteur mais je tiens à préciser que depuis que je ne me lâche plus dans mes linges, c'est-à-dire depuis l'âge approximatif de deux ans, je considère que je n'appartiens à personne.

MME THERBOUCHE. Dites à cette petite impertinente qui vous préférez.

LA JEUNE D'HOLBACH. Oui, dites.

DIDEROT. Eh bien…

MME THERBOUCHE. Ne prenez pas de gants pour elle, répondez !

LA JEUNE D'HOLBACH. C'est ridicule de vous accrocher à lui comme un pou à une tête chauve.

MME THERBOUCHE *(à Diderot)*. Choisissez, sinon je la gifle.

DIDEROT. Choisir, choisir… c'est que je n'aime pas le mot.

MME THERBOUCHE. Alors contentez-vous de la chose. Qui ?

DIDEROT. C'est que j'ai deux désirs et…

LA JEUNE D'HOLBACH. Il doit bien y avoir un désir qui l'emporte sur l'autre, non ?

DIDEROT. Un désir plus fort que l'autre, comment serait-ce possible ? Ce sont deux désirs différents.

LA JEUNE D'HOLBACH. Si vous ne pouvez comparer les désirs, comparez les deux femmes !

MME THERBOUCHE. Deux femmes ? Où cela ? Je n'en vois qu'une, personnellement, à côté de la petite morveuse.

LA JEUNE D'HOLBACH. Oui, moi aussi, je n'en vois qu'une seule, à côté de la vieillarde pathétique.

MME THERBOUCHE. Un nom, dites un nom.

DIDEROT *(définitif, avec force)*. Impossible. Philosophiquement impossible.

MME THERBOUCHE. Pardon ?

DIDEROT *(même attitude)*. À cause de l'âne de Buridan !

LA JEUNE D'HOLBACH. Pardon ?

DIDEROT *(essayant de les convaincre et de se convaincre)*. L'âne de Buridan. Buridan était un moine du Moyen Âge qui montra que, l'âne n'ayant pas de libre arbitre, il ne pouvait choisir. Si, si, comprenez. Cet âne avait également faim et soif, vous m'entendez bien, aussi soif que faim. Or Buridan lui posa, à égale distance, un seau d'eau et un seau d'avoine.

MME THERBOUCHE. Eh bien ?

DIDEROT. Eh bien, l'âne n'a pu choisir entre le seau d'avoine et le seau d'eau. Il est mort de faim et de soif au milieu des deux. Il lui manquait le libre arbitre.

MME THERBOUCHE. Votre âne était un âne, vraiment !

LA JEUNE D'HOLBACH. Mais vous, vous êtes un homme !

DIDEROT. C'est à prouver. Je ne suis pas libre non plus.

LA JEUNE D'HOLBACH. C'est tout de même la première fois qu'on me compare à un seau d'avoine.

MME THERBOUCHE *(corrigeant la jeune d'Holbach)*. Non, un seau d'eau, ça a encore moins de goût, ça vous correspond mieux. Monsieur Diderot, trêve de finasseries théologiques, choisissez.

LA JEUNE D'HOLBACH. Oui, choisissez.

MME THERBOUCHE. Il y a une pimbêche de trop ici.

LA JEUNE D'HOLBACH. La croûte s'incruste !

Diderot, explosant subitement, se met à hurler.

DIDEROT. Ça suffit !

Léger arrêt des deux femmes.

MME THERBOUCHE. Pardon ?

DIDEROT *(fort et clair)*. Je dis : ça suffit !

Court temps.

LA JEUNE D'HOLBACH *(à Mme Therbouche)*. Comment ça, « ça suffit » ?

MME THERBOUCHE *(à la jeune d'Holbach)*. Vous avez entendu « ça suffit », vous ?

LA JEUNE D'HOLBACH. Oui, j'ai entendu « ça suffit » !

DIDEROT. Ça suffit ! Arrêtez ce harcèlement ! Je ne suis pas un jouet qu'on se refile dans un boudoir. Paix ! Pouce ! Vous voilà toutes, depuis ce matin, nichons à l'air, épaules dénudées, l'œil en fusil et le cheveu en pétard, à affoler un pauvre homme qui ne demande que le repos, la paix et la méditation !

MME THERBOUCHE. C'est un peu fort !

DIDEROT. Pouce ! Je vais vous mettre d'accord toutes les deux : j'ai nourri un béguin pour vous, pour vous deux, mais au fond, cela demeure secondaire, parce que j'en aime une autre !

MME THERBOUCHE. Ah oui !

DIDEROT. Oui ! Depuis que je suis né, je ne suis fidèle qu'à une seule maîtresse : la philosophie.

LA JEUNE D'HOLBACH. C'est agréable ! Alors nous passons après votre travail ?

DIDEROT. Complètement. Vous n'êtes que des femmes.

MME THERBOUCHE. Mais qu'est-ce qu'il dit ?

DIDEROT. Pouce ! J'ai cet article à finir pour l'*Encyclopédie*. À l'heure qu'il est, rien d'autre ne compte, vous m'entendez : rien ! *(Grandiose.)* L'avenir des Lumières passe par là ! Laissez la chair se reposer ! Et méditer ! Place à l'esprit !

MME THERBOUCHE. Je ne veux pas que…

DIDEROT *(superbe)*. Dehors !

LA JEUNE D'HOLBACH. Enfin, vous n'allez pas la laisser…

DIDEROT *(terrible)*. Dehors ! Je me disperse. Je me disperse. Je n'ai plus de temps à vous consacrer. L'*Encyclopédie* m'attend.

   Il les emmène fermement par le bras jusqu'à la porte.

DIDEROT. Mesdames, à tout à l'heure. Nous reprendrons cette discussion lorsque j'aurai épuisé la morale.

MME THERBOUCHE. Mais je...

DIDEROT. Chut ! *(Identiquement à la jeune d'Holbach, prévenant sa réaction.)* Chut ! Le devoir n'attend pas.

Et il les pousse dehors, ne s'étonnant pas qu'elles résistent si peu.

18

Il pousse un soupir d'aise.

DIDEROT *(heureux).* Je suis une victime ! *(Il se regarde dans la coiffeuse, fat, assez fier de lui.)* Une victime de violences amoureuses ! De chantage sensoriel ! Une victime du sexe. *(Il se contemple puis se reprend.)* Je me disperse, je me disperse. *(Délicieusement hypocrite.)* Quelle affreuse journée ! *(Il se sourit au miroir.)* Mais quel noble sacrifice ! *(Il reprend son article. Il a une grimace et dit, plus sincèrement cette fois :)* Satané article ! Fichu Rousseau ! *(Rêvant.)* Cette petite d'Holbach n'est pas ma fille, non, ça, je vous le dis, ce n'est pas ma fille... Et la Therbouche !... *(Soupirant.)* Je n'ai jamais eu de chance : on m'a toujours offert des sandales en hiver et des parapluies les jours de grand soleil ! *(Il se penche volontairement sur sa feuille et pousse un soupir de découragement.)* Parfois, j'aimerais ne pas être moi, mais Rousseau, Helvétius, ou Voltaire, une tête dure de ce genre, avec des idées bien cadrées, bien arrêtées, des idées qu'on enferme dans des formules, puis dans des livres, des idées qui restent, qui s'accrochent, qui se coulent dans le bronze... Moi, je change d'avis lorsqu'une femme entre, je suis capable de passer de la gavotte au menuet en plein

milieu du morceau, les idées me frôlent et me bouscu-
lent, rien ne reste. Je me réveille pour, je m'endors
contre. Maudites molécules… Alors, la morale, nous
disions, la morale…

19

Angélique entre en trombe, les larmes aux yeux. Elle se jette dans les bras de son père.

ANGÉLIQUE. Ah, Papa, tu avais raison ! Tu avais mille fois raison ! Je viens de voir le chevalier Danceny. Il est affreux : il a une dent en moins !

DIDEROT. Allons, tant mieux !

ANGÉLIQUE. Et puis il est poilu, tellement poilu…

DIDEROT. Lui ? Je l'ai vu l'autre jour sans perruque, il n'a plus un cheveu sur le caillou.

ANGÉLIQUE. Alors il semblerait que la nature fasse sortir des oreilles les poils qu'elle supprime sur le crâne.

DIDEROT. Ah ?

Par réflexe, inquiet, sans réfléchir, il se touche les oreilles.

ANGÉLIQUE. J'ai ouvert les yeux, Papa, et je l'ai vu tel qu'il est, j'ai compris l'erreur que j'allais faire. Papa, tu avais raison, ma liaison avec Danceny serait ridicule : il est beaucoup trop vieux.

DIDEROT. Danceny ? Il a mon âge.

ANGÉLIQUE. Tu te rends compte ? C'est bien ça : ton âge ! Alors soudain j'ai repensé à tout ce que tu me disais sur le salut de l'espèce, sur la nécessité de penser à nos enfants. Je ne peux pas avoir un enfant d'un homme trop fait, il risquerait d'être débile ou mal formé ; à cet âge-là, ses humeurs doivent s'être gâtées, son sperme sera pourri, nous allions donner naissance à un goujon.

Diderot baisse la tête, accablé par ce qu'il entend.

DIDEROT. Si tu le dis…

Angélique s'assoit sur ses genoux.

ANGÉLIQUE. Papa, je te le dis au nom de la propagation de l'espèce, je ne coucherai pas avec Danceny.

DIDEROT *(atone)*. Tant mieux.

Angélique le regarde.

ANGÉLIQUE. Tu n'as pas l'air content.

DIDEROT *(tristement ironique)*. Si, si. Je suis fou de joie. C'est une très belle journée.

20

Baronnet entre en trombe, à son habitude.

DIDEROT. Ah, Baronnet, je te préviens, cette pression devient intolérable : ne prononce pas le terme « Morale » devant moi. Et je te défends de me réclamer encore cet article !

BARONNET. Monsieur, je ne venais pas pour ça !

DIDEROT. Ah bon ? Alors pourquoi viens-tu ?

BARONNET. Je me demandais seulement pour quelle raison vous aviez finalement confié votre collection de tableaux à Mme Therbouche.

DIDEROT *(haussant les épaules)*. Qu'est-ce que tu dis ?

BARONNET. Vous m'aviez juré que ce serait moi qui les emporterais à Saint-Pétersbourg. Je rêvais de connaître la Russie.

DIDEROT. Qu'est-ce que tu racontes ? Je n'ai confié aucune mission à la Therbouche, nous sommes en froid.

BARONNET. Elle et Mlle d'Holbach sont dans la cour, en train de charger une calèche jusqu'à la gueule avec vos tableaux.

DIDEROT. Tu plaisantes ; les tableaux sont là, dans la pièce d'à côté !

Pris d'un doute, il court dans l'antichambre. On l'entend crier.

VOIX DE DIDEROT. Nom de Dieu ! *(Encore plus fort.)* Nom de Dieu de nom de Dieu de nom de Dieu !

ANGÉLIQUE *(très calme, à Baronnet)*. C'est amusant, ces jurons, pour un athée !

VOIX DE DIDEROT. Nom de Dieu de nom de Dieu de nom de Dieu !

Il réapparaît, hagard, tenant une petite toile à la main.

DIDEROT. Il n'en reste plus qu'un ! Le Chardin ! Elle a tout ratissé. Elle les a fait sortir par la fenêtre pendant que je... avec la petite d'Holbach... enfin... Nom de Dieu !

BARONNET. Qu'est-ce que je fais pour l'article ?

Mais Diderot est déjà sorti à toute vitesse pour rattraper les tableaux.

ANGÉLIQUE. J'ai l'impression que Papa s'est encore fait barbouiller le museau.

BARONNET. Monsieur est si confiant.

ANGÉLIQUE. Et naïf. Cela fait des années que j'essaie de le dégourdir un peu, mais rien n'y fait ! C'est très long d'éduquer ses parents.

BARONNET. Ah oui ?

ANGÉLIQUE. Oui. Et c'est encore plus difficile lorsqu'ils sont très intelligents : rien ne rentre !

*Diderot revient en poussant Mme Therbouche qu'il
a prise sur le fait.*

MME THERBOUCHE. Lâchez-moi, espèce de brute !
Lâchez-moi !

DIDEROT. Voleuse !

MME THERBOUCHE. Insultez-moi tant que vous voulez
mais lâchez-moi !

DIDEROT. Je ne vous lâcherai que devant la police !

LA JEUNE D'HOLBACH *(se précipitant pour secourir
Mme Therbouche)*. Mais oui, lâchez-la, à la fin !

DIDEROT. Malheureuse, vous ne vous rendiez pas
compte de ce que vous étiez en train de faire en l'ai-
dant. Elle me dépouillait ! Vous ne pouvez pas imaginer à quel point vous aviez raison de vous méfier
d'elle ! C'est une ordure, une pure ordure.

LA JEUNE D'HOLBACH. Je ne vous permets pas de parler
d'elle ainsi !

DIDEROT. Elle vous rendait complice d'un vol ! Savez-
vous que ces tableaux appartiennent à Catherine II de
Russie ?

LA JEUNE D'HOLBACH. Si vous ne nous aviez pas pincées, dans une demi-heure ils étaient à nous.

DIDEROT *(abasourdi)*. J'ai dû m'égarer dans un de mes cauchemars.

Mme Therbouche parvient à se dégager, elle se frotte le poignet et parle aux autres avec autorité.

MME THERBOUCHE. Maintenant, laissez-moi seule avec lui. Nous avons à discuter sérieusement.

LA JEUNE D'HOLBACH. Je veux rester avec vous.

MME THERBOUCHE. Ne crains rien, ma douce, va te rafraîchir, tout va s'arranger.

LA JEUNE D'HOLBACH. J'ai peur qu'il ne vous brutalise encore.

MME THERBOUCHE. Mais non, ma douce, je ne crains rien.

DIDEROT *(interloqué)*. « Ma douce »... Je vais me réveiller.

Angélique prend fermement et gentiment la jeune d'Holbach par la main, tout en faisant signe à Baronnet de la suivre.

ANGÉLIQUE. Viens. Ils doivent se parler.

BARONNET. Je vais récupérer les tableaux, monsieur Diderot.

Les trois jeunes gens sortent, laissant Diderot et Mme Therbouche se toiser comme deux fauves.

23

DIDEROT. Alors vous êtes un escroc?

Mme Therbouche redresse la tête, un éclair de fierté dans le regard.

MME THERBOUCHE. Servez-moi le féminin, s'il vous plaît. Dites plutôt que je suis une « escroque ».

DIDEROT *(noir)*. Au féminin, on dit plutôt garce.

Mme Therbouche éclate de rire, ravie.

MME THERBOUCHE. Garce! Ah, c'est tellement bon de cesser de jouer! *(Brusquement, très directe.)* Salope, menteuse, joueuse, entremetteuse, voleuse, rendez-moi mes vrais vêtements! Je n'entre chez les gens que pour en sortir avec leurs biens, la peinture me sert de pré-texte pour arriver aux bijoux, à l'argenterie, aux cof-frets, à tout ce qui se trouve à prendre.

DIDEROT *(mauvais)*. Savez-vous peindre seulement?

MME THERBOUCHE. J'esquisse. Il est rare que je doive finir un tableau. La tête, surtout… Les gens sont telle-ment infatués d'eux-mêmes que la perspective de poser pour la postérité leur fait quitter toute méfiance; je les

détrousse dès les premières séances ; je laisse le tableau
en chantier.

DIDEROT. Comment se fait-il qu'on ne le sache pas ?

MME THERBOUCHE. Personne ne se vante d'être aussi
stupide. Et puis je change souvent de pays.

DIDEROT. Je me suis toujours méfié des gens qui par-
laient plusieurs langues.

MME THERBOUCHE. Vous avez raison, ils ont forcément
quelque chose à cacher.

Un temps.

DIDEROT. La petite d'Holbach ?

MME THERBOUCHE. J'avais besoin d'une complice. Il
fallait qu'elle vous occupe pendant que je passais les
tableaux par la fenêtre, puis qu'elle m'apporte un pré-
texte pour partir. Notre petite scène de colère était joliment improvisée, non ? *(Elle rit.)* Ces jeunes vierges
ont la tête échaudée par le manque d'hommes ; en les
flattant, en leur prêtant un peu d'attention, en leur glissant deux ou trois riens dans les oreilles, il est aisé d'en
faire des alliées. En quelques jours, je suis devenue sa
marraine de boudoir, je lui ai promis l'art de devenir
une femme complète, comment être la maîtresse des
hommes. *(Un temps.)* J'ai même commencé à l'initier à
l'amour.

DIDEROT *(soufflé)*. Vous ?

MME THERBOUCHE. Oh, rien, des petites caresses sans
conséquences, l'almanach des baisers, la géographie
des lieux de son plaisir, le temps de quelques nuits.
Tout cela en lui parlant des mâles, naturellement. Elle
est tellement exaltée que je crois qu'elle n'a même pas
conçu que j'aie pu la toucher.

DIDEROT. Vous avez le goût des jeunes filles ?

MME THERBOUCHE. Non, j'avais besoin d'une complice.

DIDEROT. Vous êtes perverse.

MME THERBOUCHE. Déterminée. *(Un temps.)* Je me suis bien amusée avec elle. Je lui ai lu les lignes de la main et je lui ai annoncé qu'elle ne découvrirait l'amour qu'avec un homme circoncis.

DIDEROT. Circoncis ?

MME THERBOUCHE *(riant)*. Oui. Elle m'a crue. La voilà réduite à attendre un Turc ou un Juif.

DIDEROT. C'est cruel. Le baron d'Holbach ne fréquente pas de Turcs et, pour des raisons assez sottes, évite les Juifs aussi.

MME THERBOUCHE. C'est bien ce que je pensais. Ma prédiction va chauffer cette petite assez longtemps.

DIDEROT. Vous aimez faire mal !

MME THERBOUCHE *(simplement)*. Beaucoup.

DIDEROT. Pas moi.

MME THERBOUCHE. Aux hommes surtout.

Diderot s'approche, légèrement colérique.

DIDEROT. Vous vous êtes moquée de moi toute la journée. Vous n'avez jamais voulu faire mon portrait, vous m'avez volé mes tableaux, vous m'avez envoyé cette petite pour vous laisser le champ libre, et, naturellement, ni elle ni vous n'avez réellement voulu passer un moment de plaisir avec moi.

MME THERBOUCHE. Comment le savoir ? La supériorité de la femme sur l'homme, c'est qu'on ne peut jamais savoir si elle a envie. *(Ils se toisent.)* Les femmes sont au-dessus des hommes, plus mystérieuses, moins animales. Nous avons un corps disposé à l'énigme.

DIDEROT. Au mensonge, oui ! Tout à l'heure, lorsque vous vous pâmiez entre mes bras, vous n'étiez pas sincère !

MME THERBOUCHE. Vous l'étiez, vous ?

DIDEROT. Naturellement !

MME THERBOUCHE. Et avec la petite d'Holbach ?

DIDEROT. Aussi.

MME THERBOUCHE *(ironique)*. Votre sincérité se montre inépuisable.

DIDEROT. J'ai plusieurs sincérités qui ne vont pas toujours ensemble, c'est tout ! Mais je ne me moque jamais des gens !

Elle éclate de rire. Un temps.

MME THERBOUCHE *(joyeusement)*. Tout à l'heure, je rusais… sincèrement.

DIDEROT *(furieux)*. Ah, arrêtez !

MME THERBOUCHE *(plus douce)*. Si. Tout à l'heure, j'avais envie.

DIDEROT *(étonné, presque soulagé)*. Vrai ?

MME THERBOUCHE *(allègre)*. Vrai. J'avais envie de vous épuiser, de vous vider dans la jouissance, de vous assommer dans le sommeil d'après, bref, j'avais envie de vous faire mourir entre mes bras.

DIDEROT. Vous êtes folle !

Mme Therbouche. Le sexe, c'est la guerre. Au matin,
devant ma coiffeuse, je me crêpe, je me maquille, je fais
la coquette : je me prépare à mener l'assaut ; peignes,
perruques, poudres, mouches, fards, tous les artifices,
je les prends comme mes armes ; je mets un décolleté,
des bas, des dessous de dentelle, j'endosse ma tenue de
soldat et je pars à l'attaque. Je dois plaire. Ah çà, vous
les hommes, vous ne comprenez pas... Plaire, pour
vous, ce n'est qu'un marchepied pour arriver au lit, un
moyen pour parvenir à vos fins. Tandis que plaire, pour
nous, les femmes, c'est une fin en soi, c'est la victoire
elle-même. Séduire... je veux que rien ne soit soustrait
à mon empire, je veux pouvoir exercer mon pouvoir sur
tous les mâles, ne pas leur laisser de repos... séduire,
séduire jusqu'à plus soif, séduire sans soif... Et je fais
lever le désir en eux. Et ils s'empressent autour de moi
en croyant me demander quelque chose que je pourrais
leur refuser. Et lorsqu'ils croient, eux, avoir gagné,
lorsqu'ils m'écrasent toute nue contre eux, c'est là que
j'achève mon triomphe.

Je lui fais croire, à l'homme, que je suis sa chose, je
lui fais croire que je lui appartiens, je lui donne mon
corps comme un trophée mais en vérité je le laisse s'y
épuiser... Ah, le beau vainqueur que celui qui s'endort
dans mes bras, le cœur battant, la queue barbouillée par
sa petite jouissance. Mais moi, ma jouissance à moi,
elle est là, longue, souveraine, lorsqu'il est abandonné
sur moi, ce grand corps désarmé, ce grand corps qui ne
comprend rien, ce grand corps heureux et harassé, ce
grand corps bête, lorsqu'il est faible, fragile, à ma merci.
Ah oui, vous avez la force, le pouvoir ? Moi, je réduis
cela à rien, je vous fais revenir au point de départ, je
vous renvoie en arrière, je vous rends nus, déculottés,
infirmes, sans défense, à quelques jours de vie, un gros
bébé fessu entre les cuisses d'une femme. Ma volupté,
c'est que je pourrais aller plus loin encore ; c'est l'idée

que j'ai vidé l'homme de sa force, de son sperme, et que je pourrais le tuer… quatre doigts qui serreraient un peu trop… un petit coup de lame sur la veine qui bat… Oui, le tuer, là, facilement, sans même qu'il s'y attende. Voilà l'amour, mon cher, une mise à mort.

On ne peut pas vous prendre de face, messieurs, alors on vous ment. On vous ment en poussant des cris d'orgasme, on vous ment en feignant de recevoir l'hommage d'un désir qu'en fait on s'évertue à provoquer. Vous vous croyez les maîtres, mais le maître est devenu l'esclave de son esclave. Je n'ai de plaisir qu'à tromper, à feindre, à ruser, à mentir, à trahir. Oui, mentir, mentir tout le temps, échapper à votre domination par la ruse, c'est tout ce que souhaite une femme digne, une femme intelligente, qui n'a pas honte de soi ; c'est cela, un beau destin de femme, devenir une garce, une grande garce, une garce en majesté qui exerce son pouvoir sur les hommes, et leur fait expier la malédiction d'être née femme.

DIDEROT. Vous avez dû être très humiliée, autrefois ?

Mme Therbouche a soudain les yeux qui brillent d'une haine noire, furieuse d'avoir été aussi bien comprise.

MME THERBOUCHE. Proie ou chasseur, c'est l'alternative, voilà le monde. *(Un temps. Elle regarde attentivement Diderot.)* Pour les tableaux, vous allez me dénoncer à la police, naturellement ?

DIDEROT *(les yeux brillants)*. Je ne dirai rien.

MME THERBOUCHE. Vous pardonnez ?

DIDEROT. Je ne pardonne pas, je renonce à punir. La pierre mordue par le chien ne se corrige pas. *(Un temps. Il la regarde avec intérêt.)* J'ai peur.

Mme Therbouche. Peur ?

Diderot. Peur.

Mme Therbouche. Et de quoi ?

Diderot. La séduction du beau crime. *(Un temps, ne la lâchant plus des yeux, presque envoûtant... ou envoûté.)* Le monde est un pucier, ma chère, un galetas putride, une écume, une agitation de molécules qui se cognent et s'agrègent par hasard, une effervescence absurde où tout se pousse, tout se culbute, où tout ne tient que par des déséquilibres constants. Et puis, soudain, au milieu de cette putréfaction germinative, il y a une forme, quelque chose qui s'organise et qui délivre un sens. C'est un beau visage, un beau corps, une belle statue, une belle phrase... Ce peut être une belle vie. *(Un temps.)* Ce peut être un beau crime. *(Un temps.)* Quand je vous regarde, j'aperçois que je suis fou de chercher le bien, de vouloir le capturer dans mes phrases, je me masque mon hypocrisie : je m'en moque bien du Bien ; je n'aime que la beauté. *(Un temps. Il la dévisage de façon gourmande.)* Et comme le mal est beau, ce soir.

Mme Therbouche *(troublée, et furieuse d'être troublée)*. Taisez-vous. Je suis habituée à des compliments plus ordinaires.

Diderot *(dans un souffle)*. Dommage que nous ne nous soyons pas connus plus tôt. Quel esprit !

Mme Therbouche *(minimisant)*. L'esprit du mal.

Diderot. L'esprit tout court. *(Admiratif.)* La méchanceté donne son spectacle ; elle a ses gestes, ses fastes, son imagination, son excès, sa splendeur. Néron était un artiste lorsqu'il s'offrait le spectacle de Rome dévorée par les flammes.

MME THERBOUCHE. Allons, je ne suis qu'une escroque.

DIDEROT. Et par là même une artiste. *(Un temps. Encore plus ensorcelant, gagnant du terrain sur elle.)* J'ai peur. Pas de vous. Mais de ce que je sens pour vous. Avez-vous déjà éprouvé le vertige ? On ne craint pas le vide, non, on craint d'être attiré par le vide, tenté par son appel, on redoute d'avoir l'envie subite de sauter. Le vertige comme séduction définitive.

MME THERBOUCHE *(essayant de résister à son trouble)*. Ne me parlez pas comme cela. Vous devez m'en vouloir. Je me suis jouée de vous toute la journée, je vous ai fait cocu, doublement cocu, triplement cocu.

DIDEROT *(s'approchant)*. La vie nous cocufie depuis le premier jour. Est-ce qu'on renonce à vivre ?

MME THERBOUCHE *(précipitamment)*. Je vais partir.

DIDEROT. Pourquoi ? J'ai repris les tableaux.

MME THERBOUCHE. Je recommencerai.

Mme Therbouche enfile son manteau.

DIDEROT. Non.

MME THERBOUCHE. Je dois partir.

DIDEROT. Vous ne partez pas, vous fuyez !

MME THERBOUCHE. Vous ne me verrez plus, je quitte Grandval, je quitte la France.

24

La jeune d'Holbach ouvre la porte et empêche Mme Therbouche de passer.

LA JEUNE D'HOLBACH. Non, je vais avec vous.

MME THERBOUCHE. Ma petite, je n'ai pas les moyens de m'encombrer de toi.

LA JEUNE D'HOLBACH. J'ai de l'argent… *(corrigeant)…* Père a de l'argent, je le prendrai.

MME THERBOUCHE. L'argent ne m'intéresse que si je le prends moi-même. Tu n'as pas compris, mon petit, que ce qui m'intéresse dans le cambriolage, ce n'est pas le butin, c'est le vol.

LA JEUNE D'HOLBACH. Je vais vous suivre. Nous serons si heureuses…

MME THERBOUCHE. Je ne peux être heureuse qu'aux dépens des autres. Pousse-toi.

LA JEUNE D'HOLBACH *(s'écartant)*. Vous ne voulez pas de moi ?

MME THERBOUCHE. Pas une seconde. Adieu.

Abasourdie, la jeune d'Holbach s'effondre sur un siège.

MME THERBOUCHE. Épargne-toi les larmes. Si tu veux te remettre vite… *(elle montre Diderot)*… fais-les souffrir. C'est ce qui console.

Mme Therbouche sort.
Diderot la rattrape au dernier moment.

DIDEROT. J'ai encore une chose à vous demander : la réponse à notre discussion de cet après-midi.

MME THERBOUCHE. Ah oui ?

DIDEROT. Car, cette fois, j'ai le sentiment que vous me direz enfin la vérité.

MME THERBOUCHE. Sans doute, puisque je n'ai plus à vous plaire.

DIDEROT *(gêné)*. C'est au sujet des hommes et des femmes… *(Il se décide.)* Lorsqu'un homme et une femme font l'amour, qui éprouve le plus de plaisir ?

MME THERBOUCHE *(du tac au tac)*. Lorsque vous vous grattez l'oreille avec le petit doigt, qui éprouve le plus de plaisir ? L'oreille ou le petit doigt ?

DIDEROT *(sans réfléchir)*. L'oreille, naturellement.

MME THERBOUCHE. Donc vous avez la réponse. Adieu.

Elle s'enfonce dans le crépuscule du parc. Après avoir hésité quelques secondes, la jeune d'Holbach la suit.

LA JEUNE D'HOLBACH. Anna… Anna…

25

Baronnet interrompt Diderot dans sa méditation pensive.

BARONNET. Voilà, monsieur, j'ai entreposé les tableaux dans la bibliothèque du baron. Il faut maintenant que j'emporte votre article à la composition...

DIDEROT. C'est que...

Diderot regarde la page manuscrite. Baronnet, sans plus attendre, la saisit, la lit et s'étonne.

BARONNET. Vous avez tout biffé !

DIDEROT. Mmmm...

BARONNET. Mais enfin, vous n'avez pas une philosophie ?

DIDEROT. Si je n'en avais qu'une...

Un temps.

BARONNET. Qu'allons-nous faire ?

Diderot s'assoit et réfléchit.

DIDEROT. Dis-moi, qu'avons-nous mis à l'article « Éthique » dans les volumes précédents ?

BARONNET. « Éthique » ? *(Retrouvant.)* Nous avons mis « voir *Morale* ».

DIDEROT. Bon ! Eh bien, voici ce que tu vas mettre à « Morale ». Je dicte.

Baronnet s'assoit, empressé, et saisit la plume.

BARONNET. Oui ?

DIDEROT. Tu es prêt ?

BARONNET *(ravi)*. Oui, oui, oui !

DIDEROT. Voilà : « *Morale :* voir *Éthique.* »

Baronnet pose sa plume.

BARONNET. Mais…

DIDEROT. Pas de discussion !

BARONNET. Mais c'est une escroquerie !

DIDEROT. La morale ? Oui. Et l'absence de morale aussi.

BARONNET. Mais nos lecteurs vont faire le va-et-vient du tome cinq au tome huit sans rien trouver.

DIDEROT *(léger)*. Tant mieux, ça les forcera à réfléchir.

Un temps. Diderot ne se sent pas glorieux. Baronnet avoue simplement.

BARONNET. Je suis déçu, monsieur.

DIDEROT *(sincère)*. Moi aussi, mon petit Baronnet.

BARONNET. C'est la vie qui est comme ça ?

DIDEROT *(doucement)*. Non, pas la vie, la philosophie.

BARONNET. Je croyais qu'être un philosophe, c'était dire ce que l'on pense.

DIDEROT. Bien sûr. En même temps, être un philosophe, c'est penser tellement de choses…

BARONNET. Mais être un philosophe, c'est s'arrêter sur une pensée et y croire.

DIDEROT. Non, ça, c'est être un crétin. *(Un temps.)* Le crétin ne dit pas ce qu'il pense mais ce qu'il veut penser, il parle en conquérant.

Baronnet soupire. Diderot le regarde avec tendresse.

DIDEROT *(nostalgiquement).* Tu es comme tous les jeunes gens : tu attends le grand amour et la vraie philosophie. Au singulier. Rien qu'au singulier. C'est cela, le travers de la jeunesse : le singulier. Vous croyez qu'il n'y aura qu'une femme et qu'une morale. Ah, la passion des idées simples, comme elle peut nous faire du mal, à tous ! Un jour, mon petit Baronnet, tu vas te forcer à n'aimer qu'une jeune fille, à ne vivre que pour elle, que par elle, même quand elle ne sera plus elle et que tu ne seras plus toi : vous vous serez enfoncés dans le premier des malentendus, un malentendu terrible, le malentendu du grand amour ! Et puis, parce que tu as la tête trop vive, tu veux déjà t'amouracher aussi de la philosophie, l'unique philosophie qui te donnera toutes les réponses : deuxième malentendu. *(Il tapote l'épaule de Baronnet.)* Mais il n'y a pas qu'une femme ni qu'une philosophie. Et si tu es bien constitué, tu devras papillonner. Comment décider de l'indécidable ? Transformer ses hypothèses en certitudes, quelle prétention ! Lâcher toutes les idées pour une ! Le fanatisme n'a pas d'autre origine. Sois léger, mon petit Baronnet. Abandonne ton esprit à son libertinage. Endors-toi avec celle-ci, réveille-toi avec celle-là — je parle des idées —, quitte celle-ci pour une autre, attaque-les toutes, ne t'attache à aucune. Les pensées sont des femmes,

Baronnet, on les renifle, on les suit, on s'en grise et puis, brusquement, le désir bifurque et l'on va voir ailleurs. C'est une fille de passage, la philosophie, ne la prends surtout pas pour ton grand amour. Une académie de philosophie, qu'est-ce que c'est ? Un grand bordel où les putains sont mandatées par des entremetteurs, des professeurs, des vieux messieurs à lunettes et déjà édentés.

Sois léger, mon Baronnet, tout léger, la pensée pas plus lourde qu'une plume. Quel homme possède jamais une femme ? Quel homme possède jamais la vérité ? Illusions... Les hommes et les femmes se rencontreront-ils un jour ? Ce que la femme désire, est-ce ce que l'homme désire ? Et ce que l'un attend de l'autre, est-ce bien ce que l'autre veut donner ? Le soleil et la lune se frôlent, se rapprochent mais jamais ne se touchent ni ne se confondent. Ne te fie à personne, jamais, pas même à toi.

Il a raccompagné Baronnet à la porte.
La nuit est tombée pendant cette scène.

La jeune d'Holbach est entrée lentement, sur les derniers mots de Diderot. Triste, un peu défaite, elle s'est assise dans un coin de la pièce, retrouvant l'attitude d'enfant seule qu'elle avait dû avoir, auparavant, dans cette ancienne salle de jeux.
Diderot s'approche gentiment.

DIDEROT. Vous êtes triste ?

LA JEUNE D'HOLBACH. Je suis toute seule, ici, personne ne s'occupe de moi. Mon père pense, ma mère couche, tout ce qui pourrait me servir d'amant se trouve déjà en main, je m'ennuie. Au moins Mme Therbouche avait-elle décidé de s'intéresser à moi.

DIDEROT *(s'approchant)*. Je veux que vous oubliiez ce moment de votre vie.

LA JEUNE D'HOLBACH. Non, n'approchez pas. Je ne pourrais jamais supporter quelqu'un qui possède un secret me concernant. C'est insultant. C'est humiliant. Je ne saurais plus vous regarder en face.

Il la dévisage avec attendrissement puis s'assoit en face d'elle.

DIDEROT. Et si je vous confiais à mon tour un secret ?
Nous serions à égalité.

LA JEUNE D'HOLBACH. Oui. *(Un temps.)* Mais pourquoi
me confieriez-vous un secret ?

DIDEROT. Par gentillesse.

LA JEUNE D'HOLBACH. Mmmm…

DIDEROT *(faussement en colère)*. Oh, et puis, j'en ai
assez… Croyez ce que vous voulez.

> *La jeune d'Holbach, se rendant compte qu'elle est
> allée trop loin, s'approche très gentiment de lui.*

LA JEUNE D'HOLBACH. Qu'est-ce que c'est, ce secret ?

DIDEROT. Voici. Il y a une chose que je cache à votre
père depuis des années parce que je sais qu'il me chas-
serait immédiatement de sa maison : je… je suis juif !

LA JEUNE D'HOLBACH *(ouvrant des yeux très intéres-
sés)*. Vous êtes juif ?

DIDEROT *(regardant ailleurs)*. Je suis juif.

LA JEUNE D'HOLBACH *(du tac au tac)*. Juif ! Alors vous
êtes circoncis ?

DIDEROT. Très.

LA JEUNE D'HOLBACH *(doutant un instant)*. Pourtant,
Diderot, ce n'est pas un nom juif.

DIDEROT. Je le suis par ma mère, pas par mon père. Ce
sont les femmes qui transmettent ces qualités-là.

LA JEUNE D'HOLBACH. Ah…

> *Ils se regardent. La jeune d'Holbach se décide à
> rompre le silence.*

LA JEUNE D'HOLBACH. Il faut que je vous dise : j'ai un secret aussi.

DIDEROT. Ah bon ?

LA JEUNE D'HOLBACH *(hésitante)*. On m'a dit... enfin quelqu'un qui s'y connaît très bien m'a dit... bref, on m'a lu les lignes de la main... et...

DIDEROT *(très hypocrite)*. Oh, vous croyez à ces choses-là ?

LA JEUNE D'HOLBACH. Bien sûr. Pas vous ?

DIDEROT *(prudent)*. Si, si... Alors, que vous a-t-on annoncé à partir de cette jolie petite menotte ?

LA JEUNE D'HOLBACH *(se jetant à l'eau)*. Je serai dépucelée par un Juif !

DIDEROT. Non ?

Elle s'approche de lui et dit, très nettement, pressante.

LA JEUNE D'HOLBACH. Voici.

Elle semble attendre une réaction. Diderot la regarde avec envie mais sans réagir physiquement.

LA JEUNE D'HOLBACH. Eh bien ?

DIDEROT. Vous pensez que cet homme, ce serait moi ?

LA JEUNE D'HOLBACH. À part vous, je n'ai aucun Juif sous la main.

DIDEROT. On ne peut mieux proposer. *(Ouvrant les bras.)* Venez.

Elle se blottit contre lui. Il commence à la caresser mais on sent qu'il hésite. Elle se laisse faire avec intérêt.

LA JEUNE D'HOLBACH. Est-ce que vous me trouvez jolie ?

DIDEROT. Je vous trouve.

LA JEUNE D'HOLBACH. Et Mme Therbouche ?

DIDEROT. C'est autre chose.

LA JEUNE D'HOLBACH. Vous avez couché avec elle ?

DIDEROT. Non. *(Spontanément.)* Je le regrette.

LA JEUNE D'HOLBACH. Pourquoi ?

DIDEROT. J'aime l'intelligence.

> *Il continue de la caresser mais on comprend que ces derniers mots le font encore plus hésiter.*
> *Soudain il la repousse doucement, avec une fermeté affectueuse.*

DIDEROT. Non.

LA JEUNE D'HOLBACH. Quoi ?

DIDEROT. Je vais pleurer demain.

LA JEUNE D'HOLBACH. Pardon ?

DIDEROT. Je pleure toujours quand je ne suis pas d'accord avec moi-même.

LA JEUNE D'HOLBACH. Mais que se passe-t-il ?

> *Diderot s'éloigne, enlève la couverture qui recouvre le chevalet, saisit la toile et la tend à la jeune d'Holbach.*

DIDEROT. Regardez. C'est moi cet après-midi. Si, si… regardez bien.

> *Sans vraiment comprendre, la jeune d'Holbach contemple la toile. Elle s'écrie soudain.*

LA JEUNE D'HOLBACH. Mais vous n'êtes pas juif !

Diderot a un geste piteux des mains. La rage redresse la jeune d'Holbach. Elle fonce sur lui pour le frapper.

27

Mme Therbouche apparaît en manteau de voyage à la porte. Elle arrête la jeune d'Holbach en souriant.

MME THERBOUCHE. Ne l'accable pas, ce n'est qu'un mâle, il fait ce qu'il peut.

DIDEROT *(avec un grand sourire de joie)*. Ah… enfin.

LA JEUNE D'HOLBACH. Vous êtes revenue !

MME THERBOUCHE. J'avais une pensée qui me grattait derrière la tête. *(Elle sourit à Diderot puis se penche vers la jeune d'Holbach.)* Ma petite fille, je suis sûre qu'il était en train de te mentir. Il a sûrement prétendu qu'il était turc ?

LA JEUNE D'HOLBACH. Juif.

MME THERBOUCHE. Ah !

LA JEUNE D'HOLBACH. Comment le savez-vous ?

MME THERBOUCHE. Ce fut une rude journée pour lui. Mon petit cœur, je pense que tu devrais retourner au château, ton père est revenu de Chennevières, il te cherche, il t'attend. Va.

LA JEUNE D'HOLBACH *(regardant Diderot avec hargne)*. Ça, je n'ai plus rien à faire ici ! *(À Mme Therbouche.)* Alors, vous allez rester un peu avec nous ?

MME THERBOUCHE *(glissant un œil vers Diderot qui sourit)*. Un peu.

LA JEUNE D'HOLBACH. Tant mieux.

MME THERBOUCHE *(la poussant doucement vers la porte)*. Demain, je reprendrai ta main et je te la lirai attentivement. La dernière fois, il n'y avait pas assez de lumière, je n'ai pas dû bien voir. Va.

La jeune d'Holbach disparaît légèrement.

DIDEROT. Je vous attendais. Je suis content de vous revoir.

MME THERBOUCHE. Je savais que cela vous ferait plaisir.

DIDEROT. J'allais passer sur cette petite une furieuse envie que j'avais de…

MME THERBOUCHE. … de moi ?

DIDEROT. J'ai toujours rêvé de passer une nuit avec Néron.

Ils se sourient. Mais aucun n'ose encore s'approcher de l'autre.

MME THERBOUCHE. Tout à l'heure, devant vous, j'ai éprouvé une sensation nouvelle. Vous me regardiez telle que j'étais, avec tous mes défauts, toutes mes vilenies, et pourtant j'avais l'impression d'être belle. Comment faites-vous ?

DIDEROT. La fascination pour le beau crime. Je vous trouve irrésistible en escroque.

MME THERBOUCHE. Je me sens vraiment toute nue auprès de vous ; j'ai le sentiment que je pourrais ranger mes armes, cesser la guerre des sexes. Cela ne m'encombre plus d'être une femme.

DIDEROT. Venez. C'est l'armistice.

Elle s'approche. Il lui vole un baiser, elle se laisse faire puis s'échappe, un peu gênée.

DIDEROT. Oh… elle rougit !

MME THERBOUCHE. Je sais… c'est un peu ridicule d'avoir dix-huit ans à mon âge.

DIDEROT. C'est charmant.

Cette fois-ci, c'est elle qui lui vole un baiser. Puis elle pose son manteau et s'assoit très simplement en face de lui.

MME THERBOUCHE. Maintenant, dites-moi, puisque nous sommes entre hommes…

DIDEROT *(corrigeant)*. … entre femmes…

MME THERBOUCHE. … qu'allez-vous prescrire dans votre article « Morale » ?

DIDEROT. Il ne paraîtra pas. Pour la morale, dans ma vie, je me contenterai de bricoler, bricoler en faisant le moins de mal possible aux autres et à moi-même, bricoler au jugé, au toucher, en improvisant. Je ne produirai pas de philosophie morale, je me limiterai au bon sens et à la bonne volonté, comme tout le monde. Je me demande si la sagesse, parfois, ne consiste pas à renoncer d'écrire.

MME THERBOUCHE. Vous êtes à croquer.

Elle s'approche de lui. Il joue celui qui ne comprend pas le geste afin d'attiser son désir.

DIDEROT. Alors, quelle était l'idée qui vous a fait revenir ?

MME THERBOUCHE. Je suis revenue pour le tome treize.

DIDEROT. Pardon ?

MME THERBOUCHE. Le tome treize de l'*Encyclopédie*, celui où vous devrez rédiger l'article « Volupté ».

DIDEROT *(fondant)*. Oh… elle est revenue pour le tome treize !

Il la prend contre lui. Elle s'abandonne.

MME THERBOUCHE. Oh, ne vous exagérez pas ma science, je n'en sais pas plus qu'une femme…

DIDEROT. Vous avez raison. Mais c'est le genre d'article qui doit se concevoir à deux.

Ils s'allongent l'un auprès de l'autre. La lumière baisse encore.

DIDEROT. Alors je dessine le programme. D'abord, nous allons faire l'amour toute la soirée.

MME THERBOUCHE. Et après ?

DIDEROT. Nous allons faire l'amour tout le souper.

MME THERBOUCHE. Et après ?

DIDEROT. Nous allons faire l'amour toute la nuit.

MME THERBOUCHE. Et après ?

DIDEROT. Et au matin, nous ferons mieux encore…

MME THERBOUCHE. Et quoi donc ?

DIDEROT. Nous parlerons !

Table

Eric-Emmanuel Schmitt
dans Le Livre de Poche

L'Évangile selon Pilate   n° 15273

Première partie : Dans le Jardin des oliviers, un homme attend que les soldats viennent l'arrêter pour le conduire au supplice. Quelle puissance surnaturelle a fait de lui, fils de menuisier, un agitateur, un faiseur de miracles prêchant l'amour et le pardon ? *Deuxième partie :* Trois jours plus tard, au matin de la Pâque, Pilate dirige la plus extravagante des enquêtes policières. Un cadavre a disparu et est réapparu vivant ! Y a-t-il un mystère Jésus ? À mesure que Sherlock Pilate avance dans son enquête, le doute s'insinue dans son esprit. Et avec le doute, l'idée de foi. *L'Évangile selon Pilate* a reçu le Grand Prix des lectrices de *Elle* 2001.

La Part de l'autre   n° 15527

«8 octobre 1908 : Adolf Hitler recalé. Que se serait-il passé si l'École des Beaux-Arts de Vienne en avait décidé autrement ? Que serait-il arrivé si, cette minute-là, le jury avait accepté et non refusé Adolf Hitler, flatté puis épanoui ses ambitions d'artiste ? Cette minute-là aurait changé le cours d'une vie, celle du jeune, timide et passionné Adolf Hitler, mais elle aurait aussi changé le cours du monde… » Ce volume contient en postface inédite le «Journal de *La Part de l'autre* ».

La Secte des égoïstes   n° 14050

À la Bibliothèque nationale, un chercheur découvre la trace d'un inconnu, Gaspard Languenhaert, homme du XVIIIe siècle, qui soutint la philosophie «égoïste». Selon lui, le monde extérieur n'a aucune réalité et la vie n'est qu'un songe. Intrigué, le chercheur part à la découverte d'éventuels documents. Mystérieusement, toutes les pistes tournent court. Conspiration ? malédiction ? La logique devient folle, cette enquête l'emmène au fond de lui-même, emportant le lecteur avec lui dans des vertiges hallucinants.

Théâtre-1   n° 15396

« La philosophie prétend expliquer le monde, le théâtre le représenter. Mêlant les deux, j'essaie de réfléchir dramatiquement la condition humaine, d'y déposer l'intimité de mes interrogations, d'y exprimer mon désarroi comme mon espérance, avec l'humour et la légèreté qui tiennent aux paradoxes de notre destinée. Le succès rend humble : ce que je croyais être mon théâtre intime s'est révélé correspondre aux questions de beaucoup de mes contemporains et à leur profond désir de réenchanter la vie » (E.-E. Schmitt). Ce volume contient les pièces suivantes : *La Nuit de Valognes, Le Visiteur, Le Bâillon, L'École du diable.*